D1878757

उसका बचपन

(उपन्यास)

उसका बचपन

कृष्ण बलदेव वैद

राजकमल प्रकाशन

ISBN : 978-81-267-0497-2

मूल्य : ₹ 495

© कृष्ण बलदेव वैद

पहला संस्करण : 1957
छठा संस्करण : 2023

प्रकाशक : राजकमल प्रकाशन प्रा.लि.
1-बी, नेताजी सुभाष मार्ग, दरियागंज
नई दिल्ली-110 002
शाखाएँ : अशोक राजपथ, साइंस कॉलेज के सामने, पटना-800 006
पहली मंजिल, दरबारी बिल्डिंग, महात्मा गांधी मार्ग, प्रयागराज-211 001
वेबसाइट : www.rajkamalprakashan.com
ई-मेल : info@rajkamalprakashan.com

मुद्रक : बी.के. ऑफसेट
नवीन शाहदरा, दिल्ली-110 032

USKA BACHPAN
Novel by Krishna Baldev Vaid

इस पुस्तक के सर्वाधिकार सुरक्षित हैं। प्रकाशक की लिखित अनुमति के बिना इसके किसी भी अंश को, फोटोकॉपी एवं रिकॉर्डिंग सहित इलेक्ट्रॉनिक अथवा मशीनी, किसी भी माध्यम से, अथवा ज्ञान के संग्रहण एवं पुन:प्रयोग की प्रणाली द्वारा, किसी भी रूप में, पुनरुत्पादित अथवा संचारित-प्रसारित नहीं किया जा सकता।

चम्पा के नाम

1

दादी चारपाई में पड़ी हुई है—मैली कुचैली, सिकुड़ी सिमटी, ठिठुरी और उलझी हुई सी, जैसे किसी ग्रामीण की कोई ढीली ढाली गठरी हो, जो किसी भी समय खुलकर बिखर सकती है।

चारपाई की गहराई में दादी औंधे मुँह पड़ी हुई है, जैसे कोई बच्चा रोते रोते सो या मर गया हो।

चारपाई ड्योढ़ी के एक कोने में है। बाक़ी कोने ख़ाली पड़े हैं, जिससे चारपाईवाला कोना भी वीरान सा नज़र आता है।

ड्योढ़ी इस मकान का मुँह है, जो कभी खुलता है तो कभी बन्द हो जाता है। जब खुलता है तो रसोई से फूटता हुआ धुआँ मुक्त हुए बन्दी के समान धीरे धीरे बाहर गली की ओर चल पड़ता है, लेकिन उसकी मन्द गति से सन्देह पैदा होता है कि वह इस कारागार से मुक्त होने पर क्षुब्ध है, मानो वह बन्दी न हो, इस घर का वासी ही हो। और जब यह मुँह बन्द हो जाता है तो धुआँ किसी शैतान बच्चे की भाँति ड्योढ़ी में मचलने लगता है। और दादी खाँस खाँसकर निढाल हो जाती है।

ड्योढ़ी की दीवारें जगह जगह से उधड़ी हुई हैं। कच्चे पलस्तर के मोटे मोटे छिलके ऐसे दिखाई देते हैं जैसे किसी बीमार के ओंठों पर जमी हुई पपड़ियाँ हों। फ़र्श पर नंगे पाँव चलने से गीली काली मिट्टी की एक तह सी चिपक जाती है, जिस पर जूतों का गुमान होता है। छत की शहतीरें धुएँ के कारण काली हो गई हैं और उनसे लटकते हुए काले जाले यों झूलते रहते हैं मानो इस ड्योढ़ी के आभूषण हों।

हर समय इस ड्योढ़ी में एक विचित्र प्रकार की, छुपी छुपी सी गिलगिली सी हरकत होती रहती है। दादी की खरखराती साँसें इसी हरकत का एक हिस्सा हैं।

ड्योढ़ी का दरवाज़ा गली में खुलता है। दादी आने जानेवालों की पदचाप सुनती रहती है और अनुमान लगाती रहती है कि कौन किधर जा रहा है। कभी

कभी वह आवाज़ देकर किसी स्त्री या पुरुष को अपने पास बुला लेती है। दादी के कान बहुत पतले हैं। लेकिन माँ के शायद उससे भी अधिक। वह सब कामकाज छोड़कर धमधम करती बाहर आ जाती है और दादी को पास बैठी स्त्री या पुरुष की पीठ पर हाथ फेरते और आशीर्वाद देते देखकर दाँत पीसती हुई वापस लौट जाती है। तब दादी की आवाज़ धीमी हो जाती है। माँ का कहना है, दादी हर समय गली के लोगों से उसकी निन्दा करती रहती है, उन्हें उसके ख़िलाफ़ भड़काती रहती है।

यदि ऐसे किसी अवसर पर बीरू कहीं माँ के हत्थे चढ़ जाए तो वह पिट जाता है और आँखें मसलता हुआ, ड्योढ़ी में एक क्षण ठिठककर, दादी की पुचकार को झटकता हुआ बाहर गली में चला जाता है।

गली के बीचोबीच एक नाली बहती है—गाढ़ी, काली स्याही की एक टेढ़ी मेढ़ी लकीर की तरह—जिसमें कीड़े रेंगते रहते हैं, मक्खियाँ भिनभिनाती रहती हैं, भिड़ें उड़ती रहती हैं। हर वक़्त रौनक़ सी लगी रहती है।

बीरू एक लम्बी छड़ी से उस नाली को जहाँ तहाँ कौंचना शुरू कर देता है। भिड़ें भिन्नाकर उड़ती हैं। उनकी गुनगुनाहट में मानो खीझ का स्वर पैदा हो गया है। बीरू घबराकर उठता है। फिर झुककर सिर के इर्दगिर्द अपनी बाँहों की बाड़ सी लगा देता है। भिड़ें वापस कीचड़ पर लौट जाती हैं, जैसे देखना चाहती हों कि वह अब क्या करेगा।

वह ओंठ भींचकर दबे पाँव फिर आगे बढ़ता है और एक बेख़बर भिड़ को छड़ी की नोक से कीचड़ में घुसेड़कर घर के दरवाज़े की ओर भाग खड़ा होता है। भिड़ें उसका पीछा करती हैं, लेकिन वह ड्योढ़ी का दरवाज़ा बन्द कर लेता है।

यह खेल उसे बहुत प्रिय है।

वह एक निहायत ही छोटा और बेवक़ूफ़ बच्चा है।

दादी के मटमैले बदबूदार लिहाफ़ का कपड़ा घिस घिसकर प्याज़ के छिलके के समान पतला हो गया है। कहीं कहीं से यदि वह छिलका उतर भी गया हो तो कुछ पता नहीं चलता। दादी यह लिहाफ़ सर्दी हो या गर्मी, दिन रात ओढ़े रहती है। सुबह शाम मुँह लपेटकर वह इसमें यों गुम हो जाती है कि बीरू चिन्तित होकर उसे पुकारने लगता है। वह जवाब नहीं देती तो वह लिहाफ़ खींचना शुरू कर देता है। दादी उसे मना करती है। उसकी आवाज़ में खीझ के बजाए प्यार भरी याचना ही होती है, और बीरू की चिन्ता शान्त हो जाती है।

लिहाफ़ में घुसकर दादी की गोद में बैठने में उसे बड़ा मज़ा आता है, मानो उसकी बू में एक नशा हो। वह मदहोश सा हो जाता है। और दादी के पोपले

होंठ हिलने लगते हैं। न जाने वह क्या कहती है कि बीरू की नींद अत्यन्त मीठी, अत्यन्त गहरी हो जाती है। न जाने दादी के पास कौन सा मन्त्र है कि वह प्यारे प्यारे सपने देखने लगता है, उसके होंठ फड़कने लगते हैं और दादी की गोद में मानों फूल से खिल उठते हैं।

लेकिन फिर अचानक कोई उसे झकझोरने लगता है। उसकी बाँहें उखाड़ने लगता है। वह स्वप्नभरी आँखें खोलता है तो देखता है माँ को। और उसके मुख पर सुर्ख़ मुस्कुराहट के बजाए भय की स्याही बिखर जाती है। और वह खट से जाग उठता है। विस्मित सा माँ की ओर देखने लगता है, मानो पूछ रहा हो, माँ, मेरे सपने कहाँ हैं ?

माँ उसे घसीटकर अन्दर ले जाती है।

—वहाँ गन्दगी में पड़ा रहता है ! सौ बार मना कर चुकी हूँ ! वहाँ क्या मिलता है तुझे ?

माँ हर बात सौ बार कहती है।

—उसकी गोद में मिठाई रखी है क्या ?

माँ के हर वाक्य में एक न एक नए मुहावरे का प्रयोग होता है।

—मरने के लिए तुझे और कोई जगह नहीं मिलती ?

माँ का हर वाक्य जीवन और मृत्यु के मूलभूत प्रश्नों से जूझता रहता है।

—मेरी गोद क्या तुझे काटती है ?

माँ की जुबान से जब शहद टपकता है तो उसकी गोद के क्या कहने !

—न जाने क्या जादू कर दिया है उसने इस पर !

यह शायद माँ का प्यार बोल रहा है।

—ख़बरदार, जो फिर कभी उसकी गोद में बैठा !

माँ उसे एक आख़िरी झटका देकर बुड़बुड़ाती हुई रसोई में चली जाती है और बरतन उलटने पलटने लगती है। वह दियासलाई ढूँढ़ रही है। एक दिन में न जाने कितनी बार दियासलाई गुम होती है !

—न जाने कहाँ उड़ गई ! यहीं तो रखी थी !

अब भी वहीं रखी है लेकिन माँ को सामने पड़ी चीज़ तो बिलकुल दिखाई नहीं देती।

—न जाने कहाँ...

माँ का पाँव दियासलाई पर पड़ता है। क्रिच की आवाज़ पैदा होती है। लेकिन वह चुप रहता है। शायद माँ से बदला ले रहा हो !

जा, जाके बाज़ार से दियासलाई ले आ !

गली में पहुँचते ही उसके आँसू सूख जाते हैं। जैसे हवा लगने से पसीना। वह पैसे नाली में फेंक देता है। फिर उन्हें ढूँढ़ने के लिए नाली के कीचड़ को उधेड़ने कुरेदने लगता है। फिर शीघ्र ही भूल जाता है कि वह पैसे ढूँढ़ रहा है। नाली में और भी कई रोचक चीज़ें हैं। वह उन्हीं में खो जाता है। अपने आपसे बातें करने लगता है। उसके गालों पर फिर फूल खिल जाते हैं, मानो उसके सपने फिर उसे मिल गए हों।

2

माँ चूल्हे के पास बैठी, उचक उचककर, फूँकें मार रही है। धुआँ सारे घर में किसी प्रेतात्मा की भाँति मँडरा रहा है। घर का मुँह बन्द है। माँ एक लम्बी फूँक मारती है। राख उड़ती है और वह आँखें मसलने लगती है।

—यह गीली पानी लकड़ियाँ ! माँ बुड़बुड़ाती है।

दादी को विश्वास है कि माँ हर रोज़ प्रातःकाल उठकर लकड़ियों पर पानी उँड़ेल देती है।

माँ लकड़ियों को उलट पुलटकर फिर फूँक मारने लगती है। धुआँ फिर उठता है। कड़वा, कसैला ज़हर सा धुआँ। हर साँस के साथ हलक़ में भर जाता है। फिर छाती से विषैली खाँसी उठती है और आँखों में कड़वा पानी उमड़ आता है। यह धुआँ है या काला साँप ! जान के पीछे पड़ा है !

—गीली पानी लकड़ियाँ !

सब खाँस रहे हैं। माँ, दादी, वह खुद। दादी की खाँसी सबसे अधिक सूखी है, सबसे अधिक कड़वी, सबसे अधिक भयानक है। वह कभी लेट जाती है, कभी एक झटके से उठ बैठती है, कभी औंधे मुँह गिर जाती है, और कभी एकदम लटक सी जाती है। उसकी हालत ख़राब है। और उसे देख देखकर बीरू की भी।

—गीली पानी लकड़ियाँ !

माँ की आँखों से पानी बह रहा है। शायद इस पानी में नमक भी हो, लेकिन उसे माँ के साथ सहानुभूति का अनुभव नहीं होता। उसकी इच्छा होती है कि वह आगे बढ़कर उसकी पीठ पर एक ऐसी लात जमा दे कि उसका सिर चूल्हे में घुस जाए, उसके होश ठिकाने आ जाएँ, आग जल उठे, धुआँ मर जाए, और दादी की खाँसी रुक जाए।

धुआँ माँ का साथी है और माँ दादी की दुश्मन।

वह दो क़दम आगे बढ़ता है। लात मारने का अभिनय करता है, कुछ बुड़बुड़ाता है, और फिर वापस दादी के पास लौटकर उसकी पीठ सहलाते हुए

पूछता है—पानी ले आऊँ, दादी ?

दादी की खाँसी एकदम कम हो जाती है। वह खाँसता हुआ माँ के पास जा खड़ा होता है।

—माँ, दादी पानी माँग रही है।

—पानी माँग रही है ? हुंः ! अंधे हो, देखते नहीं, लकड़ी को रो रही हूँ ? मेरे चार हाथ तो नहीं, जाओ, भागो यहाँ से, पानी माँग रही है !

वह वापस दादी के पास लौट जाता है। और उसके साथ मिलकर खाँसने लगता है, मानो उसे सांत्वना दे रहा हो। खाँसी की हर खों के साथ दादी के मुँह से एक गाली निकलती है—डायन !...चुड़ैल !...जान लेकर छोड़ेगी !...आँखें तो ले ही लीं !...हाय राम !...हाय !...

वह माँ के इन नामों से परिचित है। घर की शब्दावली में ऐसे कितने और शब्दों का प्रयोग प्रतिदिन होता है। उसे ठीक याद नहीं, लेकिन सबसे पहले एक दिन अनायास जो शब्द उसकी तोतली जुबान पर पूरी सफ़ाई के साथ चढ़ आया था, वह था 'डायन'। और घर के लोग इस शब्द को सुनकर ठिठकने के बजाय ज़ोर ज़ोर से हँस दिए थे, मानो इसका इतना शुद्ध उच्चारण उसकी बुद्धि की तीव्रता का सबूत हो। और वे अपनी सुशिक्षा के प्रभाव की सफलता पर गर्व का अनुभव कर रहे हों।

उन दिनों दादी उनके यहाँ नहीं रहती थी। उसे वे दिन याद नहीं। कभी कभी उसके माता पिता ज़रूर थोड़ी देर के लिए उन दिनों को ले बैठते हैं, हालाँकि उन्हें बीती हुई बातों को याद करके उन पर हँसने की या मुस्कुराने की फ़ुरसत नहीं। अगर वे कभी पीछे को नज़र डालते हैं, तो सिर्फ़ उन्हीं घटनाओं पर जिनसे उनकी जुबान की धार और चमक उठती है। उनके चेहरों पर साए से लपक जाते हैं, और उनकी आँखें सर्द राख की छोटी छोटी ढेरियों सी दिखाई देने लगती हैं।

अब वह इन शब्दों के अर्थ जानता है। उनका उचित और यथास्थान प्रयोग भी कर सकता है। माँ डायन है। दादी को पानी नहीं देती। जानबूझकर धुआँ मचाती है। गीली लकड़ियों का बहाना करती है। हर एक से लड़ती झगड़ती रहती है। उसकी रोटियाँ कच्ची होती हैं। बाबा अक्सर उसे पीटते हैं। वह बूढ़ों की सेवा नहीं करती। दादी को मार डालना चाहती है।

उसकी इस समझदारी का एक सबूत उसकी बेकली है, उसके मासूम चेहरे पर प्रतिक्षण आने जानेवाले भाव हैं, उसके हृदय को व्याकुल कर देनेवाले विचार हैं, उसकी नसों की फड़कन है, उसकी हरदम की उदासी है, उसके ओंठों पर मुस्कुराहटों का अभाव है, उसका हर समय घर में पड़े रहना है।...उसे देखकर

सहसा बुढ़ापे का ध्यान आ जाता है। ऐसे बुढ़ापे का, जिसका आरम्भ बचपन से न हुआ हो।

—गीली पानी लकड़ियाँ हैं ! आग अपनी लातों से जलाऊँ ! सौ बार कहा है, सूखी लकड़ियाँ ला दो, लेकिन मेरी इस घर में सुनता ही कौन है !

वह माँ की बड़बड़ाहट को क़रीब आता सुनकर चौंक उठता है !

—तू यहाँ खड़ा क्या कर रहा है ? बाहर क्यों नहीं जाता ? देखता नहीं, अन्धा है ? धुएँ में खड़ा है ? बड़ा आया दादी का हमदर्द !

वह सहमा सहमा सा माँ की ओर देखता है।...माँ, तू डायन नहीं, देवी है। मैं तुझे सूखी लकड़ियाँ ला दूँगा, नई जूती ला दूँगा, नए कपड़े सिलवा दूँगा ! तू अब यहाँ से चली जा !

उसकी भयभीत दृष्टि और ओंठों के कम्पन की भाषा अगर पढ़ी जा सकती तो माँ की आँखों में प्यार के आँसू आ जाते, और वह चुपचाप वहाँ से चली जाती। आग खुद ब खुद जल उठती, धुआँ ग़ायब हो जाता और दादी की खाँसी हँसी में बदल जाती। माँ पानी का एक गिलास लाकर दादी के ओंठों से लगा देती और दादी पानी पीने से पहले माँ की ओर देखकर उसे आशीर्वाद देती--सदा सुहागिन रहो, दूधों नहाओ, पूतों फलो !

लेकिन माँ की भीगी हुई आँखों में दो चिनगारियाँ सुलग रही हैं।

—न मरेगी, न हमारी जान छूटेगी।

—हाय राम !

—जब से आई है सुख की एक साँस तक नहीं मिली !

—हे दीनदयाल !

—छलफ़रेब तो कोई इससे सीखे !

—जो करेगा सो भरेगा !

—जिस पत्तल में खाती है, उसी में छेद करती है !

—हे राम ! तू सबकुछ देख रहा है !

—बड़ी आई धर्मात्मा ! हुंः !

वह वहीं कोने में खड़ा रहता है। कभी माँ की ओर देखता है, कभी दादी की ओर; कभी झल्लाता है, कभी शान्त हो जाता है। जब झल्लाता है तो उसकी नसें तन जाती हैं और सिर सुन्न हो जाता है। जब शान्त हो जाता है तो उसे यूँ महसूस होता है जैसे किसी ने उसका सारा रस चूस लिया हो।

उसका ध्यान अचानक माँ की ओर चला जाता है। ड्योढ़ी के धूमिल प्रकाश में धधकते हुए माँ के नेत्र ! वह विवशतापूर्ण दृष्टि से उन नेत्रों की ओर देखता

रहता है। यदि कुछ देर और वहीं खड़ा रहा तो उसके मुँह से चीख़ निकल जाएगी। इच्छा होने पर भी वहाँ से हिल नहीं पाता, मानो किसी ग़ैबी ताक़त ने उसकी काँपती हुई टाँगों को शिकंजे में जकड़ रखा हो।

—तू जाएगा कि नहीं यहाँ से ? धुएँ से अन्धा हो गया तो मैं क्या करूँगी ?

और माँ जाने क्यों अचानक रोने बैठ जाती है। शायद यह पानी भी धुएँ का ही हो। वह दुविधा में पड़ जाता है। और एक नज़र दादी के डोलते हुए शरीर पर डालकर लड़खड़ाता हुआ बाहर चला जाता है।

बाहर बच्चे कूदफाँद मचा रहे हैं। हाथ ऊपर उठा उठाकर, उछल उछलकर नारे लगा रहे हैं—इनक़लाब ज़िन्दाबाद !

—टोडी बच्चा हाय हाय !

—हाय हाय ! हाय हाय !

वह कुछ देर एक तरफ़ खड़ा आँखें मसलता रहता है। फिर कमीज़ के दामन से उनमें से फूट रहे नमकीन पानी को अपने गालों पर पोत लेता है। आँखें सुलगने लगती हैं, लेकिन सिर में आ रहे चक्कर थम जाते हैं और उसके ओंठों पर एक कमज़ोर सी मुस्कुराहट का उदय होता है। बच्चों के नारे उस मुस्कुराहट को और उभार देते हैं। और वह दौड़कर उनकी टोली में जा शामिल होता है। आँखें खुश्क हो जाती हैं, लेकिन गालों पर कुछ लकीरें अकड़ने लगती हैं, जैसे किसी काग़ज़ पर बिखरी हुई स्याही सूख रही हो। खेलते चिल्लाते हुए कई बार आँखों की जलन दूर करने के लिए वह अपने ठंडे ठंडे हाथ उन पर रख देता है। कई बार गालों पर सूखी हुई लकीरों को मिटा डालने की कोशिश करता है। ऐसा करते समय भी उसकी आवाज़ दूसरे बच्चों की आवाज़ से कम ऊँची नहीं होती और उसकी हँसी में कहीं भी धुएँ की स्याही नज़र नहीं आती। वह ऊँचे उत्साह से खेल रहा है, उछल रहा है, खिलखिला रहा है, मानो वह भी उन्हीं लड़कों जैसा कोई लड़का हो।

काफ़ी देर खेल चुकने के बाद बच्चे अपने अपने घरों की ओर रवाना हो जाते हैं।

उसके घर का दरवाज़ा बन्द है। वह नाली के कीचड़ पर जड़ी हुई सी सुनहरी भिड़ों को देखने लगता है। उन्हें गिनता रहता है, कीचड़ में धकेलने, पकड़ने और डंक निकालकर तागे से बाँधकर हवा में उड़ाने के मनसूबे बाँधता रहता है। खड़ा खड़ा थक जाता है तो वहीं नाली के किनारे बैठ जाता है और एक तिनके से लकीरें खींचने लगता है। एक चींटी नज़र आ जाती है तो उसके साथ खेलने लगता है। कभी उसका रास्ता रोक लेता है, कभी उसे उलट देता हे। कभी अपने तिनके पर

चढ़ाकर झटक देता है। फिर चुटकी से पकड़कर हथेली पर रख लेता है। फूँक मारता है, गर्द उड़ जाती है और चींटी सटकर हथेली के साथ चिपट जाती है। हाथ को ज़ोर का झटका देता है। चींटी गुम हो जाती है और उसे अकस्मात् भूख लग आती है।

भूख का ख़याल आते ही उसका चेहरा धुँधला पड़ जाता है, जैसे यह ख़याल कोई ऐसा झोंका हो जिसमें भीतर के सब चिराग़ों को बुझा डालने की क्षमता हो। तिनका उसके हाथ से गिर जाता है और वह अनमना सा दरवाज़े पर जाकर खड़ा हो जाता है। दरवाज़ा थोड़ा खुला है और उसमें से निकलते हुए धुएँ में लिपटी हुई दादी की आवाज़ सुनाई देती है।

—दोपहर होने को आई है, बेटा, और हराम है जो एक दाना तक मुँह में गया हो। बुड्ढा शरीर। किसी दिन इसी तरह भूख से बिलख बिलखकर प्राण निकल जाएँगे। क्या इसीलिए लाए थे मुझे वहाँ से ? इसे कुछ समझाओ, बेटा। क्यों मेरी जान लेने पर तुली हुई है ?

बीरू दरवाज़ा खोलकर अन्दर दाख़िल हो जाता है।

—सुबह से जानबूझकर धुआँ मचा रही है। आँखें तो बह गईं इसी धुएँ में, अब किसी दिन दम भी निकल जाएगा। राम जाने, मेरे साथ किस जनम का बैर है इसका !

बाबा दादी की चारपाई के पास खड़े हैं। बग़ल में सरकारी काग़ज़ों का पुलिन्दा है। एक हाथ में दवात, दूसरे में एक थैला, शायद अभी दौरे से लौटे हों। वह आगे बढ़कर थैले को टटोलने लगता है। उसमें तरकारियाँ हैं। वह एक गाजर निकाल लेता है। गाजर बहुत मीठी है। वह दादी की शिकायत नहीं सुन रहा। बाबा अपनी आदत के अनुसार सिर को नीचे डाल बैठ जाते हैं। उनका क़द वैसे ही छोटा है, बैठे हुए हों तो कमर के ख़म और सिर के झुकाव के कारण और भी छोटे दिखाई देते हैं। दादी उनकी पीठ पर हाथ फेर रही है। वह जाने क्यों हर किसी की पीठ पर हाथ फेरती रहती है। बाबा चुप हैं। उनकी चुप्पी अच्छी नहीं होती ! अचानक फट से पड़ते हैं और फिर उनकी दशा...

सामने माँ खड़ी है। उसका मुँह गाजर चबाते चबाते रुक जाता है।

—दिन भर ऐसी ऐसी गालियाँ देती है, ऐसे ऐसे कुवचन बोलती है कि सुनते सुनते मेरा तो कलेजा छलनी हो गया है, बेटा। अड़ोस पड़ोसवाले सुनते हैं तो तौबा तौबा करने लगते हैं। कहते हैं, धन्य है तू, जो यह सब कुछ सह लेती है। लेकिन, बेटा, आख़िर प्राण तो निकलते निकलते ही निकलेंगे। इसमें मेरा क्या दोष ? मेरा बस चले तो मैं आज मर जाऊँ।

वह खुले मुँह से माँ की ओर टकटकी बाँधे देख रहा है। माँ दाँत पीस रही है। उसकी आँखों से मानो किसी ने चमकती हुई छुरियाँ सी बाँध दी हों। उसे लगता है जैसे माँ कोई भूतनी हो। लम्बे लम्बे दाँतोंवाली, घने स्याह बालोंवाली, उलटे पाँववाली, नंगी, डरावनी, भूतनी !

—भर लो कान, कर लो मेरी बुराई ! हाय, कोई मेरी सुननेवाला भी होता !

—चुप कुतिया !

गाजर उसके हाथ से गिर पड़ती है और उसका मुँह थोड़ा और खुल जाता है। उसका सारा भय उसकी आँखों में सिमट जाता है, शरीर तन जाता है, गला भर आता है, आँखें पथरा सी जाती हैं। वह बारी बारी सबकी ओर देखता है, जैसे रोने की अनुमति माँग रहा हो।

—बस, मुझी पर बरसना आता है ! मजाल है कि उसे भी कुछ...

—मैं कहता हूँ, चली जाओ यहाँ से !

—चली कहाँ जाऊँ ? जाने की कोई जगह होती तो फिर क्या था ? बाबा एक गन्दी गाली देते हैं।

—ताली तो आख़िर दोनों हाथों से बजती है ! माँ ताली बजाकर दिखाती है।

बाबा काग़ज़ों का पुलिन्दा ज़मीन पर दे मारते हैं।

—आखिर मैं भी तो इन्सान हूँ !

—तू...तू...तू...

बाबा के मुँह से झाग छूटने लगती है।

—बेटा, तुम क्यों परेशान होते हो। सारा दोष मेरा ही है। न मैं होती...क्या करूँ, मुझे मौत भी तो नहीं आती !...जाओ, बेटा, जाओ, सुबह के भूखे प्यासे बाहर से आए हो। जाओ, अगर कुछ देती है तो खाओ पीओ। मेरा क्या है। कुछ घड़ियाँ विपदा की और रह गई हैं, सो भी कट ही जाएँगी। तुम इस भागवान को कुछ न कहो। प्रार्थना करो कि परमात्मा मेरी...

—बड़ी आई परमात्मावाली !

—तुम अन्दर जाओगी कि नहीं ?

—बात करने का भी हक़ नहीं मुझे ! मैं इस घर की नौकरानी तो नहीं !

—मैं कहता हूँ, दूर हो जाओ मेरी आँखों से !

माँ मुँह ही मुँह में बुड़बुड़ा देती है, लेकिन वहाँ से हिलती नहीं। बहुत ढीठ है ! जानती है कि बाबा गुस्से में हैं। उठकर ऐसा मारेंगे, ऐसा मारेंगे कि...उसका बस चले तो उठकर माँ को धकेलता हुआ अन्दर ले जाए और रसोई का दरवाज़ा बाहर से बन्द कर दे।

—माँ की बात तो ध्यान से सुन ली, उस पर तो गुस्सा न आया, और जब मैं बोलने लगी...आख़िर मैं भी तो किसी की जाई हूँ ! क्या हुआ जो मेरे माँ बाप मर गए !

—हरामज़ादी !

—बस ! मेरी क़िस्मत में यही...

—सूअर की बच्ची !

—बस मेरे लिए...

—कुतिया !

दादी खाँसने लगती है।

—मैं कहता हूँ, जाकर आग जलाओ !

—आग अपने सिर से जलाऊँ ? गीली पानी लकड़ियाँ हैं !

—बाबा, इस थैले में क्या है ? बीरू पूछता है।

—ख़ाक !

मानो बाबा ने उसके मुँह पर एक चपत जड़ दी हो। उसके गाल तमतमा उठते हैं। एक क्षण के लिए निस्तब्धता रहती है। यह घर नहीं, नरक है...। बाबा पागलों की तरह हड़बड़ाकर न जाने क्या क्या बकते झकते आगे बढ़ते हैं।

—और मारो !...मार डालो ! और मारो....मार डालो !

माँ को पिटते देख उसका शरीर ढीला पड़ जाता है। वह हिचक हिचककर रोने लगता है। गाजर का टुकड़ा उसके हलक़ में अटक जाता है। उसका दम घुटने लगता है। लेकिन उसकी निगाह माँ और बाबा पर जमी हुई है। माँ ज़ोर ज़ोर से चिल्ला रही है—और मारो ! मार डालो ! और बाबा ताबड़तोड़ मारते जा रहे हैं।

—बेटा ! क्यों अपने हाथ तोड़ते हो। स्वभाव कभी मारने पीटने से बदलते हैं !

दादी यह कहकर अपना सिर रज़ाई में छुपा लेती है। बाबा बिलकुल जंगली हैं। वह रोते रोते चिल्ला उठता है—बाबा ! माँ मर जाएगी !

लेकिन माँ बिलकुल मूर्ख है, पिटती हुई भी बोलती चली जा रही है। वह माँ को पुकारता है—चुप हो जाओ, माँ !

लेकिन माँ की ज़बान रोके से नहीं रुकती। वह उठकर बाबा के हाथ पकड़ने की कोशिश करता है, लेकिन उसके हाथ मुश्किल से बाबा के घुटनों से कुछ ऊपर तक ही पहुँच पाते हैं। बाबा उसे झटक माँ को बालों से पकड़कर घसीटते हुए रसोई की ओर ले जाते हैं।

और वह निढाल होकर फ़र्श पर गिर पड़ता है। न जाने कब और कितनी देर बाद उसकी सुधबुध ठिकाने आती है तो वह अपने को माँ की गोद में पड़ा हुआ पाता है। माँ रो रही है और बाबा एक कोने में खड़े सिगरेट पी रहे हैं। उनकी आँखें फ़र्श पर जमी हुई हैं। कभी कभी वह अपने हाथों को खोलकर उनकी ओर यूँ देखते हैं मानो कुछ पढ़ रहे हों।

वह आँखें मूँद लेता है। दादी की रज़ाई में से राम राम की आवाज़ लगातार फूट रही है। परन्तु उसके या माँ के रोने से घर के उदास वातावरण में कोई अन्तर नहीं पड़ता। घर मानो किसी जंगल के अँधेरे में बना कोई एक मन्दिर हो, जिसका एक पुजारी रो रहा हो और दूसरा उसे चुप करा रहा हो। बाबा शायद उस मन्दिर की मूर्ति मात्र हैं।

3

दादी दरवाज़े की दहलीज़ पर बैठी सिर खुजला रही है। उसके उलझे हुए बाल, मानो सूखे पीले घास का बना हुआ एक छोटा सा घोंसला हो, जिसे किसी बच्चे ने अस्त व्यस्त कर दिया हो।

—बेटा, जा, ज़रा जलालपुरनी को तो बुला ला। सवेरे से सिर में कुर्बल कुर्बल हो रही है।

जलालपुरनी को देखते ही बीरू को हँसी आ जाती है। जलालपुरनी हर समय हँसती रहती है, जिससे उसके लम्बे लम्बे गिने चुने दाँत यूँ हिलते रहते हैं कि लगता है अब गिरे, अब गिरे। माँ कहती है कि जलालपुरनी पिछले जन्म में कुतिया हुआ करती थी।

—जा न, उसे कह, दो तीन टटोले दे जाए। मेरे सिर में तो मोरियाँ हो गई हैं जुँओं से।

जब वह जलालपुरनी को साथ ले वापस लौटता है तो माँ ड्योढ़ी में खड़ी दादी पर दनदना रही होती है। जलालपुरनी को अपने घर की ओर आते देख माँ को आग सी लग जाती है। जलालपुरनी के साथ आजकल माँ की बोलचाल बन्द है।

—कहाँ गया था तू ?

वह चुप रहता है।

—मैं पूछती हूँ, कहाँ गया था तू ?

—उसे क्यों डाँटती हो ? मुझसे पूछो, मैंने भेजा था।

—तुमसे पूछती है मेरी जूती !

—राम राम !

जलालपुरनी माँ के तेवर पहचानकर दादी के पास रुकने के बजाय दूसरी ओर बढ़ जाती है। लेकिन माँ को धोखा देना इतना आसान नहीं। वह बीरू को खींचकर अन्दर रसोई में ले जाती है और उसके कानों को मसलते हुए कहती

है—बोल, फिर जाएगा उस चुड़ैल के घर ?

—दादी ने भेजा था। उसके सिर में कुर्बल कुर्बल हो रही थी।

—मैं कहती हूँ, उसके सिर में कीड़े पड़ें, तुझे क्या ? बोल, फिर जाएगा उसके घर ?

'नहीं' कहकर वह छुटकारा पा सकता है, लेकिन खिंचते हुए कानों की जलन उसे कुछ भी नहीं कहने देती। ज्योंही माँ उसके कान छोड़ती है, वह दौड़कर बाहर ड्योढ़ी में आ जाता है और दादी से पूछता है कि जलालपुरनी कहाँ गई ?

—पता नहीं, कहाँ चली गई बेचारी। दादी यूँ कहती है जैसे जलालपुरनी कोई बच्ची हो जो किसी भीड़ में खो गई हो। उसी समय सामने से जलालपुरनी दाँत झलकाती, पल्लू सँभालती, मटकती हुई आती नज़र पड़ती है। दादी ने उसकी आहट को पहचान लिया है।

—तुम्हारे बच्चे जीते रहें ! सवेरे से सिर में कुर्बल कुर्बल हो रही है। ज़रा देख...

—मैं तो एक बार छोड़ सौ बार देखूँ, लेकिन तुम्हारी बहू रानी...

—तो वह क्या हमें खा जाएगी ? बैठो तो !

जूएँ निकलवाना तो बहाना है, असली मतलब तो शायद माँ की निन्दा ही है। जलालपुरनी दादी के पीछे बैठकर उसके सिर के पीले घोंसले को उधेड़ना शुरू कर देती है। बीरू दादी के आगे बैठ जाता है। और दादी एक अँगुली से उसका सिर टटोलती रहती है। वह सिर झुकाए, हाथ फैलाए उन जूँओं की प्रतीक्षा कर रहा है जो दादी के सिर से निकलेंगी। जलालपुरनी कहेगी, 'यह देख, मासी, मक्की के दाने जितनी मोटी जूँ ! तुम्हारे अन्दर क्या रह गया होगा, मासी ? यह जूँएँ सारा खून पी जाती हैं।' और दादी एक लम्बी साँस लेकर कहेगी, 'खून है ही कहाँ, बेटी ! खून तो सारा उसने पी लिया।' और बीरू मन ही मन कह रहा है, कुर्बल, कुर्बल, कुर्बल ! जैसे कोई ऐसा मन्त्र पढ़ रहा हो जिससे जूँएँ पकड़ी जा सकती हों।

—तेरा भला हो ! क्या बात कही है तूने !

—दादी, मुझे जूँओं की कहानी सुनाओ।

लेकिन दादी अपनी ही बातों में मस्त है। वह माँ की शिकायतें कर रही है। और जलालपुरनी उन शिकायतों में नमक मिर्च मिलाती जा रही है। कहीं माँ ने इस खुसर फुसर को सुन लिया तो मुसीबत आ जाएगी। यह विचार आते ही वह उठ खड़ा होता है और अन्दर चला जाता है।

माँ बरतन माँज रही है।

—उसके पास कौन बैठा है ?

—कोई नहीं।

—झूठ बोलता है ?

—परमात्मा की क़सम।

—तो बातें किससे कर रही है ?

—अपने आप से।

माँ को तसल्ली हो जाती है और वह पानी पीए बग़ैर फिर बाहर लौट आता है। यदि घर की सभी उलझनें उसकी ऐसी ही छोटी छोटी चालाकियों से सुलझ सकतीं तो...

दादी और जलालपुरनी की खुसर फुसर ज़ोरों पर है। वह कुछ देर यूँ उनके पास खड़ा रहता है जैसे किसी बड़ी गम्भीर समस्या पर विचार कर रहा हो। माँ थोड़ी ही देर में बरतनों से निपटकर बाहर आएगी और जलालपुरनी को देखते ही आगबबूला हो जाएगी। उसके झूठ की सारी पोल खुल जाएगी। माँ और जलालपुरनी में लड़ाई होगी। गली में सब औरतें तमाशा देखने के लिए आ जमा होंगी। जलालपुरनी हाथ लहरा लहराकर कहेगी, 'तू अच्छी होती तो दिन रात अपने खसम से क्यों पिटती ? सास को तूने सूली पर चढ़ा रखा है ! लड़की को तू अपने घर पर ठहरने नहीं देती। गली में तुझे कोई मुँह तक नहीं लगाता ! तुझे शरम हो तो अभी चूल्लू भर पानी में डूब मरे !'...माँ कुछ देर तक तो इन जले भुने तानों का जवाब देती रहेगी, फिर बच्चों की तरह रोने लगेगी, और उसके बाद कई दिनों तक गली के बच्चे उसे यह कहकर चिढ़ाते रहेंगे, 'तेरी माँ रोती है, तेरी माँ रोती है !'

सम्भवतः उसका शिशु मस्तिष्क इन सब बातों को इस प्रकट रूप में नहीं समझ पाता। लेकिन उसका शिशु हृदय मानो ऐसी परिस्थितियों की सारी गिरहें टटोल सकने की क्षमता रखता हो। नहीं तो वह आगे बढ़कर यूँ ही झूठमूठ दादी और जलालपुरनी से यह न कह देता कि माँ आ रही है।

जलालपुरनी उठ खड़ी होती है। दादी उसकी शलवार का पाँयचा खींचकर उसे बिठाने की चेष्टा करती है। लेकिन जलालपुरनी 'न न' करती हुई बाहर चली जाती है।

वह अपनी इस दूसरी चालाकी की सफलता पर बहुत खुश होता है और ताली पीटता हुआ उछलता कूदता बाहर गली में चला जाता है, जैसे उसने कोई बहुत बड़ा मैदान मार लिया हो।

गली में बच्चों का शोर है। सभी एक साथ बोल रहे हैं। सभी एक दूसरे से

झगड़ रहे हैं। कुछ फ़ैसला करना चाहते हैं। उनके सामने भी कोई समस्या है, उनके अपने सीमित क्षेत्र की ही कोई समस्या। उनमें अधिकतर संख्या जलालपुरनी के बच्चों की है। माँ ने उसे उनके साथ खेलने से मना कर रखा है।

वह एक ओर खड़ा होकर बच्चों की ओर यूँ देखने लगता है जैसे वह उनसे बहुत बड़ा हो; जैसे कोई प्रौढ़ चलते चलते कुछ देर के लिए रुक गया हो, यह देखने के लिए कि बच्चे कैसे खेलते हैं; जैसे वह उनका मुक़ाबला अपने आपसे कर रहा हो; जैसे वह उनसे पूछ रहा हो, 'तुम खेलते कैसे हो ?'

क्या वह वाक़ई एक छोटा सा बच्चा है ?

4

—आज रात की गाड़ी से देवी और रघुपत आ रहे हैं।

देवी उसकी बड़ी बहन है, लेकिन रघुपत न जाने कौन है !

—आ रहे हैं तो मैं क्या करूँ ? नाचूँ उठकर ? मैंने तो कह दिया कि रात के लिए घर में एक चुटकी आटा नहीं है, फिर उस वक़्त मेरी जान न खाना।

यह रघुपत कौन है ?

—इतनी जल्दी कैसे ख़त्म हो गया आटा ?

—ख़त्म नहीं हुआ तो क्या मैं खा गई ?

बाबा के माथे पर मोटी मोटी त्यौरियों का एक जाल सा बुन जाता है।

—घी भी नहीं है।

उसकी दृष्टि का प्रश्नचिह्न धुँधला पड़ जाता है, मानों उसने फ़ैसला कर लिया हो कि रघुपत कोई भी हो, उसे क्या ?

—दाल भी नहीं है।

वह माँ की ओर देखने लगता है। माँ बाबा से कुछ दूर खड़ी रुक रुककर उन सब चीज़ों की सूची सुनाती चली जा रही है जो घर में नहीं हैं। बाबा सुन सुनकर तिलमिला रहे हैं।

—मिट्टी का तेल भी नहीं है।

—कुछ है भी ?

—कितने दिनों से कह तो रही हूँ, मैं क्या करूँ, अपने पेट से निकालूँ ?

—नहीं, मेरे सिर से निकालो।

इस भाषा को समझने की कोशिश में वह अपना प्रश्न भूल जाता है।

—कड़कने से मैं खुद तो आटा बन नहीं जाऊँगी ? लकड़ियाँ भी गीली हैं, दियासलाई भी नहीं है। कितने दिनों से आग माँग माँगकर गुज़ारा कर रही हूँ। जो करना हो अभी कर लो, फिर उस वक़्त मेरी जान न खाना। मैंने कह दिया।

बाबा मुँह ही मुँह में कुछ बुड़बुड़ाते हैं। कितना अच्छा हो, अगर वह इसी

तरह बुड़बुड़ाते हुए बाहर चले जाएँ।

—कानों में रूई ठूँसने से तो कुछ नहीं होगा। मैं कह रही हूँ...

—बोल, बक, क्या कह रही है तू ?

—मुझे न बोलने की ज़रूरत है न बकने की। जो जी में आए करो। बस मैंने कह दिया।

—परमात्मा के लिए मुझे तंग न कर ! कहीं से उधार ले ले, कल कहीं से पैसे मिल जाएँगे तो...

बाबा हाथ जोड़कर खड़े हो जाते हैं।

—वह कल न जाने कब आएगा ! मैं कहाँ से उधार ले लूँ, मुझे कोई नहीं देता। उधार ले लो ! उँह !

—किसी से बनाकर नहीं रखी है इसने गली मुहल्ले में, बेटा ! दादी शायद इसी अवसर की ताक में थी।

—तुम्हारे तो सभी सगे हैं न, तुम्ही क्यों नहीं माँग लातीं सब कुछ ?

—ख़बरदार, जो मेरे सगों का नाम लिया तो ! जुबान खींच लूँगी !

—बस, दोनों माँ बेटा एक तरफ़ हो जाओ !

—तू गधी है, एकदम गधी !

बाबा ड्योढ़ी के दरवाज़े की ओर बढ़ते हैं। बीरू पीछे से उन्हें अपनी आँखों के ज़ोर से धकेल रहा है।

—बस, शाम तक उस जूड़ीवाले के साथ लूर लूर फिरते रहना और रात को आटा आसमान से बरस पड़ेगा !

जूड़ीवाला बाबा का एक सिक्ख दोस्त है। माँ उससे सख़्त नफ़रत करती है। उसे बाबा की हर बुरी आदत का ज़िम्मेदार ठहराती है। उसकी बीवी को अपना जानी दुश्मन समझती है।

—आटे का स्यापा करने ही जा रहा हूँ !

—नमक मिर्च के लिए भी कुछ पैसे चाहिए, सुन लिया ?

—सुन लिया, सुन लिया, सुन लिया !

—हाय, बात करने का भी कोई हाल नहीं !

बाबा के हाथ माथे की तरफ़ उठते हैं, फिर एक क्षण के लिए रुक जाते हैं। यदि माँ इस क्षण के लिए चुप रह सके...

—मैं इन बातों से डरनेवाली नहीं हूँ। मैंने कहा क्या है ? बाबा तड़तड़ माथा पीटने लगते हैं।

बाबा और माँ की अधिकतर बहसों का अन्त यूँ ही होता है।

—मैंने कुछ कहा भी हो, बात भी न करूँ ? किससे माँगूँ, किससे कहूँ ? आख़िर मैं करूँ क्या ? ज़रूरत पड़ने पर ज़बान न खोलूँ...

—बस करो बेटा, क्या टुकड़े टुकड़े कर डालोगे अपने ? बस करो, तुम जाओ। मैं कर लूँगी आटे का इन्तज़ाम। यह तो हम दोनों की जान लेने पर तुली हुई है ! बस भी करो, बेटा !

बाबा का माथा लाल सुर्ख़ हो गया है। अब वह अपने हाथों की ओर यूँ देख रहे हैं मानो कोई पत्र पढ़ रहे हों। बीरू के हाथ, पाँव, कान, टाँगें, दिल, दिमाग़, सब थरथर काँप रहे हैं। बाबा की पगड़ी समेटते हुए वह यूँ महसूस करता है जैसे किसी ने उसकी पुतलियों को पकड़कर आँखों को चर्र से फाड़ दिया हो और उसमें दो धधकते हुए कोयले रख दिए हों। बाबा उसके हाथ से पगड़ी छीन लेते हैं। उनके माथे की दमकती हुई खूनी सुर्ख़ी में कुछ मोटी मोटी नसें छोटी छोटी मछलियों की तरह तड़प रही हैं और उनके चेहरे पर मानो हल्दी का छिड़काव कर दिया गया हो और अब यह हल्दी पसीने में घुलती हुई गर्दन तक फैल गई हो। काँपते हुए हाथों से वह पगड़ी को एक सिरे से दूसरे सिरे तक नाप जाते हैं। फिर उसे उलटा सीधा अपने सिर पर लपेटना शुरू कर देते हैं। पगड़ी खुल खुल जाती है और वह न जाने कितनी देर तक इसी तरह सिर लटकाए पगड़ी बाँधते रहते हैं। फिर बाहर से कोई उनका नाम लेकर आवाज़ लगाता है। वह पगड़ी लपेटते हुए बाहर चले जाते हैं।

ज्योंही उनका क़दम दहलीज़ के बाहर पड़ता है, माँ बोल उठती है—भैड़े भैड़े यार भैड़ी फत्तों के !

—यह डायन किसी के पीछे न पड़ जाए ! दादी घुटनों में मुँह डालकर कहती है, जैसे उन्हें ही सुनाना चाहती हो।

—खबरदार, जो मुझे गाली दी तो !

—एक को तो कलपाकर निकाल दिया घर से ! अब मेरी बारी आई है ?

—सब तेरी ही मेहरबानी है !

—क्यों मुझे दोष देती है ? भगवान के आगे कभी न कभी तो जाना है, पापिन, कुछ तो ख़याल कर !

—जब से आई है घर में, एक दाना नहीं टिकता !

—टिके कैसे ! जहाँ तेरी जैसी कुलच्छमी का वास हो वहाँ से हर चीज़ भागती है। और तो और, घड़े में पानी तक नहीं रहता ! हाय, मेरा बेटा ! सुबह का भूखा...

—तुम्हारा बेटा !...जैसे मेरा तो कुछ लगता ही नहीं !

अब जंग का दूसरा दौर शुरू होता है, जिसमें भीतर का विष जले कटे शब्दों का रूप धारण करके फूटता है, गालियाँ बनकर काटता है, ताने बनकर बींधता है। वह कुछ देर वहीं खड़ा खड़ा इस विष को अपने अन्दर समोता रहता है। फिर कसमसाता हुआ बाहर चला जाता है और नाली के किनारे बैठकर जाने कितनी देर तक धीरे धीरे रोता रहता है। जब उसका सारा भय, सारी घुटन आँसुओं में बह जाती है और वह ख़ाली हो जाता है तो वहीं बैठे बैठे ऊँघने लगता है। ऊँघते ऊँघते लुढ़क जाता है तो अचानक उसके मुँह से एक गाली निकल जाती है। वही गाली जो बाबा ने माँ को दी थी, या माँ ने दादी को, या दादी ने माँ को, या माँ ने अपने आपको।

चाचा रघुपत सिर झुकाए दादी की चारपाई पर बैठे हैं। वह आहिस्ता आहिस्ता उनकी पीठ पर हाथ फेर रही है। कभी उनके सिर को चूम लेती है और कभी अपनी आँखों को पोंछने लगती है। अँधेरे में चाचा रघुपत बाबा का ही एक दूसरा रूप नज़र आते हैं।

—बेटा, मैं यहाँ बहुत दुखी हूँ, बहुत दुखी हूँ ! मेरी जो दुर्गति होती है, भगवान दुश्मन की भी न करे ! मैं तो यहाँ आकर गली के तिनके से भी गई बीती हो गई हूँ। मुझे इस नरक से निकालकर ले चल, बेटा !

चाचा रघुपत का सिर कुछ और नीचे झुक जाता है और वह अँगुली से फ़र्श पर लकीरें खींचने लगते हैं।

—एक एक चीज़ के लिए तरसती रहती हूँ। वक़्त पर दो रोटियाँ तक नहीं मिलतीं। और जब मिलती हैं तो ऐसी कि परमात्मा भिखमंगों को भी न दिलाए। भगवान यह दुर्दशा दुश्मन की भी न करे ! सूखे मंडे खा खाकर मेरे अन्दर छाले पड़ गए हैं, बेटा !...दिन भर धुआँ मचा रहता है। आँखें चली गईं। अब मैं यहाँ नहीं रहूँगी, बेटा !

बीरू दादी के पहलू से उठ खड़ा होता है।

—भगवान लम्बी उमर दे इस बच्चे को ! अगर यह न होता तो मैं इस घर में प्यासी मर जाती।

वह अन्दर चला जाता है। रसोई में माँ और बाबा आपस में गुर्रा रहे हैं। माँ कुछ कहती है और बाबा झपटकर उसे चोटी से पकड़ लेते हैं और दाँत दबाकर फुसफुसाहट की आवाज़ में कहते हैं—अगर तूने ज़रा भी आवाज़ निकाली तो यहीं, इसी वक़्त, गला घोंटकर रख दूँगा, जान से मार डालूँगा !

वह उलटे पाँव वापस ड्योढ़ी में लौट जाता है।

—अपनी आँखों से देख, बेटा, चुड़ैल ने घर को पागलख़ाना बना दिया है !

वह फिर अन्दर चला जाता है।

—मैं कह रहा हूँ, चुपचाप खड़ी रह, नहीं तो..., बाबा माँ का बाजू इस ज़ोर से मरोड़ देते हैं कि उसके मुँह से चीख़ छूट निकलती है।

वह फिर ड्योढ़ी में चला जाता है।

—मेरी आख़िरी घड़ियाँ हैं, बेटा। अगर मुझे बचाना है...

देवी कहाँ है ?

अन्दर से एक दबी हुई चीख़ भागती हुई आती है और ड्योढ़ी तक पहुँचकर दम तोड़ देती है।

देवी कहाँ चली गई है ?

बीरू के मन में उठता हुआ यह सवाल मानो स्थिति से पलायन का एक मात्र माध्यम हो। वह इसी प्रश्न का सहारा लेकर बाहर की ओर चल देता है।

—बीरू !

वह मुड़कर देखता है। बाबा उसे इशारे से अन्दर बुला रहे हैं। रसोई के एक कोने में माँ औंधे मुँह पड़ी है।

—माँ को क्या हुआ है ?

—जाकर नत्थू की दुकान से दो सेर आटा ले आ।

—माँ को क्या हुआ है ?

—कुछ नहीं। तुझे जो कहा है, कर।

—पैसे ? वह हाथ फैलाकर कहता है, जैसे माँ की ओर से बोल रहा हो।

—पैसे नहीं हैं। उधार।

उस पर बर्फ़ सी पड़ जाती है।

—यह ले कपड़ा, इसमें बँधवा लाना।

वह कपड़ा ले लेता है, लेकिन कुछ क्षण वहीं खड़ा रहता है।

—अब जाएगा भी ?

दादी की चारपाई के पास से गुज़रते हुए उसे सुनाई देता है—बेटा, मेरा भगवान ही जानता है कि मैं कैसे जी रही हूँ यहाँ !

गली में पहुँचते ही वह भगवान को एक काफ़ी गन्दी गाली देकर कुछ सहम सा जाता है। घर में जब कोई चीज़ ख़त्म होती है तो इधर उधर से माँग लाने के लिए यह लोग उसे क्यों भेजते हैं, ख़ुद क्यों नहीं जाते ? उन्हें शरम आती है तो क्या उसे नहीं आती ? माँ अक्सर कहा करती है, 'माँगन गए सो मर

गए...'

उसका जी चाहता है कि हाथवाले कपड़े को तार तार कर डाले। मुड़कर घर की ओर देखता है। बाबा दरवाज़े पर खड़े हैं ! उसके क़दम खुद ब खुद तेज़ी से उठने लगते हैं।

नत्थू दूकान की दहलीज़ पर बैठा हुक्का गुड़गुड़ा रहा है। उसकी पीली पीली मूँछें हर कश के साथ सिकुड़ती फैलती हैं। दूर से यूँ दिखाई देता है कि यह मूँछें उसकी नहीं, बल्कि हुक्के की हैं। उसकी चोटी हमेशा 'अलिफ़' की तरह ऊपर उठी रहती है और उसका एक हाथ हमेशा धोती के अन्दर छुपा कुछ न कुछ टटोलता रहता है। लोग उसे नत्थू शेर कहते हैं। उसका गला हर वक़्त बैठा रहता है। इसलिए गरजते समय—वह बोलता बहुत कम है—उसकी गरदन फूलकर दुगुनी हो जाती है; उसकी मूँछें और चोटी नाच उठती हैं और उसका हाथ कभी धोती से बाहर और कभी अन्दर। वह अपने हर गाहक से लड़ता है। बच्चे उसे देखते ही दाँत दिखा देते हैं। जवान उसे तैश दिलाकर तमाशा देखते हैं और बूढ़े समझते हैं कि उसका दिमाग़ चल गया है। उसकी ज़्यादा गाहकी स्त्रियों की है, जो उसकी किसी बात की परवाह नहीं करतीं; एक के जवाब में दो सुनाती हैं; डंके की चोट कहती हैं कि नत्थू बेईमान है, कम तौलता है, हिसाब में गड़बड़ करता है। लेकिन आती सभी उसी के पास हैं। और थोड़ी 'तू तू', 'मैं मैं' के बाद उससे उधार लेने में भी सफल हो जाती हैं।

बीरू को देखते ही नत्थू गरजने लगता है—आ, आ, आ गया। बोल, क्या चाहिए ?...आटा ?...मैं पूछता हूँ तेरे बाप ने मशीन लगा रखी है यहाँ ? चले आते हैं मुँह उठाकर ! जैसे मैंने सदावर्त खोल रखा हो ! भाग यहाँ से !...नहीं है आटा वाटा।...शर्म भी नहीं आती कुछ लोगों को !...जा जा, उधार हुआ पाँच दिन का, दस दिन का, हद एक महीने का, लेकिन यहाँ तो लेकर साल साल भर तक मुँह भी नहीं दिखाते।...कमीने जहान के ! जा कह दे, नहीं देता। जा, जा, जा !

नत्थू को इस तरह उबलते देख बीरू भूल जाता है कि वह आटा लेने आया है और वह हँसते हुए चिल्लाने लगता है—ऐरा ग़ैरा नत्थू ख़ैरा !

नत्थू हुक़्क़ा छोड़कर बुड़बुड़ाता हुआ उसकी ओर बढ़ता है और वह चीख़ता हुआ घर की ओर भाग खड़ा होता है। गली के नुक्कड़ पर पहुँचकर रुक जाता है।...आटा लेकर वापस नहीं लौटेगा, तो...आटेवाले कपड़े को मरोड़ मरोड़कर उसने एक छोटा सा रस्सा बना लिया है। नत्थू की दूकान बहुत पीछे रह गई है। लेकिन उसके क़दम घर की ओर नहीं उठते। वह दीवार का सहारा लेकर खड़ा हो जाता है, जैसे उसने फ़ैसला कर लिया हो कि आटा नहीं मिलेगा तो वह घर

नहीं जाएगा।

—यहाँ क्यों खड़ा है, बीरू ? एक लड़का उसके पास आ खड़ा होता है।

—वैसे ही।

—आ, खेलें।

—हमारे घर आटा नहीं है।

—वह तो हमारे घर भी नहीं है।

—सच ?

—सच।

—तू भी आटा लेने जा रहा है ?

—कहाँ ? उस लड़के की आँखें चमक-उठती हैं।

—नत्थू की दुकान से ! बीरू को मज़ाक़ सूझता है।

—हमारी उससे लड़ाई हो गई है।

—क्यों ?

—मुझे क्या पता ? आ, खेलें।

—नहीं, मैं घर जा रहा हूँ।

—घर जाकर क्या करेगा ? आ, खेलें।

—नहीं।

—आ भी।

वह लड़का बीरू के हाथ के कपड़े को एक सिरे से खींचने लगता है।

—फट जाएगा, हरामी, क्या कर रहा है ?

—तो फिर आ, खेलें।

—पहले इसे छोड़।

—ले, अब तो आ।

—मैं आटा लेने आया था।

—कहाँ से ?

—नत्थू की दूकान से।

—फिर ?

—उसने नहीं दिया।

—क्यों नहीं दिया ?

—पैसे नहीं थे।

—ठीक है, आ, खेलें।

—नहीं।

—तो फिर यहाँ क्यों खड़ा है, घर जा।

—घर जाकर क्या करूँगा ?

—तो फिर आ, खेलें।

—नहीं ।

इतने में एक और लड़का उनके पास आ खड़ा होता है।

—यहाँ खड़े क्या कर रहे हो, सालो ?

—मैं कहता हूँ, आओ खेलें; यह कहता है, नहीं।

—हमारे घर आटा नहीं है।

दूसरा लड़का हँसने लगता है।

—इसमें हँसने की क्या बात है, हरामी ?

—गाली देता है ?

—तो तू मेरी बात पर हँसता क्यों है ?

—अरे यारो, लड़ते क्यों हो ? आओ, खेलें। पहला लड़का शायद घर से खेलने की क़सम खाकर निकला है।

—अरे क्या खेलें, तुम्हारी माँ का...

इस पर बीरू और दूसरा लड़का एक साथ हँसते हैं। पहला लड़का कच्चा पड़ जाता है।

—बीरू, मेरे साथ चल। मैं तुझे अपने घर से आटा दूँगा।

—मुझे भी देगा ? पहला लड़का पूछता है।

—अरे, जा, साले, तेरे पास तो कपड़ा भी नहीं है !

पहला लड़का चुप हो जाता है, जैसे उसने वह दलील मान ली हो।

दोनों दूसरे लड़के के घर की ओर चल पड़ते हैं। वहाँ पहुँचकर वह इन दोनों को बाहर खड़ा करके खुद दबे पाँव अन्दर चला जाता है। बीरू और पहला लड़का एक दूसरे की ओर देखकर मुस्कुरा देते हैं। कुछ देर बाद वह लड़का दौड़ता हुआ बाहर आता है। उसके हाथ में एक छोटी सी पोटली है। पोटली बीरू के हाथों में थमाकर घबराई हुई आवाज़ में कहता है—ले, साले बीरू के बच्चे, बस, अब भाग जा, नहीं तो...

बीरू पोटली को ठीक तरह से पकड़ ही रहा होता है कि एक कर्कश आवाज़ आती है—ठहर, मैं तेरी ख़बर लेती हूँ ! क्या है इसमें ?

बीरू भागता है, लेकिन उस लड़के की माँ लपककर उसकी गर्दन दबोच लेती है। पोटली उसके हाथ से छूट जाती है और वह एक थप्पड़ उसके पीठ पर जमाकर वहीं बैठकर आटा समेटती हुई चिल्लाने लगती है—चोर ! कमीने ! घर लुटाऊ !

बीरू और पहला लड़का अन्धाधुन्ध भागते हुए बीरू के घर के दरवाज़े पर रुक जाते हैं। दम में दम आते ही बीरू की पीठ से दर्द फूट निकलता है और उसकी आँखों से आँसू—शायद दर्द के कारण, या शर्म के कारण, या दौड़ने के कारण।

—अब तो खेलेगा ? पहला लड़का पूछता है।

बीरू उसकी ओर यूँ देखता है जैसे उसे गाली दे रहा हो।

5

धुएँ से अटा हुआ घुप्प अँधेरा और अँधेरे में लिपटी हुई गहरी उदास ख़ामोशी। दादी की खरखराती साँसें इस ख़ामोशी को तोड़ती भी हैं और भयानक भी बनाती हैं। चूल्हे में कुछ लकड़ियाँ सुलग रही हैं। वहाँ से उठती हुई धुएँ की लहरें अँधेरे में एक जाल सा बुन रही हैं, जिसमें सबके दम घुट रहे हैं और आँखें जल रही हैं।

धुआँ चारों ओर भटक रहा है। बाहर निकलने का रास्ता न पाकर वह हलक़ में उतर जाता है, आँखों में मिर्चें सी झोंक देता है, और फिर जैसे झुंझलाकर अँधेरे में ख़ल्तमल्त हो जाता है।

दादी रुक रुककर खाँसती है और अँधेरे के सीने में जैसे कई अदृश्य कीलें ठुक जाती हैं।

अँधेरे के किसी नुक़्ते पर जड़े हुए लाल नगीने की तरह चाचा रघुपत के सिगरेट का जलता हुआ सिरा। जब वह कश लगाते हैं तो साँप के सुस्कारने की सी आवाज पैदा होती है और वह लाल नगीना दमक उठता है। उसके प्रकाश में चाचा के सूखे और तमतमाए हुए चेहरे पर जड़े हुए पसीने के क़तरे अजीब लगते हैं। उनकी छोटी छोटी चमकदार आँखें एक ही दिशा में देख रही हैं, मानो उन्हें अँधेरे में भी कोई ख़ास चीज़ साफ़ नज़र आ रही हो।

बीरू ड्योढ़ी के एक कोने में दुबका बैठा है। उसकी आँखें उस लाल नगीने पर जड़ी हुई हैं जो अँधेरे में जुगनू सा चमक रहा है। कभी कभी चाचा रघुपत राख झाड़ने के लिए चुटकी बजाते हैं और मानो उस चुटकी के जवाब में ही चूल्हे में पड़ी लकड़ियाँ चटख़ उठती हैं। वह मुस्कुरा देता है।

अचानक कोई कहीं से उठता है, इधर आता है, उधर जाता है, ड्योढ़ी में आता है, रसोई में जाता है। माँ अँधेरे में भी चैन से नहीं बैठ सकती। न जाने क्या ढूँढ़ रही है। शायद चैन !

वह कुछ और सिकुड़ सिमटकर बैठ जाता है। आँखें बन्द कर लेता है। लेकिन

आँखें बन्द होते ही मानो उसका सारा शरीर जाग उठता है। माँ चारों ओर घूम रही है और उसके साथ साथ कई अजीब अजीब शक्लें भी। वह दाँत कस लेता है। उसकी आँखें फिर खुल जाती हैं और एक क्षण पहले की वह तमाम भयावह शक्लें, दुमदार सितारे, कुत्ते और बिल्लियाँ, जो उसकी बन्द आँखों के सामने नाच रही थीं, कहीं लुप्त हो जाती हैं।

लाल नगीना दमक रहा है।

एक अन्धा हाथ उसकी ओर बढ़ता है और वह मानो टूटकर या पिघलकर देवी की गोद में जा गिरता है। उसकी कँपकँपी थोड़ी देर बाद देवी के गरम और गुदगुदे शरीर के स्पर्श से दूर हो जाती है। वह उसकी गोद में सिमट जाने के लिए अपने आपको सुकेड़ता है। लेकिन वह बहुत लम्बा है, उसकी टाँगें किसी तरह भी देवी की गोद में नहीं समा पातीं। देवी झुककर उसे चूम लेती है और उसकी आँखें बोझल हो जाती हैं। लेकिन पेट तो खाली है। आँखों का बोझ उतर जाता है और पेट गुड़गुड़ाने लगता है, जैसे कोई बच्चा दूध माँग रहा हो।

और वह उस गुड़गुड़ाते हुए पेट को बहुत देर तक सहलाता रहता है, जैसे कोई बड़ा किसी बच्चे को बहला रहा हो।

इतना छोटा सा पेट, एक ही रोटी से ठसाठस भर जाए।

रोटी...रोटी...रोटी...

अँधेरे में धँसती हुई एक अदृश्य कील।

रोटी...रोटी...रोटी...मानो वह उस कील पर हल्की हल्की चोटें मार रहा हो। क्रमशः वह चोटें मज़बूत होती जाती हैं। अँधेरा तिलमिला उठता है। धुआँ मानो उस तिलमिलाहट को देखकर मैदान में उतर आया हो।

वह आँखें बन्द कर लेता है। परन्तु धुआँ उन्हें उघाड़कर रख देता है। वह बन्द मुट्ठियों से उन्हें मसलता है। उसके हाथ भीग जाते हैं, लेकिन जलन दूर नहीं होती। धुएँ का पानी मानो ऐसी गीली आग हो जिससे न आँखें धुलती हैं, न दिल की बेकली दूर होती है।

वह चुपचाप रोने लगता है। रोते रोते उसका ध्यान बाबा की ओर जाता है। और उसके आँसू कम हो जाते हैं। बाबा ज़रूर आटा लेने गए होंगे। थोड़ी ही देर में आ जाएँगे। देवी उठकर रोटियाँ पकाएगी। सब खाएँगे। लेकिन इतने घुप्प अँधेरे में वह कहाँ से लाएँगे आटा ? अँधेरे में तो चोर घूमते हैं। बाबा भी कहीं चोरी करने तो नहीं गए ? बाबा चोर...अचानक इस विचित्र कल्पना से वह सहम जाता है और उसके आँसू क़रीब क़रीब थम जाते हैं, लेकिन भय और बढ़ जाता है। अँधेरा कई क़िस्म की भयानक शक्लों में बँट जाता है। वह आँखें बन्द कर

लेता है, लेकिन वही शक्लें मानो अब उसके मस्तिष्क से अजीब अजीब विचारों की सूरत में निकलती हैं। कहीं माँ उठकर दादी का गला घोंट दे तो...चाचा रघुपत का सिगरेट दादी के बिस्तर पर गिर पड़े तो...बाबा आकर माँ को पीटने लगें तो...देवी उसे उठाकर बाहर फेंक दे तो...अँधेरे में सभी कुछ हो सकता है।

उसके मुँह से एक बारीक और तेज़ चीख़ निकल जाती है। देवी उसे अपनी बाँहों में समेटकर चूमने लगती है। चीख़ टूटकर सुबकियों में तब्दील हो जाती है। सब लोग अपनी अपनी जगह पर हिलते हैं। मानो अँधेरा करवटें बदल रहा हो। निस्तब्धता भंग हो जाती है। कुछ आवाज़ें अँधेरे में सफ़ेद खम्भों की भाँति उग उठती हैं।

—तू अभी तक सोया नहीं ?

—सो जा, मेरे वीर।

—आ, मेरे पास आ जा।

—सोया सोया डर गया है बेचारा।

और वह इन आवाज़ों को सुनते सुनते चुप हो जाता है।

—एक बसते रसते घर में दिया तक न जले ! राम राम !

दादी के इस वाक्य से बात का रुख़ फिर अँधेरे की ओर मुड़ जाता है।

—तेल के बिना दिया कैसे जले ? मैं कहाँ से लाऊँ तेल ?

—जिस घर में कुलच्छमी का वासा हो, उस घर के घड़ों का पानी तक सूख जाता है !

—ख़बरदार, जो मुझे कुलच्छमी कहा तो !

—मेरे कहने न कहने से क्या होगा ? दुनिया जानती है।

—क्या जानती है ? तेरा सिर ?

—माँ !

—तू चुप रह !

—राम राम !

—चुप कर जा, माँ, क्यों बोलती है ? एक दिन ज्यूँ त्यूँ और काट ले। कल रात हम चले जाएँगे। चाचा रघुपत बोलते हुए उठते हैं, और फिर बैठ जाते हैं।

—कल तो मंगलवार है, बेटा।

—कल नहीं तो परसों।

—मुझे क्या सुनाते हो ? मेरी तरफ़ से कल के जाते आज जाओ ! वह तो मैं पहले ही जानती थी। मेरे सब किए कराए का नाम थोड़े ही होगा। कृतघ्न ! वहाँ जाकर सारा चाव उतर जाएगा !

—ज़्यादा बातें बनाने की ज़रूरत नहीं, भाभी।

—घर मेरा है, कोई मेरी जुबान नहीं पकड़ सकता !

माँ को अपनी ज़ुबान पर बहुत मान है। चाचा अपनी सिगरेट का जलता हुआ लाल सिरा उसकी ज़ुबान से लगा दें और वह दर्द से चिल्ला उठे तो मज़ा आ जाए ! लेकिन चाचा तो यूँ सिगरेट पर सिगरेट फूँक रहे हैं जैसे सिगरेट भी रोटी हो।

वह देवी की गोद से उठकर चाचा के पास जाना चाहता है। देवी उसे खींचकर बिठा लेती है। वह फिर उठता है, देवी फिर उसे खींच लेती है। वह फिर उठता है और देवी उसे नहीं खींचती। उसका खेल ख़त्म हो जाता है। वह शायद चाचा की ओर जाना भूल जाता है। जब उसे और कुछ नहीं सूझता तो उसे प्यास लग आती है।

—पानी पीऊँगा।

—निराहार पानी पिएगा ? मरना चाहता है ? माँ कहती है।

यदि कोई माँ की बात माने तो पानी कभी पीए ही नहीं। निराहार पीने से मौत आ जाती है, खाने के बाद पीने से खाँसी, खाने के बीच पीने से पेट खराब हो जाता है, खड़े होकर पीने से पानी टाँगों में उतर जाता है, खेलकूद के बाद पीने से गरम सर्द का ख़तरा और गाजर या मूली के बाद पीने से हैज़े का।

—पानी पीऊँगा।

—यूँ क्यों नहीं मर जाता ? सब मुझे तंग करने पर तुले हुए हैं !

—राम राम !

दादी इन दो शब्दों का प्रयोग उस समय करती है जब उसे माँ की कोई बात बहुत बेहूदा लगे। माँ को इससे चिढ़ है।

—हाँ, हाँ, तुम तो यही चाहती हो कि यह मर जाए !

—राम राम !

भला दादी को उसके मर जाने से क्या मिलेगा ? वह फिर पानी की रट लगा देता है। शायद उसे वहम हो गया है कि पानी पी लेने से भूख मिट जाएगी। और शायद वह यह भी जानता है कि उसकी इस रट से सबका ध्यान और बातों से हटा रहेगा।

—देवी, उठो बेटी, पानी ला दो इसे। मैं माचिस जलाता हूँ।

चाचा रघुपत दियासलाई जलाते हैं। वह खुश हो जाता है। चाचा दियासलाई जलाते रहें, शूँ की आवाज़ पैदा होती रहे तो शायद उसकी भूख और प्यास बुझ जाएँ। लेकिन दियासलाई की रोशनी में उसे माँ एक कोने में खड़ी दाँत पीसती

हुई दिखाई देती है। खर्र की आवाज़ पैदा होती है। मानो अँधेरा कहीं से फट गया हो। एक दूसरे से सटे हुए माँ के दाँत। दियासलाई का सारा मज़ा मिट्टी हो जाता है। और उसे फिर प्यास लग आती है।

—ले !

वह हाथ बढ़ाता है, लेकिन माँ झपटकर गिलास छीन लेती है। छींटे उठते हैं और दादी फिर राम राम करने लगती है।

—फिर माँगेगा पानी ? माँ उसका हाथ मरोड़ देती है।

पानी, पानी, पानी ! वह पूरे ज़ोर से चिल्लाने लगता है, मानो अँधेरे से विद्रोह कर रहा हो, धुएँ को परे हटा रहा हो, या ख़ामोशी का मुँह चिढ़ा रहा हो। ज्योंही माँ उसका हाथ छोड़ती है, वह चिल्लाता हुआ इधर उधर दौड़ने लगता है। माँ उसके पीछे दौड़ती है और वह ठोकर खाकर गिर पड़ता है।

—फोड़ लिया माथा ? कहाँ चोट लगी है ?

और माँ उसे छाती से लगा लेती है। उसे समझ नहीं आता कि वह चाहती क्या है, उसके हाथ क्यों दबा रही है, उसकी पीठ क्यों सहला रही है ? उसके सिर और मुँह को क्यों चूम रही है ? क्या यह वही माँ है जिसने उसका हाथ मरोड़ा था, जो दादी से लड़ती है, बाबा से पिटती है, देवी को गालियाँ देती है, जो उसे बिलकुल अच्छी नहीं लगती ? अगर अँधेरा न भी होता, तो भी वह माँ के चेहरे की ओर देखकर निश्चय न कर पाता कि यह वही माँ है !

उसकी प्यास मिट जाती है। सब लोग अपनी अपनी जगह पर करवट बदलकर बैठ जाते हैं। अँधेरा फिर छा जाता है, धुआँ फिर ऐंठने लगता है, और ख़ामोशी फिर इन दोनों को मज़बूत गिरफ़्त में कसने लगती है।

काफ़ी देर बाद, न जाने कितनी देर बाद, ड्योढ़ी का दरवाज़ा खटाक से खुलता है। और हवा के झोंके के साथ घिन की एक लहर उमड़ आती है। अँधेरा नाक सिकोड़ लेता है। धुएँ के माथे पर बल पड़ जाते हैं और ख़ामोशी को मानो एक ज़ुबान मिल गई है।

दहलीज़ पर खड़े बाबा झूम रहे हैं। ठोकर खाकर गिर पड़ते हैं, उठते हैं, और लड़खड़ाते हुए अन्दर आ जाते हैं। अँधेरे में एक लाल नगीना और जड़ जाता है। बाबा की पगड़ी एक टेढ़ी मेढ़ी लकीर खींच देती है। फिर वह लकीर साँप बनकर ज़मीन पर लोटने लगती है।

—रोटी लाओ !

एक खुरदरी आवाज़, जैसे माँ ने ही चारपाई घसीट दी हो।

—रोटी लाओ, सुनती हो कि नहीं ? बाबा की आवाज़ में कई झोल हैं।

अँधेरा बदबूदार होता जा रहा है।

—मैं कह रहा हूँ, रोटी लाओ !

—होश करो, भाई ! चाचा उठकर उन्हें थाम लेते हैं और अन्दर ले जाने की कोशिश करते हैं। उसी समय एकाएक माँ के रोने की आवाज़ अँधेरे को मानो छीलने लगती है।

बाबा हाँफते हुए से माँ की ओर झपटते हैं और उसकी गर्दन दबोच लेते हैं।

—हाय, मार डाला ! माँ चिल्ला उठती है।

—यह घर है या पागलख़ाना ! चाचा रघुपत बुड़बुड़ाते हैं।

माँ गर्दन छुड़ाकर बाहर गली में भाग जाती है और वहाँ बैठकर रोने चिल्लाने लगती है। बाबा एकदम शान्त हो जाते हैं, जैसे उनका नशा काफ़ूर हो गया हो।

—अन्दर आ जाओ, भाभी।

—माँ, अन्दर आ जाओ न !

—लोग क्या कहेंगे, माँ !

—अगर इसे इतनी अक़्ल होती तो आज यह हालत क्यों होती घर की !

लेकिन इन सब बातों का माँ पर कोई असर नहीं होता। वह काफ़ी ज़ोर ज़ोर से चिल्ला चिल्लाकर लोगों को बता रही है कि बाबा उसे मार रहे हैं। चाचा उसके पास जाकर उसे अन्दर चलने को कहते हैं, लेकिन माँ पर जाने कैसा भूत सवार हो गया है कि वहीं बैठी बैठी ज़ोर ज़ोर से छाती पीटने लगती है और हर थाप के साथ चिल्ला चिल्लाकर कहती है—हाय हाय !

—यह घर है या पागलख़ाना ! चाचा बुड़बुड़ाते हुए अन्दर आ जाते हैं।

—माँ, क्यों भीड़ जमा करती हो ?

—निर्लज्ज कहीं की ! कुलच्छमी !

लेकिन माँ किसी बात का कोई जवाब न दे अपनी धुन में शोर मचाती रहती है।

बाबा ख़ामोश खड़े हैं।

सामनेवाले मकान का दरवाज़ा खुलता है और एक औरत लालटेन लिए दहलीज़ पर खड़ी हो जाती है। फिर और दरवाज़े खुलते हैं। कुछ ही देर में उस लालटेनवाली के इर्द गिर्द औरतों की एक भीड़ सी लग जाती है। माँ उन्हें देखकर और ज़ोर से चिल्लाने लगती है। भीड़ में फुसफुसाहट शुरू हो जाती है।

बीरू की आँखें उन औरतों पर जमी हुई हैं।

—अन्दर चलो, भाभी ! चाचा गुस्से में माँ का हाथ पकड़कर उसे अन्दर की ओर घसीटने की कोशिश करते हैं।

—छोड़ दो मुझे ! ख़बरदार, जो मुझे किसी ने हाथ लगाया ! छोड़ दो, मैं कहती हूँ !

लेकिन चाचा जैसे तैसे उसे दहलीज़ तक ले आते हैं। बाबा आगे बढ़कर उसे अन्दर घसीट लेते हैं। ड्योढ़ी का दरवाज़ा बन्द कर दिया जाता है और अँधेरे में बाबा की आवाज़ कड़क उठती है। अब उसमें कोई झोल नहीं। उनका नशा उतर गया है और उसका स्थान सुर्ख़ गुस्से ने ले लिया है। उनका गुस्सा नशे से और ज़्यादा तेज़ होता है। बीरू डर के मारे सहम जाता है। अँधेरे में भगदड़ सी मच जाती है।

—यह घर है या पागलख़ाना !

लेकिन चाचा के इस वाक्य से बाबा के गुस्से में कोई फ़र्क़ नहीं पड़ता। देवी ड्योढ़ी का दरवाज़ा खोलकर भागती हुई बाहर जाती है और एक लालटेन लेकर भागती हुई वापस आती है। दरवाज़ा फिर बन्द कर दिया जाता है।

अँधेरा लालटेन की रोशनी में पीला पड़ जाता है। और इस पीले अँधेरे में माँ के उलझे हुए सूखे बाल सरकंडों के समान ऊपर की ओर उठे हुए, उसकी तमतमाती हुई आँखें, जिनमें पानी भी है और आग भी, उसके मोटे मोटे फूहड़ हाथ, जो कभी माथे पर पड़ते हैं और कभी छाती पर दिखाई देते हैं और उसकी तेज़ चलती हुई जुबान, जिसमें ज़हर भी है और दर्द भी...।

वह माँ की ओर देखता रहता है। उसकी निगाह में नफ़रत भी है और प्यार भी। फिर उसकी आँखें बाबा की ओर उठ जाती हैं। उनकी वह झुकी झुकी काया, जिसमें बुढ़ापा भी है और जवानी की शिकस्त भी, उनका वह विशाल माथा, जिसके प्रताप को मोटी मोटी शिकनें छुपाए हुए हैं, उनकी वह बड़ी बड़ी आँखें, जिनमें नशा भी है और एक कुंठित सी कोमलता भी, और उनका वह दमकता हुआ चेहरा, जिसमें गुस्से की सुर्ख़ी भी है और भय की ज़र्दी भी !

वह कभी माँ की ओर देखता है और कभी बाबा की ओर, जैसे उन दोनों को एक तराजू में तौल रहा है। कभी कभी उसकी नज़र ड्योढ़ी के बन्द दरवाज़े की ओर उठ जाती है। दरवाज़ा खुला होता तो वह शायद अन्धाधुन्ध वहाँ से भाग खड़ा होता। उसे यूँ महसूस होता है कि उसके भीतर जो कुछ है, वह बाहर को उमड़ आना चाहता हो। फिर उसकी आँखों में अकस्मात् एक असीम जलन सी होने लगती है, मानो किसी ने दो गरम गरम सलाख़ों से उनमें कोई ज़हरीला सुरमा डाल दिया हो। और फिर उसकी गर्दन चाबीवाली जापानी गुड़िया की तरह

हिलने लगती है।

—यह घर है या पागलख़ाना !

बीरू को महसूस होता है जैसे उसकी अपनी आवाज़ ही चाचा रघुपत के मुँह से निकल गई हो।

गाँव के लिए रवाना होने से पहले दादी उसे बहुत प्यार करती है, बहुत आशीर्वाद देती है, चूम चूमकर उसका सारा माथा गीला कर देती है। और फिर अचानक रोने लग जाती है। उसे रोते देखकर वह भी रो पड़ता है। दादी उसे गाँव का नाम बताती है और रोते रोते कहती है कि वह उसे चिट्ठी लिखे। लेकिन उस गाँव का नाम उसकी ज़ुबान पर ही नहीं चढ़ता। माँ उसे दादी की गोद से छीन लेती है। दादी और चाचा बाबा के साथ स्टेशन चले जाते हैं।

वह दादी की गाड़ी की आवाज़ सुनना चाहता है। लेकिन अन्दर माँ ने ऊधम मचा रखा है। दादी के चले जाने से ड्योढ़ी ख़ाली ख़ाली दिखाई दे रही है। उसकी फटी फटी दीवारें अजीब सी लग रही हैं। माँ ड्योढ़ी में धूफ़ जला देती है। कहती है कि दस दिन लगातार धूफ़ जलाएगी, तब कहीं जाकर बदबू दूर होगी। माँ की हर बात निराली है। अगर वह अच्छी होती तो दादी कभी उन्हें छोड़कर चाचा रघुपत के साथ न जाती। वह दादी की ढीली ढाली चारपाई में पड़ा तमाम घरेलू मामलों पर अपनी दृष्टि डाल रहा है।

देवी उसके पास आ बैठती है, उसे उस गाँव की बातें सुनाने के लिए जहाँ दादी गई है। सुनते सुनते कुछ क्षणों के लिए वह भूल जाता है कि ये बातें उसे क्यों सुनाई जा रही हैं। और उसके आँसू रुक जाते हैं। लेकिन कभी कभी किसी बात से न जाने क्यों उसके नन्हे से दिल पर ऐसी चोट लगती है कि वह फूट फूटकर रोने लगता है। देवी समझ नहीं पाती कि उसे कैसे चुप कराए।

दादी चाची के घर गई है।

—क्यों ?

—तुमने चाची को देखा है, बीरू ?

वह कुछ जवाब नहीं देता।

—चाची बहुत अच्छी है। उसके बाल बहुत लम्बे हैं।

बाल लम्बे होने से क्या होता है ? यह देवी न जाने कब तक मुझे बच्चा ही समझती रहेगी !

—चाची के दो बच्चे हैं, एक लड़का, एक लड़की। उनके नाम जानते हो ?

नहीं ? बताऊँ ?

वह हाँ या न में सिर नहीं हिलाता। मरज़ी हो तो बताओ। मैं इस समय दादी को याद कर रहा हूँ। न जाने देवी क्यों यह सारा क़िस्सा ले बैठी है।

—लड़के का नाम है राम और लड़की का शल्लो। दोनों तुमसे छोटे हैं।

दोनों मुझसे छोटे कैसे हो सकते हैं ?

—चाची उन्हें बहुत प्यार करती है !

प्यार शब्द में कुछ ऐसा है कि उसकी आँखें फिर भीग जाती हैं। वह चाहता है कि देवी चुप हो जाए और वह देर तक अकेला बैठा आँसू बहाता रहे। और चाची के बारे में सोचता रहे, जो अपने बच्चों को बहुत प्यार करती है।

—राम पक्की में पढ़ता है, शल्लो कच्ची में। दोनों एक साथ स्कूल जाते हैं। वहाँ गाँव में एक छोटा सा स्कूल है। एक बार मैं भी उनके साथ गई थी। लेकिन मैं अन्दर नहीं गई।

वह कुछ पूछना चाहता है, लेकिन फिर कुछ सोचकर चुप ही रहता है।

—देखो बीरू, मुझसे बोलोगे नहीं तो मैं भी चाची के पास चली जाऊँगी।

—चली जाओ ! वह गुस्से में कहता है।

देवी उसे अपनी बाँहों में भींच लेती है। पहले वह कुछ तिलमिलाता है, फिर उसके शरीर में एक अनजानी स्निग्धता प्रवेश करने लगती है और वह अपने आपको ढीला छोड़कर देवी की गोद में पड़ा रहता है। एक क्षण के लिए दादी की याद उसके मन से उतर जाती है और वह भूल जाता है कि अभी थोड़ी ही देर में दादी की गाड़ी की आवाज़ उसे सुनाई देगी।

—चाचा के घर में एक बिल्ली है, उसका रंग काला है। रात को उसे देखो तो बहुत डर लगता है। राम उसकी पूँछ पकड़कर घसीटता है। और वह करती है, म्याऊँ ! शल्लो उससे बहुत डरती है।

इस म्याऊँ म्याऊँ पर उसे मुस्कुराना ही पड़ता है। जब से देवी आई है, आज पहली बार इस तरह बैठकर ऐसी प्यारी प्यारी बातें कर रही है। अगर कुछ देर के लिए रोज़ देवी उसे इसी क़िस्म की बातें सुनाती रही तो वह दादी को शायद कभी भूले से भी याद न करे। जब वह दादी की गोद में बैठता था तो कभी कभी उसके पिलपिले मांस में से उभरी हुई हड्डियाँ उसे चुभने लगती थीं। देवी की गोद बहुत मुलायम और गुलगुली है।

—वहाँ उनके आँगन में बेर का एक दरख़्त है। बहुत मीठे मीठे बेर लगते हैं उसमें। खाओगे ? मैं चाची को लिखूँगी, तुम्हारे लिए लिफ़ाफे में डालकर भेज दे।

लिफ़ाफ़े में क्या ख़ाक बेर आएँगे ! यह देवी मुझे इतना बुद्धू क्यों समझती है ? यह समझती है कि मैं अब भी वही छोटा सा काका हूँ जिसे यह गोद में लिए दिन भर घूमा करती थी। वह देवी की गोद से अलग हो जाता है।

—वहाँ गाँव में सारे मकान कच्चे हैं, लेकिन चाचा का मकान पक्का है। उनके घर हर समय आटे की बोरियाँ ही बोरियाँ भरी रहती हैं। कभी लड़ाई नहीं होती। चाची हमेशा हँसती रहती है। बच्चे कभी रोते ही नहीं। उनके घर में ऊँची आवाज़ तक नहीं उठती।

देवी ने शायद उसका मन बहलाते बहलाते स्वयं अपने आपको बहलाना शुरू कर दिया है। बहुत देर तक इसी तरह चाचा के घर की इसी क़िस्म की छोटी छोटी बातें बीरू को सुनाती रहती है। और वह उन्हें ध्यान से सुनता रहता है। उसने ऐसी बातें ध्यान से पहली बार सुनी हैं। मन ही मन वह अपने घर की तुलना चाचा के घर से करता रहता है। दोनों घरों के बीच एक लकीर सी खींच देता है।

—और क्या होता है चाचा के घर में ?

—तुम दोनों का सिर !

माँ उनके सिर पर खड़ी चिनगारियाँ बरसा रही है। जाने कहाँ से टपक पड़ी।

—चाचा के घर यह, चाचा के घर वह ! अगर इतनी ही सुखी थी वहाँ तो वहीं क्यों नहीं रह गई ? किसने बुलाया था यहाँ ? ख़बरदार, जो उन लोगों का नाम लिया मेरे घर में ! अगर आ ही गई हो तो आराम से रहो। बड़ी आई चाचा के घरवाली !

माँ के सामने किसी की प्रशंसा करना उससे लड़ाई मोल लेने के बराबर है। वह हमेशा दूसरों की प्रशंसा में छुपी स्वयं अपने प्रति उपेक्षा को आसानी से पहचान लेती है। और अपने बारे में इस क़िस्म का संकेत मात्र भी बर्दाश्त नहीं कर पाती।

—अब तू छोटी नहीं है। कोठे जितना तेरा क़द हो गया है। कोई काम कर, कोई काज कर ! मैं तुम सबकी नौकरानी तो नहीं हूँ कि दिन भर अकेली सब काम करती रहूँ। उठती है कि नहीं यहाँ से !

देवी माँ की ओर देखती है। उसकी दृष्टि में वही ज़हर है जो माँ की ज़ुबान से निकले हुए शब्द में होता है।

—मुझसे अब ठीक तरह से बोलना होगा, माँ। हर एक को एक ही लाठी से...

—लाठी वाठी सब निकालकर रख दूँगी ! अब तू मुझे बोलना सिखाएगी ? एक बीमारी गई, दूसरी आ गई ! मेरी तो क़िस्मत ही ख़राब है !

माँ बात बात में क़िस्मत को घसीट लाती है। न जाने उसे यह वहम क्यों हो गया है कि सारी दुनिया उसके ख़िलाफ़ है। अगर किसी तरह उसका यह वहम दूर हो जाए तो शायद उसे कुछ शान्ति मिले।

—पता नहीं, तुम्हें हो क्या गया है।

—हो गया है तेरा सिर ! नवाबज़ादी ! यही बोल हैं तो जहाँ जाओगी वहाँ भी बहुत सुख पाओगी !

देवी भी कहीं जा रही है ? चली जाए। सब चले जाएँ, सब मर जाएँ। मैं अकेला यहाँ पड़ा रहूँगा। उसका दिमाग़ चकरा जाता है। दादी की गाड़ी की आवाज़ उसे थाम लेती है। और उसकी आँखों में फिर आँसू आ जाते हैं। गाड़ी रुक जाती है। और वह चीख़ उठता है दादी !

देवी और माँ उसकी ओर यूँ देखती हैं जैसे वह पागल हो गया हो। गाड़ी चल पड़ती है और वह बिलख बिलखकर रोने लगता है। माँ उसकी पीठ पर एक थप्पड़ मारती है। देवी माँ का हाथ पकड़ लेती है। माँ झुंझलाकर कुछ बुड़बुड़ाती है। लेकिन उसे कुछ पता नहीं चलता। वह गाड़ी की आवाज़ में अपने आँसू घोल रहा है। अब आवाज़ दूर होती हुई कहीं खो जाती है तो उसके आँसू भी रुक जाते हैं। वह उठकर दादी की ढीली ढाली चारपाई में औंधे मुँह आ गिरता है।

6

माँ मिनट मिनट बाद उठती है। ड्योढ़ी का दरवाज़ा खोलती है, एक दो बार इधर उधर झाँककर दरवाज़ा फिर बन्द कर देती है और उसके सिरहाने आ बैठती है। जब वह दरवाज़े की ओर जाती है तो वह ज़रा आँखें खोलकर उसकी ओर देख लेता है। ज्यों ही दरवाज़ा बन्द होता है, वह आँखें बन्द करके लम्बी लम्बी साँसें लेने लगता है। बहुत देर से चुपचाप बिस्तर में दुबका हुआ वह चोरी चोरी माँ की बेचैनी का तमाशा देख रहा है। कुछ देर बाद माँ बुड़बुड़ाती हुई रसोई में जाती है। बरतन उठाकर इधर उधर पटकने लगती है। सारे बरतन इसी तरह टेढ़े मेढ़े हो गए हैं। माँ का गुस्सा जब किसी तरह नहीं निकल पाता तो हमेशा बरतनों की शामत आ जाती है।

—सो गया तू ?

वह चुप रहता है। पास ही देवी सोई हुई है।

देवी को नींद बहुत प्यारी है। यूँ ही बैठे बैठे, बातें करते करते, सो जाती है। और फिर उसके सिरहाने ढोल बजते रहें तो भी उसकी नींद नहीं टूटती। माँ कहती है, बेफ़िकरों की नींद ऐसी ही होती है। जब से दादी गई है, माँ हर समय देवी से उलझती झगड़ती रहती है। बात बात पर उसे बुरा भला कहती है।

अगर उसे माँ का डर न होता तो वह उठकर देवी के पेट में गुदगुदी करके उसे जगा देता। गुदगुदी के ख़याल से ही उसके होंठ फड़फड़ाने लगते हैं।

—सोया सोया हँस रहा है ?

माँ उसके पास बैठकर उसके गाल सहलाना शुरू कर देती है। माँ के खुरदरे हाथों से प्याज़ और मिट्टी के तेल की बू आती है। वह नाक के बजाय मुँह से साँस लेने लगता है। माँ उसकी ठोड़ी को ऊपर उठाकर उसका मुँह बन्द कर देती है। और फिर धीरे धीरे बोलने लगती है—हे ईश्वर ! हे मालिक ! जगत पिता जगदीश्वर !

दूर कहीं से कुत्तों के भौंकने की आवाज़ आती है। वह करवट बदलकर माँ

के शरीर से सट जाता है।

—तू सोया नहीं अभी ?

वह कुछ जवाब नहीं देता। माँ को धोखा देने के लिए लम्बी लम्बी साँसें लेने लगता है। माँ फिर धीरे धीरे परमात्मा को याद करने लगती है। वह फिर करवट बदल लेता है।

—क्या हो रहा है तुझे ? सो क्यों नहीं जाता ?

—नींद नहीं आ रही।

—नींद कैसे आए ? तुझे खुश्की हो गई है। घी भी नहीं है घर में। मालिश कैसे करूँ ? खुरक हो रही है ?

—हाँ।

माँ उसका सिर खुजलाने लगती है। फिर अचानक उसका हाथ रुक जाता है।

—यहाँ क्या हुआ तुझे ?

—कुछ नहीं।

—बताता क्यों नहीं ? कुछ नहीं कहूँगी। बता दे, क्या हुआ था ? गिर पड़ा था।

—हाँ।

—कैसे ? कहाँ से ? दिन को क्यों नहीं बताया ? इतना बड़ा रोड़ पड़ा हुआ है सिर में। बोल ना, कहाँ से गिरा था ? किसी ने धक्का तो नहीं दिया था ? बोल !

—यूँही खेलते खेलते गिर पड़ा था।

—किसी ने मारा तो नहीं ? सच सच क्यों नहीं बताता ?

वह कैसे बताए कि मास्टरजी ने छड़ी मारी थी, जिससे बचने के लिए वह दुबक गया था और छड़ी उसके सिर पर जा लगी थी। माँ अभी और सबकुछ भूल मास्टर की ऐसी तैसी करने लगेगी।

—बता ना, किसी ने मारा तो नहीं ?

—नहीं माँ ! यूँही खेलते खेलते ठोकर लग गई थी।

—तुझे कितनी बार कहा है कि ध्यान से खेला कर। तू अपना ख़याल क्यों नहीं रखता ? तेरे सहारे ही तो मैं जीती हूँ। अगर तुझे कुछ हो गया तो मैं क्या करूँगी ? बता ना, बोलता क्यों नहीं ? तुझे भी मेरा कोई ख़याल नहीं ? और सब तो मुझे दुख देते हैं...

माँ बोलती चली जाती है। वह कुछ समझता है, बहुत कुछ नहीं। फिर भी

माँ की ये बातें उसे सुहाती हैं। उसका गला भर आता है। माँ हर समय ऐसी ही बातें करती रहे तो वह उससे इतना प्यार करे, इतना प्यार करे कि वह ख़ुश हो जाए !

—जब तक तू बड़ा नहीं होता, मेरी ज़िन्दगी नरक है, बेटा। भगवान तुझे जल्दी जल्दी बड़ा करे ! तेरा कभी बाल तक बाँका न हो ! तुझे कभी गर्म सर्द हवा न लगे ! तेरे सिवा मेरा है कौन, बेटा ? हे परमात्मा, इसे कभी कुछ न हो !

वह सटकर माँ के साथ लग जाता है। माँ के कपड़े भीगे भीगे से हैं, लेकिन उसे अब उनसे बू नहीं आती।

माँ ने खुजलाना बन्द कर दिया है। हाथ जोड़कर आँखें मूँदे, छत की ओर मुँह उठाए कह रही है—यही एक मेरी सारी उमर की कमाई है। इसे तो, हे भगवान, कभी कुछ न हो !

माँ किसी बात के पीछे न पड़ जाए ! अब शायद सारी रात यूँ ही ऊपर मुँह किए इसी तरह भगवान से बातें करती रहेगी।

—माँ, मेरा सिर खुजलाओ, मुझे कुछ नहीं होगा। तुम मेरी चिन्ता न करो।

—तुझे कुछ हो गया तो मैं तो ज़हर खाकर मर जाऊँगी। तेरे ही आसरे तो मैं ज़िन्दा हूँ।

माँ की आवाज़ काँप रही है। वह पल्लू से आँखें पोंछ पोंछ ठंडी साँसें ले रही है और बोल रही है। वह माँ की गोद में सिर रखकर लेट जाता है। वह कभी किसी के कहने से चुप नहीं करेगी। बोलती रहे।

—मेरे पिताजी कहा करते थे, जानकी, तुझे चिन्ता किस बात की है ? देखते ही देखते तेरा बेटा जवान हो जाएगा। फिर तेरे सब दुख दूर हो जाएँगे। तुझे तो उस ईश्वर का शुक्र करना चाहिए, जिसने इतनी मुद्दत बाद तेरी फ़रियाद सुनी है।

माँ के पिताजी कौन हैं ?

—यह पिताजी कौन हैं, माँ ?

—तुझे याद नहीं होगा, बेटा। तू बहुत छोटा था—दो बरस का। वह जब भी तुझे गोद में लेते थे तो उनकी आँखें भीग जाती थीं। कहते थे, काश, मैं इसके ब्याह तक ज़िन्दा रह सकता !

—अब वह कहाँ हैं, माँ ?

—बेटा, उन्हें मरे पाँच साल हो गए।

वह पूछना चाहता है कि उस वक़्त वह कहाँ था। लेकिन माँ रो रही है। वह चुपचाप माँ की ओर देखता रहता है। फिर मानो माँ का ध्यान बदलने के लिए

कहता है—माँ, बाबा क्यों नहीं आए अभी तक ?

—क्या पता, बेटा, क्यों नहीं आए। आजकल न जाने उन्हें क्या हो गया है। आधी आधी रात तक घर नहीं लौटते। इसीलिए तो कहती हूँ बेटा, तू जल्दी जल्दी बड़ा हो जा। तब जाकर कहीं मेरा दलिद्दर दूर होगा। अच्छा, तू जीता रह, मुझे अपने सुख की कोई परवाह नहीं। सुख मेरी क़िस्मत में लिखा ही नहीं तो मिले कैसे ! जब से पैदा हुई...

और माँ की आवाज़ डूब जाती है। कुछ देर तक ख़ामोशी रहती है। माँ का इस तरह धीरे धीरे रोना बीरू को बहुत अजीब लगता है। माँ तो जब कभी रोती है तो सारा क़स्बा सुनता है, गली के सब लोग उसके दरवाज़े के सामने इकट्ठे हो जाते हैं। और इस समय माँ इस तरह रो रही है कि उसकी आवाज़ उसके कानों तक भी नहीं पहुँच रही।

—माँ, पानी ला दूँ ?

—बेटा, कभी बैठकर तू मेरा सारा हाल सुने तो तुझे पता चले कि मैंने क्या क्या जफ़र झेले हैं, कितना दुख भोगा है।

अब माँ की यह रामकहानी न जाने कब ख़त्म होगी। इसी दम बाबा आ जाएँ तो शायद बात बदले। लेकिन फिर उन दोनों में जो लड़ाई होने का ख़तरा है उसे सोचकर उसका दिल बैठने लगता है। इससे तो यही अच्छा है कि माँ इसी तरह आराम से अपनी रामकहानी सुनाती रहे। इस तरह शायद उसे नींद भी आ जाए।

—मैं इतनी सी थी, जब मेरा ब्याह हो गया था। वह दिन और यह दिन, एक साँस भी तो चैन की नहीं मिली मुझे। उस दिन की तो तुझे याद नहीं। पिताजी कहा करते थे कि फेरों के वक़्त मुझे इतनी नींद आ गई थी कि सब लोग मुझे जगाने में लगे रहे थे। मेरी उमर ही क्या थी ! गुड्डियाँ पटोलों की उमर। मुझे कुछ भी तो पता नहीं था कि क्या हो रहा है। कोई कहता, तेरा ब्याह हो रहा है तो मैं झट जवाब देती, तेरा हो रहा होगा ! पिताजी ने मुझे इस पर डाँटा भी था। मुझे थोड़ी सी याद है।

उफ़ ! माँ की यह बेसिर पैर की बातें। एक लाहौर की तो दूसरी पेशावर की। जो मुँह में आता है, बोले जाती है। बाबा इसकी इन ऊटपटाँग बातों को कैसे सुनते होंगे। कहाँ सुनते हैं !

—उस छोटी उमर में मैंने क्या क्या नहीं देखा बेटा। तेरी दादी मुझे दो दो दिन खाने को कुछ नहीं देती थी। अँधेरी कोठरी में बन्द कर दिया करती थी। डर से मेरे प्राण खुश्क हो जाते थे। सारा सारा दिन रोते गुज़र जाता था। कोई मेरी ख़बर लेनेवाला नहीं था। ये उस वक़्त भी सारा सारा दिन घर से बाहर रहते

थे। स्कूल से न जाने कहाँ चले जाते थे। इन्हें बिगाड़ने में सबसे ज़्यादा हाथ तेरी दादी का है। तेरी दादी हर घड़ी मुझे गालियाँ देती रहती। कहती, तुझे अक़्ल नहीं है। अब भला मुझे अक़्ल होती भी कैसे ? मेरी उमर ही क्या थी। फिर भी तेरी दादी से तो उस वक़्त भी मुझमें ज़्यादा अक़्ल थी। बड़ी आई सीख देनेवाली...

दादी को गए कई महीने हो गए हैं, लेकिन माँ के दिल की आग अभी तक नहीं बुझी। जब कभी कोई ग़लती से दादी का नाम भी ले देता है तो माँ उबलने लगती है, जैसे दादी सामने खड़ी हो। वह खुद जब कभी दादी का ज़िक्र ले बैठती है तो हमेशा ऐसी ऐसी बातें कहती है कि बीरू हैरान भी होता है और नाराज़ भी। आख़िर दादी का दिमाग़ ख़राब था कि माँ को रोटी नहीं देती थी ? जब नहीं होती होगी, तो नहीं देती होगी। कहाँ से देती ? अब क्या उनके घर कई बार आटा ख़तम नहीं होता ? इसका मतलब यह तो नहीं कि...

—मेरे साथ की लड़कियाँ मौजें उड़ा रही थीं और मुझे बरतन माँजने से ही छुट्टी नहीं मिलती थी। सर्दियों में मेरे छोटे छोटे हाथ मारे ठंड के अकड़ जाते थे। लेकिन क्या मजाल जो मुँह से उफ़ भी निकल जाए। रोज़ रात को मुझे हल्का सा बुख़ार हो जाता। मेरी हड्डियाँ कुड़कुड़ाती रहतीं और ओढ़ने के लिए मुझे सिर्फ एक पतला सा घिसा हुआ कम्बल मिलता था। उसी में टाँगें छाती से लगाए सर्दियों की लम्बी रातें ठिठुर ठिठुरकर गुज़ार देती। बुख़ार तो मुझे अब भी हर वक़्त रहता है। इस वक़्त भी होगा। ज़रा हाथ लगाके देख तो सही।

माँ को बहुत से वहम हैं, जिनमें से एक यह भी है कि दुनिया भर की बीमारियाँ उसे लगी हुई हैं। दिन में कई बार वह अपनी बाईं कलाई दायें हाथ से पकड़कर बैठी अपनी नब्ज़ देखती रहती है।

—कई बार थक टूटकर चारपाई पर लेटने की सोच ही रही होती कि हुकुम मिलता कि उठकर तेरी दादी के पाँव दबाऊँ। दबाते दबाते अगर ऊँघ गई तो बस शामत आ जाती थी। फिर तो लातों से मरम्मत होती थी।

माँ, यह क्या क़िस्सा ले बैठी है। चुप करके सो जा।

—माँ, तुम्हें नींद नहीं आ रही ?

—मुझे अब क्या नींद आएगी, बेटा। मेरी नींद तो फ़िकरों में ही बरबाद हो गई। मैं तो कभी कभी हैरान होती हूँ कि मैं यह सब कुछ सह कैसे गई। मेरी जगह कोई और होता तो कब का प्राण छोड़ गया होता। मेरी हड्डी बहुत सख़्त है।

इसमें तो कोई शक नहीं। कभी कभी माँ के मुँह से भी अपने बारे में सच्ची

बात निकल ही जाती है। अगर माँ की हड्डी सख़्त न होती तो जितनी मार उसे बाबा से पड़ती है, उसके टुकड़े टुकड़े हो गए होते।

—तेरे बाबा उन दिनों बहुत छोटे थे। स्कूल में पढ़ते थे। स्कूल दूसरे गाँव में था। मैं उन्हें अपना बड़ा भाई समझती थी। मेरा जी करता था कि मैं उनके साथ खेलूँ, कूदूँ। लेकिन वह तो स्कूल से रात पड़े लौटते थे। सब बुरी आदतें उन्हें स्कूल में ही पड़ गई थीं।

वह शायद इस याद पर हँस रही है। लेकिन अँधेरे में ठीक पता नहीं चलता। हो सकता है रो ही रही हो। माँ हँसती बहुत कम है। घर में तो बाबा भी बहुत कम हँसते हैं। लेकिन उसने उन्हें कई बार घर से बाहर अपने दोस्तों के संग खूब क़हक़हे लगाते देखा है। घर में घुसते ही न जाने उनकी हँसी कहाँ ग़ायब हो जाती है। क़सूर सारा माँ का है। देवी जब नई नई चाचा के घर से आई थी तो बात बात पर हँसती थी। अब दिन भर मुँह फुलाए बैठी रहती है। बेचारी अगर किसी बात पर हँसने की ग़लती कर भी बैठे तो माँ छूटते ही कोई ऐसी जली कटी सुना देती है कि...ख़ैर, माँ के होते घर में हँसी का सवाल ही नहीं उठता। वह खुद घर में बहुत कम हँसता है। वह तो स्कूल में भी बहुत कम हँसता है। कुछ लड़के उसे देखते ही चिल्लाने लगते हैं, रोते क्यों हो ? शक्ल ही ऐसी है ! कई बार वह इस मज़ाक़ से इतना तंग आ जाता है कि उसे सचमुच रोना आ जाता है।

—तेरी दादी का हुकुम था कि मैं कभी बिना घूँघट तेरे दादा के सामने न जाऊँ। लेकिन घूँघट मेरे सिर पर ठहरता नहीं था। इस पर भी तेरी दादी मेरी खूब ख़बर लेती। तेरे बाबा तेरे दादा से चोरी चोरी हुक्का पिया करते थे।

—माँ, दादा भी तुम्हें मारते थे क्या ?

—नहीं, उन्होंने तो कभी ऊँचा बोल नहीं बोला। झूठ नहीं बोलूँगी। लेकिन उन बेचारों का तो अपना दम खुश्क रहता था। वह भी तो तेरी दादी से बहुत डरते थे। तेरी दादी कोई मामूली औरत थोड़े ही है !

मामूली तो माँ तुम भी नहीं हो। किसी से पूछकर तो देखो ! वह मन ही मन यह सोचकर हँस देता है। माँ अपनी ही धुन में बोलती जा रही है। अगर वह सो भी जाए, तो माँ उसी तरह बोलती रहेगी। उसने कई बार माँ को बिलकुल अकेले बैठे अपने आपसे बातें करते देखा है।

वह बीच बीच में यूँ चुप हो जाती है, जैसे अपनी बातों या यादों में से कोई ख़ास बात या याद ढूँढ़ रही हो।

—तेरे बाबा तेरे दादा के लिए शराब लाया करते थे और रास्ते में घूँट दो घूँट आप भी पी लिया करते थे। कभी कभी रात को उनकी ताश चुरा लाते और मुझे

कहते, आओ खेलें। और अगर कभी तुम्हारी दादी को पता चल जाता तो बस मेरी शामत आ जाती। दबे पाँव पीछे से आकर ऐसा भरपूर धप्पा जमाती कि तारे नज़र आने लगते।

अब तो माँ की यह रामकहानी ख़त्म हो ही जाए तो अच्छा है।

—माँ, कोई कहानी सुनाओ ऐसी कि नींद आ जाए। कोई अच्छी सी कहानी। किसी राजे की।

वह माँ की गोद में सिमटता हुआ छोटा सा बन जाता है।

—फिर तेरे बाबा की नौकरी लग गई। मैंने लाख लाख शुक्र किया। सोचा, अब तेरी दादी से जान छूटेगी। लेकिन वह कहाँ पीछा छोड़नेवाली थी। वह भी हमारे साथ साथ ही रही। ये तनख्वाह लाते और सारी की सारी उसकी झोली में डाल देते। मैं एक एक पैसे को तरसती...

माँ फिर कुछ देर के लिए चुप हो जाती है। जहाँ कहीं भी पैसे की बात आ जाए, माँ का गला रुँध जाता है।

—उन दिनों तुम्हारे बाबा को ऊपर की आमदनी बहुत हुआ करती थी। ख़र्च भी बहुत कम था। हर चीज़ मुफ़्त में मिलती थी। तेरी दादी गली में सब चीज़ें बाँटती रहती। और मुझे कभी कुछ सूँघने को भी नहीं मिलती। मुझे उसने कम दुख नहीं दिया। मैं क्यों करूँ उसकी सेवा ? क्यों रखूँ उसे अपने पास ? सारी जवानी मैंने उसकी झिड़कियाँ सहते सहते गुज़ार दी। कोई मेरे अन्दर झाँककर तो देखे ! छाले पड़े हुए हैं। मैं तो खोखली हो गई हूँ। मेरे अन्दर तो कुछ भी नहीं रहा। और अभी मेरी उमर ही क्या है। मेरे साथ की...

माँ हाथ लहरा लहराकर बोलती जा रही है। बीरू हैरान है कि उसका यह क़िस्सा कब और कैसे ख़त्म हो। अब उसे हल्की सी नींद भी आने लगी है। अगर माँ कुछ धीमे बोलने लगे तो वह चुपचाप सो सकता है। लेकिन वह धीमे बोले कैसे ? उसे फिर उसके कपड़ों में से हल्दी, घी, तेल की बू आने लगती है। और वह माँ की गोद से खिसककर चारपाई पर लेट जाता है। चारपाई बहुत ढीली है। उसे लगता है, जैसे वह किसी टब में पड़ा हो। कभी कभी वह एक कहानी सुनाया करती है, जिसमें एक राजा होता है। राजा को जब कभी कोई चिन्ता होती हो, तो वह टूटी हुई चारपाई लेकर उसमें पड़ा रहता है। उनके घर तो सारी चारपाइयाँ ऐसी हैं कि...

—मैं उन्हें शराब पीने से मना करती तो तेरी दादी मुझे डाँटने लगती। कहती, तू कौन होती है उसे मना करनेवाली ? नीच घराने की ! तेरी ये मजाल जो तू मेरे बेटे को कुछ कहे ! तू अपने काम से काम रख।...मैं सारी सारी रात रोती

रहती। कोई मेरी ख़बर लेनेवाला नहीं था। हर रोज़ नशे में धुत ये घर लौटते, हर रोज़ मेरी पिटाई होती। कोई और मेरी जगह होता तो गले में रस्सी डालकर मर जाता।

माँ कभी कोई ऐसी कहानी क्यों नहीं सुनाती जिसमें एक राजा हो, जिसकी सात रानियाँ हों...

—हर वक़्त मेरा अंग अंग दुखता रहता। अपनी माँ की शह से वह और भी शेर हो जाते। मैंने मुँह खोला नहीं कि दोनों माँ बेटा मुझ पर पिल पड़ते।

...राजा सबसे छोटी रानी को सबसे ज़्यादा प्यार करता हो। छोटी रानी का नाम फूलरानी हो...

—मैं कभी बीमार पड़ जाती तो तेरी दादी कहती, फ़रेब कर रही है। दवाई तो एक तरफ़, मेरा हाल पूछनेवाला कोई नहीं था।

...एक दिन फूलरानी बीमार पड़ जाए, राजा रात भर करवटें बदलता रहे। उसे नींद न आए। दूसरे दिन राजा अपने वज़ीर को बुलाकर उससे कहे, देखो, इसी दम नगर में मुनादी करवा दो, डम डम डम...

—कई कई दिन ये घर न लौटते। मेरी हरदम जान खुश्क रहती। लेकिन तेरी दादी के डर के मारे किसी से बात करने की हिम्मत तक न होती। गली मुहल्ले की औरतें पूछतीं, कहाँ गए हैं, तो मुझे रोना आ जाता। हर वक़्त मेरा दिल यही चाहता कि गले में रस्सी डालकर अपनी जान ले लूँ। पता नहीं, वह कौन सी ऐसी शक्ति थी जिसने मुझे बचाए रखा। नहीं तो वे दुख...

...मुनादी करवा दी जाए, डम डम डम...फूलरानी बीमार है। जो कोई उसे अच्छा कर देगा, राजा अपना आधा राजपाट उसे दे देगा...

—बेटा, मेरी जवानी तो इन्हीं चीज़ों में घुल गई। मैंने एक दिन भी तो सुख का मुँह नहीं देखा। सच कहती हूँ बेटा।

माँ के स्वरों में सहसा बीरू को किसी अपाहिज भिखारिन के स्वर सुनाई देने लगते हैं। उसकी अपनी कहानी का तन्तु कहीं गुम हो जाता है। फूलरानी ठीक होती है या नहीं होती, वह कुछ फ़ैसला नहीं कर पाता। माँ रो रही है। धीरे धीरे। उसे डर है अगर माँ ने रोना बन्द नहीं किया तो वह भी उसके साथ मिलकर रोने लगेगा।

—माँ, रोओ नहीं।

—मेरी क़िस्मत में सिवाय रोने के और कुछ लिखा ही नहीं। मेरी सारी उमर रोते रोते गुज़री है। मुझे कभी सुख नहीं मिला। मुझे कभी सुख नहीं मिलेगा।

—रोओ मत, माँ ! मैं तुम्हें सुख दूँगा।

माँ उसे चूम लेती है।

वह कुछ झेंपकर अपना मुँह माँ की गोद में छुपा लेता है।

दूसरे दिन भी वह माँ की आँखों से आँखें नहीं मिला पाता, मानो अपने उत्तरदायित्व से आँखें चुरा रहा हो।

7

बाबा कई दिनों से घर में नहीं सोते। सुबह आते हैं और देवी को कुछ पैसे देकर उसी वक़्त बाहर चले जाते हैं। माँ से बात तक नहीं करते। माँ सारा दिन बिस्तरे में पड़ी रहती है। वहीं पड़ी पड़ी बुड़बुड़ाती रहती है, दाँत पीसती रहती है और कभी कभी गुस्से में कोई चीज़ उठाकर फ़र्श पर दे मारती है।

काका हर समय माँ के साथ लेटा रहता है। बीरू को बिलकुल अच्छा नहीं लगता। लाल लाल सा, जैसे चुहिया का बच्चा हो। उसकी आँखें बहुत छोटी हैं। लेकिन माँ उसे बहुत चूमती चाटती रहती है। फिर भी हरदम कैं कैं करता रहता है। अभी क्या, बच्चू को तब पता चलेगा जब ज़रा बड़ा होगा ! सब लाड़ प्यार भूल जाएगा।

लेकिन माँ कितने दिन और इसी तरह पड़ी रहेगी ? उठती क्यों नहीं ? वैसे तो अच्छी ही है। ख़ैर, उठकर भी कौन सी कमाई करेगी ! न ही उठे तो ठीक। जब से उसने बिस्तर पकड़ा है, घर का रंग ढंग ही बदल गया है। खाना वक़्त पर मिलता है। धुआँ भी बहुत कम उठता है। अँधेरा भी कम हो गया है। फिर भी माँ हर वक़्त शोर मचाती रहती है।

—मैं बीमार क्या पड़ी हूँ, उन्हें खुली छुट्टी मिल गई है। कोई पूछनेवाला जो नहीं रहा। रात को रोज़ चढ़ाते होंगे। और फिर न जाने कहाँ कहाँ टक्करें मारते होंगे चढ़ाकर !

—क्या चढ़ाकर, माँ ?

—शराब, और क्या ?

अगर माँ के तेवर कुछ ठीक होते तो बीरू शराब के बारे में और भी कोई सवाल पूछता।

—मुझे तो शक है कि आजकल फिर जुआ ज़ोरों पर है। यह जो हर रोज़ थोड़े से पैसे दे जाते हैं, यह सब जुए की मेहरबानी मालूम देती है।

जुआ खेलने से अगर पैसे आते हैं तो इसमें बुराई क्या है ? माँ को तो पैसे

ही चाहिए न !

—एक दिन तू ही पीछा कर, बीरू, इनका। देखें तो सही कि जाते कहाँ हैं, करते क्या हैं।

पीछा करने के ख़याल से बीरू को हँसी आ जाती हैं। बाबा जैसे चोर हों।

—हो न हो, उसी लँगड़े के घर चंडाल चौकड़ी जमती होगी।

यह लँगड़ा कौन है ? माँ ने दुनिया भर के लोगों को अजीब अजीब नाम दे रखे हैं। और यह चंडाल चौकड़ी किस बला का नाम है ? माँ की बातें माँ ही जाने ! न जाने बिस्तर में बैठे बैठे हर वक़्त क्या क्या सोचती रहती है !

—मैं ठीक हो जाऊँ तो उस लँगड़े की दूसरी टाँग भी तोड़के न रख दी तो मेरा नाम जानकी नहीं। और इस जूड़ीवाले की जूड़ी उखाड़कर उसके हाथ में न दे दी तो मुझे कहना ! मैं ज़रा बिस्तर से उठ तो लूँ!

परमात्मा करे, माँ बिस्तर से न उठे !

—बुरा हो बुरों का ! कोई भी तो उन्हें सीधे रास्ते पर चलने की सलाह नहीं देता। सभी बिगाड़ने पर तुले हुए हैं। सब बेड़ा ग़र्क़ करना चाहते हैं। खुद पीछे हो जाते हैं, और उन्हें आगे कर देते हैं। इन जैसा सीधा आदमी मैंने कहीं नहीं देखा।

और माँ, तुम जैसी टेढ़ी औरत भी किसी ने नहीं देखी होगी। वह अपनी इस नई आदत पर बहुत खुश है। माँ की प्रायः हर बात को वह ख़ामोशी से काटता रहता है। उसे लगता है जैसे वह माँ की हर बात की रग पकड़ लेता हो। सब कहते हैं, वह अब बहुत चालाक हो गया है।

—एक दिन पता तो लगा बेटा, कि वह कहाँ जाते हैं। उनके अड्डे तुझे मैं बता दूँगी। तू जाकर एक दिन पता तो कर कि आजकल रात को वह किस अड्डे पर...।

बाबा के भी अड्डे हैं, जैसे वह भी कोई ताँगा हों। माँ का तो दिमाग़ चल गया है। एक बात सीधी नहीं करती। माँ को चिड़ियाघर भेज देना चाहिए। चिड़ियाघर की कल्पना करके वह मुस्कुराने लगता है।

—देवी कहाँ है, माँ ?

—यहीं कहीं टक्करें मार रही होगी। वह कौन सी कम है ! उसे भी आज़ादी मिल गई है। उसे कोई ख़याल है कि मेरी माँ बीमार पड़ी है, मैं घर बैठूँ, काम काज करूँ। उसे अपनी आवारागर्दी से ही फ़ुरसत नहीं।

माँ से तो कोई सीधी सी बात भी कहो तो पूरी छह मील लम्बी कहानी सुन लो !

—इसके घर जा, उसके घर जा ! हमेशा गधों की तरह हिनहिन करती रहेगी। ऊँट जैसा क़द हो गया है, लेकिन अक़्ल नहीं इतनी सी भी। इस जैसी लड़कियाँ अपना घर सँभाले बैठी हुई हैं और इसे सिवाय ही ही के और कोई काम ही नहीं।

माँ, तुम्हें भी तो सिवाय चिड़चिड़ाने के और कोई काम नहीं।

—रात होने आई है। उसे ख़याल है कि घर चलूँ, चलके रोटी पकाऊँ, किसी को भूख लगी होगी ! खसम ऐसा, लड़की ऐसी—मेरी तो मिट्टी ख़राब है।

माँ ये मुहावरे न जाने कहाँ से छाँट छाँटकर निकालती है !

—उसे इतना भी ख़याल नहीं कि लोग क्या कहेंगे। कोई और लड़की भी है सारी गली में जो इस तरह दिन भर घूमती फिरती है, अपनी माँ के साथ लड़ती है, माँ के दुश्मनों से जानबूझकर दोस्ती पालती है ? लेकिन मैं करूँ क्या, उसकी आँखों में तो डर ही नहीं रहा। करूँ तो क्या ?

माँ जाने और क्या कहना चाहती है। वह उसकी बातों से इतना ऊब गया है कि कई बार उसके जी में आता है कि उठकर उसके मुँह में कपड़ा ठूँस दे।

—लोग तो सारा दोष मुझे ही देते हैं ना। कहते हैं, मैं उसे टोकती नहीं। अगर कल कोई बात हो गई, तो नाम मेरा ही डूबेगा। हाय परमात्मा, मैं क्या करूँ ? मर जाऊँ क्या ? मुझे शान्ति कब मिलेगी !

माँ को शान्ति कभी नहीं मिलेगी, कभी नहीं मिलेगी !

—माँ, बाबा आजकल घर क्यों नहीं आते ?

—मेरी जूती जाने ! क्या बताऊँ, बेटा, जब तू ज़रा बड़ा होगा तो सब समझ जाएगा।

मैं तो अब भी सब समझता हूँ, माँ। अब और क्या समझने को बाक़ी है। और बड़ा क्या...

—तेरी माँ ने क्या क्या कष्ट झेले हैं, बेटा, तू नहीं जानता। मैं तो तुझे देखकर ही जीती हूँ, बेटा।

फिर वैसी ही बातें शुरू कर रही है, जिन्हें सुनकर मुझे रोना आ जाता है।

—बेटा, तू बड़ा होकर मुझे सुख देगा ना, मेरी बात मानेगा ना ? और तो किसी ने मुझे कभी सुख नहीं दिया, बेटा। सब मेरे दुश्मन हैं। तंग करने पर तुले हुए हैं। तू तो वैसा नहीं बनेगा ? तेरे सहारे ही तो जी रही हूँ। बोलता क्यों नहीं ? बोल ना ? कह दे ना...

क्या कह दूँ ? कुछ समझ में तो आता नहीं।

—हाँ माँ, मैं तुझे सुख दूँगा।

माँ खिल उठती है। उसकी आँखों में आँसू झिलमिलाने लगते हैं। और उसके

चेहरे पर मुस्कुराहट की धीमी धूप फैल जाती है।

—मुझे तुमसे यही उम्मीद थी। बेटा, तू ही मेरी सारी कमाई है !

उसके कन्धे ढीले पड़ जाते हैं, मानो उन पर अकस्मात् कोई भारी बोझ डाल दिया गया हो। वह उद्भ्रान्त सा माँ की ओर देखने लगता है। अगर माँ उसकी 'हाँ' से ही इतना खुश हो सकती है तो ज़रूर इस हाँ में कोई ख़ास बात होगी। कहीं मैं फँस तो नहीं गया ?

काका जाग गया है। माँ उसे गोद में उठा लेती है।

—अब इस बेचारे को भूख लग रही है! मेरे अन्दर कुछ हो तो इसे दूँ।

माँ अपनी कमीज़ उठाकर स्तन काके के मुँह से लगा देती है। काका एक दो बार मुँह मारकर फिर रूँ रूँ करने लगता है।

—माँ, काका कहाँ से निकला था ?

—तेरे सिर में से !

वह ठिठक जाता है। माँ को एकदम न जाने फिर क्या हो गया है। अभी तो मुस्कुरा रही थी। अब उसका माथा फिर सिकुड़ गया है। उसका ध्यान न जाने किस ओर भटक गया है। उसे पता नहीं क्या दिखाई दे रहा है। वह उसकी ओर नहीं देख रही। काका रीं रीं कर रहा है। अगर वह इसी वक़्त चुप नहीं हुआ, तो यह उसका गला घोंट देगी।

—माँ !

—बोल, बोलता क्यों नहीं ?

—तुझसे बहुत डर लगता है, माँ।

—मैं डाइन तो नहीं। मुझसे क्यों डर लगता है ? बोल ना !

—माँ, लड़के कहते हैं, काका तेरी माँ के पेट में से निकला है। क्या यह सच है, माँ ? मैंने उन्हें कहा था, काके को भगवान ने भेजा है। सुनकर वे हँसते हैं और कहते हैं, तू उल्लू है।

—ऐसे लड़कों से बात नहीं करते।

—माँ, वे कहते हैं, तू भी माँ के पेट से निकला था।

—कहा न, ऐसे लड़कों से बात नहीं करते।

—वे कहते हैं, सारी दुनिया अपनी माँ के पेट से निकलती है।

माँ हँसने लगती है। वह माँ को हँसता देखकर अपनी बात भूल जाता है। और माँ के चेहरे पर बनती मिटती झुर्रियों को देखते हुए हैरान रहता है कि माँ की हँसी और रोने में कितना फ़र्क़ है ! माँ रोती क्यों है ? उसकी शक्ल ही ऐसी है।

—माँ, काका जहाँ से दूध पीता है, उसे क्या कहते हैं ?

—दूध और क्या ?

—लड़के तो इसे ममा कहते हैं।

—लड़के बहुत शैतान हैं। बहुत गन्दी बातें करते हैं। ऐसे लड़कों से बात नहीं करते।

—गन्दी बातें क्या होती हैं, माँ ?

—मुझे नहीं पता। तुम अब बहुत चालाक हो गए हो। बहुत बातें बनाने लगे हो।

—माँ, मैं भी वहाँ से दूध पीऊँगा।

—बड़े लड़के यह दूध नहीं पीते।

—क्यों ?

—क्योंकि वे बड़े हैं।

माँ के इस गोलमोल जवाब से उसकी शंका नहीं मिटती, लेकिन माँ को ज़्यादा तंग नहीं करना चाहिए। न जाने किस बात पर बिगड़ जाए। माँ का रंग बदलते देर नहीं लगती। लेकिन आज माँ को इस तरह छोटी छोटी बातों से छेड़ने में उसे बहुत मज़ा आ रहा है।

—माँ, देवी का काका कब होगा ?

—ऐसा नहीं कहते।

—क्यों ?

—देवी का पहले ब्याह तो हो ले।

—तो क्या ब्याह के बग़ैर काका नहीं होता, माँ ?

—पागल है !

तो लड़के सच ही कहते हैं, पहले ब्याह होता है, फिर काका। वह धीरे से मुस्कुरा देता है। बहुत चालाकी से उसने एक बहुत बड़ी बात का पता लगा लिया है। लड़के सब ठीक कहते हैं। माँ को झूठ बोलने की आदत है।

—देवी का ब्याह कब होगा, माँ ?

—भगवान जाने, होगा भी कि नहीं। बाप शराबी, जुआरी; बेटी बेहया, बेअक़ल। क्या पता, होगा भी कि नहीं। पल्ले एक पैसा नहीं। ब्याह मेरे सिर से होगा। यह अपने घर चली जाती, मेरा बोझ हल्का हो जाता। एक लड़की थी। मेरे दिल में क्या क्या अरमान थे ! हाय, मेरी तो कोई भी कामना पूरी नहीं हुई !

माँ एक ठंडी आह छोड़ती हुई अपना सिर पकड़ लेती है।

—मैं तो चारों तरफ़ से दुखी हूँ। मुझे कोई भी तो सुख नहीं। किसी को

औलाद का सुख होता है, मुझे तो वह भी नहीं। पल्ले फूटी कौड़ी नहीं। ब्याह कैसे होगा ? मेरे सिर से ? लेकिन जब और किसी को कोई चिन्ता नहीं तो मुझे क्या पड़ी है ? मेरी बला से ! मैं क्यों अपनी जान दूँ ? जाएँ भाड़ में सब ! जब कोई मेरी इस घर में सुनता ही नहीं, तो मैं क्यों किसी की फ़िक्र करूँ ? जब बाप को ही परवाह नहीं, तो मुझे क्यों हो ?

वह माँ की बातों के साथ साथ चलने की कोशिश करता है, लेकिन उसकी बात पतंग की डोरी के समान है। उसके हाथों से फिसलती जाती है। पतंग उड़ाने की भी क्या बात है ! असलम पतंग उड़ाता है। बिलकुल तारा बनाकर छोड़ देता है। बाँधकर रख देता है। डोरी को इतना तेज़ बना देता है कि अँगुली कट जाए। लेकिन पतंग भी एक आने से कम में नहीं आती। पैसे की बात करो तो माँ दुनिया भर की तकलीफ़ों का क़िस्सा ले बैठती है। वह हर वक़्त माँ के पास बैठा रहता है। लड़के उसे माँ का लाड़ला कहकर छेड़ते हैं। लड़कों की माँ की...

उसने बहुत सी गालियाँ सीख ली हैं। असलम की गालियों में कितनी जान होती है ! वह कहता है, गाली हो तो गोली ऐसी, कि लगते ही आदमी का सिर फट जाए। असलम की भी क्या बात है ! अगर कभी वह मेरा दोस्त बन जाए। दोस्त वह, जो मुसीबत के वक़्त काम आए। और मुसीबत वह जो...

—बाप जाने कहाँ कहाँ ख़ाक छानता रहता है ! बेटी न जाने किस किसके साथ आँखें लड़ाती रहती है ! एक दिन ऐसा शगूफ़ा खिलाएगी कि सब देखते रह जाएँगे। फिर सब आकर मेरी जान को रोएँगे। अब मेरी बात कोई नहीं सुनता। मेरी सुनें, तो सोने के न हो जाएँ सब !

मैं जो सुन रहा हूँ ! मैं तो सोने का नहीं हुआ ? पता नहीं, माँ क्या बकती जा रही है। लोग ठीक कहते हैं, माँ का दिमाग़ ख़राब हो गया है। क्यों नहीं बाबा माँ को पागलख़ाने भेज देते ? बाबा कहते हैं, यह घर नहीं पागलख़ाना है। बाबा खुद भी तो पागल ही हैं। पागल न होते तो क्या यूँ पीटते अपना माथा ? और लोगों के भी तो बाप हैं। माँ वह, जो प्यार करे, अच्छी अच्छी बातें करे। और लोगों की भी तो माँएँ हैं।

अपने घर का मुक़ाबला दूसरे लोगों के घरों से करने की आदत भी उसने अपने घरवालों से ही सीखी है। जब कभी माँ देवी को डाँटती है तो यही कहती है, 'और लोगों की भी तो लड़कियाँ हैं, वे तो ऐसा नहीं करतीं।' देवी झट बोल उठती है, 'और लोगों की भी तो माँएँ हैं, वे तो हर वक़्त अपनी लड़कियों को ऐसे सूली पर नहीं चढ़ाए रहतीं।' इसके जवाब में माँ पुकारती है, 'तू और लोगों की लड़कियों की तरह बनके तो दिखा !' देवी की ओर से जवाब आता है, 'मैं

कैसे बनूँ ? ताली तो दोनों हाथों से ही बजती है।' वह ताली बजाने लगती है। माँ को देवी की इस तालीवाली बात से बहुत चिढ़ है।

बाबा के ख़िलाफ़ भी माँ की सारी शिकायतों की तान इसी बात पर आकर टूटती है—और लोगों के भी तो आदमी हैं, वे तो सारा सारा दिन घर से ग़ायब नहीं रहते, शराब नहीं पीते, जुआ नहीं खेलते, वे भी तो आदमी हैं !

बाबा माँ का मुक़ाबला दूसरों की औरतों से नहीं करते। वे कभी लम्बी चौड़ी बहसों में पड़े ही नहीं। उन्हें शायद माँ की शक्ल से नफ़रत है। इधर माँ ने कुछ कहा नहीं कि बाबा का पारा सिर से ऊपर चढ़ा नहीं। वह किसी से भी ज़्यादा बात नहीं करते। उन्हें हर समय कोई और ही धुन सवार रहती है।

—तू ही किसी दिन उनका पीछा कर, बेटा। देख तो सही जाकर क्या करते हैं। आज तो जीत रहे हैं। अगर कल को हारने लगे तो चौके में पानी पीने के लिए एक गिलास तक नहीं बचेगा। तू उन्हें नहीं जानता।

मैं किसी को नहीं जानता। और न ही मुझे ज़रूरत है जानने की। मेरी तरफ़ से सब मर जाएँ...माँ के पास बैठ बैठकर ज़ुबान भी ख़राब हो गई है। मुझे माँ के पास बैठे रहने के बजाय बाहर जाकर अपनी उमर के लड़कों के साथ खेलना चाहिए। क्या खेलना चाहिए ? कुछ भी। मुझे क्या पड़ी है कि यहाँ इस अँधेरी कोठरी में बैठा माँ की बकवास सुनता रहूँ ? मैं सबको गोली मारता हूँ !

—जाकर इस देवी को ही देख। मेरे लाल, देख तो सही किसके घर बैठी है। जहाँ भी हो, जाकर चोटी से पकड़कर घसीट ला। अपने आप तो वह सारी रात घर नहीं आएगी।

अजीब मुसीबत है। मैं हर किसी का पीछा ही करता रहूँ। मुझे और काम नहीं। स्कूल का काम माँ का बाप कर जाएगा आकर ! स्कूल का काम नहीं करूँगा तो कल मास्टर जब पूछेगा तो उसे क्या दिखाऊँगा ? अपना सिर या माँ का सिर ? मास्टर सारे लड़कों के सामने मुझसे पूछेगा, क्यों बे, सारी रात क्या माँ का दूध पीता रहा ? बोल ! मास्टर कितना गन्दा है ! माँ को पता चले तो ऐसी ऐसी गालियाँ दे...

उसी समय देवी दबे पाँव अन्दर आती है। अपने निचले होंठ को काटती हुई। एक अँगुली से बीरू को चुप रहने का इशारा सा करती हुई। लेकिन शायद वह इस इशारे का मतलब नहीं समझता।

—देवी आ गई, माँ।

—आ गई ? शुक्र है, आई तो ! अभी और टक्करें मारती ! क्या ज़रूरत थी अभी आने की ? माँ पुकारती है।

देवी चुपचाप रसोई की ओर चलने लगती है।

—मैं पूछती हूँ, कहाँ गई थी ?

—बाहर।

—क्या करने ? सिर मुँडाने ? तुझे शर्म नहीं आती ? कितनी बार कहा है, घर बैठा कर। तुझे इतना भी ख़याल नहीं कि मेरी माँ बीमार पड़ी है। बेहया !

—माँ, मुझे गाली मत दो।

—वाह ! क्या कहने ! वाह ! एक चोर दूसरा चतुर !

—सीधी तरह बात करो, माँ।

—अच्छा, तेरी यह हिम्मत ! अब तू मुझे आँखें दिखाने लगी ? ऊँट जितना तेरा क़द हो गया है, तुझे कोई शर्म हया है या नहीं ? घर में बैठते तुझे मौत आती है ? अगर तू दस घर फिर न ले तो तुझे रोटी हज़म नहीं होती ? जिनके साथ तू सारा दिन...

—मैं अब दूध पीती बच्ची नहीं, माँ।

—अरी, तू दूध पीती बच्ची होती तो मैं तेरा गला न घोंट देती ! पैदा होते ही क्यों न मार दिया ! तुझ जैसी औलाद तो परमात्मा किसी दुश्मन को भी न दे !

अब यह जंग न जाने कितनी देर चलेगी। बीरू के मन में आता है कि चुपचाप उठकर बाहर चला जाए। लेकिन इस अँधेरे में जाएगा कहाँ ?

—जुबान सँभालकर बात करो, माँ !

—कुतिया, कमीनी, बेग़ैरत, मर जा तू !

—अच्छा, बकती रह, माँ, बकती रह।

—मैं सब जानती हूँ ! तुम्हारी सब करतूतों का मुझे पता है ! तू मुझे ज़रा उठने तो दे, फिर देखना ! तू हमारे माथे पर कलंक का टीका लगाकर ही रहेगी !

—माँ, हर बात की हद होती है !

—बेहया, तेरी आँखों में शर्म ही नहीं रही !

—माँ, अपनी इज़्ज़त अपने हाथ होती है।

—अरी, चल ! बड़ी आई मुझे धमकियाँ देनेवाली ! मैंने तुझ जैसी बहुत देखी हैं ! पता भी है, लोग तेरे बारे में क्या कहते हैं ? लुच्ची लफंगी !

—बकवास बन्द करो, माँ।

—बकवास !

—बकवास नहीं तो और क्या ? कोई और माँ भी अपनी लड़की को ऐसी ऐसी गन्दी गालियाँ देती है ?

—कोई और लड़की तेरी जैसी कुलच्छन है ?

—क्या किया है मैंने, जो मेरे पीछे पड़ गई हो ?

—क्या किया है ? भला तू नहीं जानती है ! तू मुझे उठ तो लेने दे ! भरी गली में तेरा भंडा न फोड़ा तो मुझे कहना ! तुझे गुमान किस बात का है ?

—तू जो न करे, थोड़ा। तू मेरी माँ थोड़े ही है। तू तो मेरी दुश्मन है, दुश्मन !

—तू मेरी लड़की थोड़े ही है। तू तो मेरी सौत है, सौत !

—कुछ तो शर्म करो, माँ !

ऐसे तो कुत्ते भी नहीं लड़ते आपस में। उनकी तकरार सुनते सुनते बीरू की नसें तन जाती हैं। उसे लगता है जैसे दोनों तरफ़ से उसके गालों पर तमाचे पड़ रहे हों। उसके कान जल रहे हैं और आँखों में सुइयाँ सी चुभ रही हैं।

—लेकिन तेरी सुनेगा भी कोई ? सेर आटा तक तो तुझे कोई उधार देता नहीं ! मैं न होती तो भूखी मर गई होती।

—अच्छा, अब तू ये ताने भी देने लगी ! अच्छा !

उसे लगता है, जैसे उसका सिर फटा जा रहा हो। अन्दर से एक उबाल सा उठता है और वह चीख़कर कहता है—चुप करो !

देवी और माँ उसकी ओर यूँ देखती हैं जैसे पहले कभी न देखा हो।

वह उन दोनों की ओर बारी बारी देखता है। उसकी आँखों से आग की लपटें निकल रही हैं। उसका जी चाहता है, नीचे पड़ा गिलास उठाकर देवी के मुँह पर दे मारे। माँ को काट खाए। अपना सिर दीवार से फोड़ डाले और ज़ोर ज़ोर से रोने लगे। कुछ ऐसा करे कि सब उसकी तरफ़ देखते रह जाएँ। वह पागल हो गया है।

—यह कौन सा कम है ! जो दूसरे करेंगे, वही तो यह भी करेगा। माँ कहती है।

—चुप करो ! वह फिर चिल्लाता है।

वह नीचे से गिलास उठाकर माँ की ओर फेंक देता है। गिलास दीवार से टकराकर बिस्तर पर आ गिरता है। काका चिल्ला उठता है।

देवी ज़ोर से एक चपत उसके मुँह पर मारती है। वह बजाय रोने के उसकी ओर यूँ देखता है जैसे उससे एक चपत और माँग रहा हो।

देवी चुपचाप उसकी ओर देखती रहती है।

दोनों की आँखों में से आँसू फूट रहे हैं।

माँ बिस्तर पर पड़ी हाय हाय कर रही है।

8

वह दबे पाँव बाबा के पीछे पीछे चल रहा है। बाबा अपने आप में सिमटे हुए से हर एक से आँखें चुरा से रहे हैं। सिर आगे डाले हौले हौले चल रहे हैं, जैसे कोई खोई चीज़ ढूँढ़ रहे हों। बाबा इतने आहिस्ते चलते हैं कि उसके लिए पीछे रह जाना मुश्किल हो जाता है। बार बार उसे रुक जाना पड़ता है। आज वह पता लगाकर छोड़ेगा कि बाबा कहाँ जाते हैं। उसने बहराम डाकू की कहानी सुन रखी है।

जिस गली में बाबा चल रहे हैं, उसमें अनगिनत मोड़ हैं। उसका एक नाम ही टेढ़ी गली है। बाबा हर मोड़ पर पहुँचकर ठिठक जाते हैं, जैसे उनके सामने अचानक कोई दीवार खड़ी हो गई हो। वह किसी सोच में डूबे हुए मालूम पड़ते हैं, या शायद उनके चलने का ढंग ही ऐसा है। माँ कहती है कि वह हर समय नशे में रहते हैं। लेकिन माँ की किसी बात पर उसे विश्वास नहीं।

अगर बाबा अचानक मुड़कर उसे अपने पीछे देख लें, तो...उसका दिल थम सा जाता है, जुबान निकलकर ओंठों के बीच आ जाती है, और दिमाग़ पर कई अच्छे बुरे बहाने लपक जाते हैं। कह दूँगा, असलम के घर जा रहा हूँ...मास्टर जी ने बुलाया था...मन्दिर जा रहा हूँ...देवी की सहेली के पास जा रहा हूँ। बाबा भोले बादशाह हैं। उनके सामने कोई भी बहाना चल सकता है।

वह एक मकान के सामने पहुँचकर रुक जाते हैं। दरवाज़ा अन्दर से बन्द दिखाई देता है। बाबा बनावटी तौर पर खाँसते हैं, फिर ऊपर की ओर देखते हैं, और फिर खाँसते हैं। फिर सिर लटकाकर यूँ खड़े हो जाते हैं जैसे मास्टर के सामने खड़े हों। दरवाज़ा खुलता है। बाबा उसी तरह सिर लटकाए अन्दर घुस जाते हैं। फिर दरवाज़ा मानो अपने आप बन्द हो जाता है। उसे बहराम के उस तहख़ाने की याद आ जाती है जिसमें वह एक शहज़ादी को बन्द रखता है। वह दौड़कर दरवाज़े के पास पहुँचता है और उसे धकेलकर वापस लौट आता है। दरवाज़ा अन्दर से बन्द कर लिया गया है। यह मकान न जाने किसका है।

गली बिलकुल ख़ाली पड़ी है। उस मकान के आसपास वाले सब मकान टूटे

फूटे हैं। उनमें शायद कोई नहीं रहता। जिस मकान में बाबा गए हैं, उसमें भी शायद कोई नहीं रहता। शाम की सुनहरी धूप स्याह पड़ती जा रही है। वह कभी पहले शाम को इस गली में नहीं आया है। ऊपर से कुछ आवाज़ें आ रही है। वह सुनने की कोशिश करता है। एड़ियाँ उठा लेता है। कान खड़े कर लेता है। आवाज़ें आपस में कुछ इस तरह उलझी हुई हैं, मानो कुछ भारी आवाजोंवाले लोग दूर कहीं एक साथ गा रहे हों। गाने की धुन कुछ अजीब सी है। वह अब वहीं खड़ा रहे या घर लौट जाए ? खड़े रहने से क्या फ़ायदा ? दरवाज़ा तो बन्द हो गया है। लेकिन जाने की भी क्या जल्दी है ? हो सकता है अभी बाबा नीचे उतरें। उनके साथ ही घर जाऊँगा। अकेले रास्ते में डर भी लगेगा। उसके चेहरे पर परेशानी की रेखाएँ खिंचने लगती हैं।

अँधेरे ने बढ़कर शाम के मुँह पर स्याही का हल्का सा लेप कर दिया है।

वह दीवार के सहारे खड़ा हो जाता है। अगर किसी ने पूछ लिया, यहाँ क्यों खड़े हो तो उसे कुछ कहना पड़ेगा। वह दीवार की तरफ़ मुँह मोड़कर खड़ा हो जाता है और नाखूनों से मिट्टी कुरेदने लगता है। जब वह छोटा था तो उसे मिट्टी खाने की आदत थी। माँ उसे बाज़ार भेजकर मिट्टी मँगवाया करती थी।...मिट्टी नहीं खाते, पेट में लम्बे लम्बे कीड़े पैदा हो जाते हैं...

एक दिन माँ ने एक दूकान से मिट्टी चुराई थी। दूकानदार ने देख लिया था। माँ रोने लगी थी। तब माँ की उमर दस साल की रही होगी। दस की नहीं तो पन्द्रह की रही होगी। दस और पन्द्रह का फ़र्क़ माँ की नज़र में बहुत कम है।

उसके नाखून मिट्टी से भर जाते हैं। अब वह मिट्टी नहीं खाता। अब तो माँ भी नहीं खाती। या शायद वह अब भी खाती हो, छुपकर खाती हो।

क़दमों की आहट पाते ही वह उछलकर सीधा खड़ा हो जाता है।

—यह मकान किसका है ? वह पास से गुज़र रहे एक बूढ़े से आदमी से पूछता है।

—मेरे बाप का ! वह आदमी बग़ैर उसकी ओर देखे जवाब देता है।

वह एक दो क़दम दबे पाँव उस आदमी के पीछे चलता है। फिर मुड़ जाता है। यह आदमी भी माँ का ही कोई भाईबन्द नज़र आता है। वह फिर दीवार खुरचने लगता है। ऊपर से आवाज़ें अब भी आ रही हैं। अब पहले से कुछ ज़्यादा और साफ़ हैं, लेकिन इतनी साफ़ भी नहीं कि वह सुन सके।

अँधेरा कुछ और गहरा हो गया है। उसे लगता है जैसे वह कई घंटों से वहाँ खड़ा हो। वह एक क्षण के लिए यह भी भूल जाता है कि वहाँ किसलिए खड़ा है। और उस क्षण की घबराहट उसकी टाँगों को तोड़ रही थकन और कमज़ोरी

के साथ मिलकर एक भारी उद्देश्यहीनता का रूप धारण कर लेती है। वह बैठ जाता है। और एक तिनका उठाकर चबाने लगता है। उसने सुबह सिर्फ़ दो रोटियाँ खाईं थीं। उसे तेज़ भूख लग आती है। उसे यूँ महसूस होता है जैसे कोई उसकी छाती को भीतर से दो भिन्न दिशाओं में खींच रहा हो।

बाबा न जाने कब निकलेंगे। मुझे भूख लगी है और वह अन्दर बैठे हँस रहे हैं। उसकी झल्लाहट बढ़ती जा रही है, जैसे बाबा स्वयं उसे वहाँ बिठाकर गए हों और अन्दर जाकर उसे बिलकुल भूल गए हों। ऊपर के चौबारे की खिड़की खुलती है। हँसी का एक थपेड़ा सामने की दीवार पर पड़ता है और रोशनी का एक काँपता हुआ टुकड़ा गली के अँधेरे पर एक पीले फाहे की भाँति चिपक जाता है।

वह उचककर खड़ा हो जाता है और खिड़की में से आ रही आवाज़ों में से बाबा की आवाज़ छाँट लेता है।

—अरे यारो, कुछ मुझे भी दो न !

वह एड़ियाँ उठाकर सुनने लगता है। कमरे में फिर ख़ामोशी छा जाती है। गली के अँधेरे पर चिपका हुआ रोशनी का फाहा स्थित हो जाता है। उसे लगता है कि उसके नंगे पाँव तले कीड़ियाँ रेंग रही हैं। वह पूरे ज़ोर से चिल्लाने लगता है—बाबाजी ! बाबाजी ! बाबाजी ! फिर दरवाज़ा खटखटाने लगता है।

दरवाज़ा खुलता है।

—कौन हो तुम ? क्या बात है ?

और वह किसी को धकेलकर अन्धाधुन्ध सीढ़ियाँ चढ़ने लगता है, जैसे वह पहले भी कई बार अँधेरे में उन सीढ़ियों पर चढ़ चुका हो।

एक अन्धे लैम्प की गन्दी रोशनी में बैठे लोगों की आँखें उसकी ओर उठ जाती हैं। वह सीढ़ियों में ही ठिठक जाता है। वह कमरे को इस तरह टटोल रहा है जैसे कोई काँपती हुई अँगुलियों से किसी गठरी को खोलने की कोशिश कर रहा हो। उसकी टाँगें सुन्न होती जा रही हैं।

ख़ामोशी फूलती जा रही है। कुछ ही देर में सारा कमरा एक फूले हुए गुब्बारे सा दिखाई देने लगता है।

गुब्बारा फट जाता है और एक खड़खड़ाता हुआ क़हक़हा कमरे की चारदीवारी में गेंद की भाँति भटकने लगता है।

वह दहलीज़ छोड़कर आगे बढ़ता है।

—तू यहाँ कैसे चला आया बीरू ?

—तो यह शहज़ादे साहब तुम्हारे हैं ?

वह उस आदमी की ओर देखता है जिसने उसे बीरू से शहज़ादा बना

दिया है।

—जी हाँ। आपको कोई एतराज़ है ? बाबा हाथ में पकड़े हुए गिलास में से एक चुस्की लेकर कहते हैं।

—एतराज़ हमें क्या होगा जब उसे नहीं जिसे होना चाहिए !

इस पर कुछ लोग हँस उठते हैं। बीरू बग़लें झाँकने लगता है। उसे बात समझ में नहीं आती। उसकी आँखों में शायद इन लोगों में से किसी ने नमक झोंक दिया है। उसका जी चाहता है कि आँखों को मसल मसलकर सारा नमक बाहर निकाल दे। लेकिन मसलने से खुजली और तेज़ हो जाती है।

वह आँखें मसलना बन्द कर देता है। लेकिन उसकी आँखों से पानी अब भी बह रहा है। उसे पता नहीं लगता कि उसने कब और क्यों रोना बन्द कर दिया है। इतने लोगों के सामने रोने में उसे शर्म आती है। वह दीवार की ओर मुँह मोड़कर खड़ा हो जाता है। दीवार पर पेंसिल से कुछ लिखा हुआ है। वह उसे पढ़ने की कोशिश करता है।

—बैठो यार, अभी कहाँ जाते हो !

—मैं इसे घर छोड़कर फिर आ जाऊँगा।

—यह खुद चला जाएगा। तुम एक बार घर जाकर फिर वहाँ से नहीं लौटोगे, हम जानते हैं। क्यों शहज़ादे, तुम अकेले घर नहीं जा सकते ?

वह मुड़कर बाबा की ओर देखता है और 'ना' में सिर हिला देता है। बाबा हाथ के इशारे से उसे अपने पास बुला लेते हैं।

—यहीं अपने पास बिठा लो ना, पैसों से खेलता रहेगा।

बाबा एक हाथ उसकी पीठ पर रख देते हैं और दूसरे से अपना गिलास उठाकर उसे मुँह से लगा पेशाबी रंग के पीले पानी को गटगट पी जाते हैं। कुछ क़तरे उनकी पीली, घास जैसी मूँछों से लटक जाते हैं और उनका चेहरा कसकर एक मुक्के की शक्ल ले लेता है।

—बाँटूँ पत्ते ?

—हाँ।

बाबा के चेहरे का मुक्का आहिस्ते आहिस्ते खुलने लगता है और उसकी पीठ पर पड़ा बाबा का हाथ भारी हो जाता है, मानो बाबा कोई बोझ उसके कंधों पर डालकर भूल गए हों। उनके सामने पैसों का बड़ा सा ढेर लगा हुआ है और उनके पाँवों के नीचे नोटों की एक गड्डी दबी पड़ी है। एक झपट्टा मारकर अगर वह वे सारे नोट ले ले और भाग जाए और जाकर माँ के ऊपर उन नोटों की वर्षा कर दे, तो...तो माँ हँस पड़े। उसके सारे दुख दूर हो जाएँ। वह कहने लगे, बेटा,

तूने ही मुझे सुख देना था, सो दे दिया। अब जा, जाके खेल कूद। और जब रात को घर लौटे, तो माँ छमछम करती उठे और खाने की जो थाली बाबा के सामने रखी जाए, उसमें इतनी चीज़ें पड़ी हों कि प्याज़ तक रखने की जगह न हो।

—पैसे लोगे ?

बाबा मुट्ठी भर रेज़गारी उसकी जेब में डाल देते हैं। जेब पैसों के बोझ से लटक जाती है और वह माँ को भूल जाता है।

—मेरा गिलास ख़ाली पड़ा है, यारो !

बाबा घर में भी अगर इसी तरह बात किया करें तो घर की सारी हवा ही बदल जाए। लेकिन घर में या तो वह बैठते ही नहीं, और अगर बैठें तो सरकारी काग़ज़ों पर झुके रहते हैं या फिर माँ को बुरा भला कहते रहते हैं।

उनके हाथ में तीन पत्ते हैं। वह अपने पास पड़े पैसों के ढेर में से पैसे उठाकर फेंकते जाते हैं। ढेर घटता जाता है। आख़िर बिलकुल ख़त्म हो जाता है। उनका हाथ अब बीरू की जेब की ओर बढ़ता है। उनकी आँखें अपने पत्तों पर जमी हुई हैं। बीरू अपनी जेब को दबोच लेता है तो वह उसके हाथ को झटककर उसकी जेब में से सारे पैसे निकालकर बीच में फेंक देते हैं और कहते हैं, दिखाओ।

उसके सामने बैठा आदमी पत्ते खोल देता हे और बीच में पड़े सारे पैसे समेटकर उठाने लगता है। बाबा अपने पत्ते फेंककर गिलास उठाकर मुँह से लगा लेते हैं और उनका मुँह फिर कसे हुए मुक्के सा दिखाई देने लगता है।

उसकी पीठ पर पड़ा उनका हाथ फिर पत्थर बन जाता है।

एक क्षण के लिए उसे यों महसूस होता है, बाबा सब खाया पिया उगल देंगे।

—घर जाऊँगा।

—अभी चलेंगे, बेटा।

—अभी चलो न।

—थोड़ी देर और बैठो। अभी चलेंगे।

—माँ...

—बस, अब चुप करके बैठे रहो !

खेल फिर शुरू हो जाता है। पत्ते बाँट दिए जाते हैं। बाबा अपने पाँवों के नीचे से नोट निकालकर बीच में फेंकते जाते हैं। बीरू उनकी ओर चिन्ता भरी नज़रों से देखता रहता है। कुछ ही देर में उसकी आँखों में चिन्ता का स्थान नींद ले लेती हे। उसे सब चेहरे धुँधलाते हुए से दिखाई देने लगते हैं।

कमरे में एक अजीब ख़ामोशी सायँ सायँ करने लगी है। कुछ क्षण पहले की हँसी कसे हुए ओंठों में गुम हो गई है। सभी लोग बीच में पड़े हुए नोटों को घूर

रहे हैं, मानो उन्हें अपनी ओर खींचने की कोशिश कर रहे हों।

वह एक एक करके सबकी ओर देखता है। सब चेहरों को कुछ देर के लिए पहचानने की कोशिश करता है। सोचता है, इसे पहले कहाँ देखा है ? सोचता है, इस कमरे का मालिक कौन है ? कमरे में सिवाय एक दरी के, जिस पर वे सब लोग बैठे हुए हैं और एक लैम्प के और कुछ भी नहीं है। ऐसे कमरे का मालिक कोई भी नहीं हो सकता, या कोई हो भी सकता है। दीवारें जगह जगह से फटी हुई हैं, जैसे बाबा के जूते, जिनमें से दो तीन अँगुलियाँ बाहर निकली रहती हैं, मानो वे उनकी अपनी न हों। दीवारों पर जगह जगह धब्बे से लगे हुए हैं।

—तुम तो हमेशा इसे अपने पास बिठाया करो।

बाबा नोट समेट रहे हैं। इतने नोट हैं कि अगर माँ को मिल जाएँ तो वह ख़ुशी के मारे पागल हो जाए। ये सब बाबा ने ले लिए हैं। बाक़ी लोग क्या करेंगे ? अगर वे सब मिलकर बाबा से छीन लें ? बाबा को चाहिए कि ये सब मेरी जेब में ठूँसकर एक ऐसी फूँक मारें कि मैं उड़कर माँ के पास पहुँच जाऊँ। फिर बाबा खुद घर आएँ न आएँ, माँ को तो पैसों से मतलब है।

—अच्छा, अब मैं चलता हूँ।

—यह कौन सा क़ायदा है, जनाब ? एक हाथ अच्छा पड़ा और जनाब उठकर चल दिए ! बैठो, अभी जल्दी कौन सी है। इसे कुछ खाने को दे दो। पकौड़े पड़े होंगे।

—इसे नींद आ रही है।

—नींद आ रही है तो सो जाए। घर मैं कौन सा मख़मल का बिछौना मिलेगा इसे ! अपनी गोद में इसका सिर डाल लो और इसे कहो सो जाए।

—सो गया तो इसे उठाकर कौन ले जाएगा ?

—तुम ! और कौन ?

—मैं ? अरे यारो, हवा का एक झोंका लगा नहीं कि रहा सहा होश भी ग़ायब। अच्छा, आओ दो तीन हाथ और खेल लेते हैं, नहीं तो तुम सारी उमर गालियाँ बकोगे।

बाबा उसकी जेब में फिर कुछ पैसे डाल देते हैं। खेल फिर शुरू हो जाता है।

सब गिलास ख़ाली पड़े हैं। दीवारों पर लगे पीक के धब्बे जैसे रेंग रहे हैं और छत की कड़ियों से लटक रहे जाले फैलते हुए ख़ेमों से लग रहे हैं। लैम्प क़रीब क़रीब बुझ गया है। फ़र्श पर बिछी दरी के चारों कोने उड़कर आपस में मिल जाते हैं। और वहाँ बैठे लोगों की एक गठरी सी बँध जाती है। सिर्फ़ वह बाहर रह जाता

है। दीवारों में पड़ी दरारें चलती लकीरों सी नज़र आने लगती हैं। कहीं कहीं ये लकीरें आपस में यूँ उलझ गई हैं कि उन्हें सुलझाते सुलझाते वह स्वयं उनमें उलझकर रह जाता है, मानो वह भी एक टेढ़ी सी लकीर हो। फिर तेज़ी से वे सब अपनी जगह पर लौट आते हैं। गठरी खुल जाती है। वे अपनी जगह पर बैठे हैं। और लकीरें एक दूसरे से अलग हो गई हैं। लैम्प से धुआँ निकल रहा है। हमारे घरवाले लैम्प में से भी इसी तरह धुआँ निकलता है। माँ को साफ़ करना भी नहीं आता। कई बार तो ऐसे ही साफ़ करते करते तोड़ चुकी है। माँ कहती है, तेल में मिट्टी मिली रहती है, इसीलिए लैम्प से धुआँ निकलता है। आज तो घर में तेल था ही नहीं। लैम्प क्या ख़ाक जला होगा। माँ दरवाज़े में बैठी हर आते जाते से पूछ रही होगी—कहीं तुमने मेरे बीरू को देखा है ?

माँ का ध्यान आते ही उसकी नींद उड़ जाती है।

—बाबा, अब चलो न।

—अभी चलते हैं, बेटा।

घर में तो कभी बाबा ने उसे बेटा कहकर नहीं बुलाया। हर वक़्त उनका पारा चढ़ा ही रहता है। और यहाँ तो ऐसा मीठा बोल रहे हैं कि...

—अरे यार, मैं कहता हूँ, इस लड़के को कहीं सुला दो न !

—तुम अपनी चाल चलो। लड़का तुम्हें तो कुछ कहता नहीं।

—लड़का तो कुछ नहीं कहता, लेकिन लड़के के बाप की हालत ख़राब नज़र आती है !

वह सिर को झटककर आँखें खोलता है। बाबा के पाँवों तले अब एक नोट भी नहीं और उनका चेहरा लटका हुआ है, ऐसे कि ठुड्डी अभी टूटकर नीचे गिर पड़ेगी। जब उनका चेहरा ऐसे लटक जाए तो समझो कोई आफ़त आनेवाली है। वह सहमकर अपनी साँस रोक लेता है। अब बाबा सारी रात भी बैठे रहें तो वह उन्हें कुछ नहीं कहेगा। चलें या न चलें। जब मर्ज़ी हो चलें। अब अगर कुछ कहा तो उनकी चपत और मेरे गाल। और बाबा का हाथ बहुत भारी है। एक गाल में एक चपत काफ़ी है। मास्टर की दस और बाबा की एक। न बाबा ! वह चुपचाप सँभलकर बैठ जाता है।

—पासा पलट गया है।

—हाँ।

एक दो हाथ और ?

—बस, अब और क्या रह गया है ?

—यह लो पाँच रुपए और बाँटो पत्ते।

बाबा का हाथ फुर्ती से चलता है, बिलकुल वैसे ही, जैसे माँ की ज़ुबान। उनका हाथ अब भी उसकी पीठ पर पड़ा है। पत्ते न जाने एक हाथ से वह कैसे बाँट लेते हैं ! वह उनका हाथ उठाकर नीचे रख देना चाहता है। बाबा ज़रूर उसे वहाँ रखकर भूल गए हैं। उसकी कमर दर्द करने लगी है। हाथ एक जगह पर रखे रहने के बजाय अगर उससे वह उसकी पीठ सहलाने लगें तो उसका दर्द भी कम हो जाए। बाबा हाथ उठा लेते हैं और कमर सीधी करके बैठ जाते हैं।

लैम्प की चिमनी बिलकुल काली हो गई है। अब तो पत्ते भी साफ़ नज़र नहीं आते।

--जल्दी जल्दी चाल चलो, तेल ख़त्म हो रहा है।

--हाँ, यह लो।

--यह लो।

--अच्छा, एक चाल और सही।

--खुल जाओ।

--ले जाओ।

--मुझे भूख लगी है, बाबा।

--बस, अब चलते हैं।

वह एक अँगड़ाई लेता है। उसके माथे पर शिकनों का जो जाल सा बना हुआ है, उसे देखकर लगता है जैसे वह वहाँ बैठे लोगों का दादा हो। उसकी आँखों में असीम थकन उतर आई है। वह बाबा और उनके साथियों को एक बार ऐसी नज़र से देख जाता है जैसे वह उन सबको गाली दे रहा हो।

--अब तो चलो, बाबा।

--हाँ, अब चलना ही चाहिए।

--अब तो सभी चल रहे हैं।

--नहीं, यार, थोड़ा और बैठो।

--अच्छा।

--अच्छा।

--अच्छा।

बाबा घुटनों पर हाथ रखकर उठ खड़े होते हैं। जूते पहनते पहनते लड़खड़ाकर गिरने लगते हैं। उसका कन्धा और दूसरे लोगों की हँसी उन्हें थाम लेती है। लेकिन उनके पाँव जूते में पड़ने के बजाय इधर उधर पड़ते हैं।

--क्यों, आज इतनी कैसे चढ़ गई ?

--इसके तो बिक गए दाने अब।

—बस ?

—नहीं तो और क्या ?

—देखो तो, कैसे झूम रहा है !

—चुप करो, हरामियो !

बाबा नीचे बैठकर जूते पहनने लगते हैं। वह उनकी काँपती अँगुलियों की ओर देख रहा है। बाक़ी सब लोग हँस रहे हैं।

नीचे से किसी के दरवाज़ा खटखटाने की आवाज़ आती है। बाबा खट से खड़े हो जाते हैं। बाक़ी लोग एक साथ कुछ न कुछ बुड़बुड़ाते हैं। बाबा चुप हैं।

—कौन है ?

—खोलो दरवाज़ा, अभी बताती हूँ, कौन है !

—कौन है ?

सब बाबा की ओर देखते हैं।

—आप ही की सरकार है ! खोलिए जाकर दरवाज़ा !

बीरू ने माँ की आवाज़ पहचान ली है। लेकिन माँ को कैसे पता लगा कि वह यहाँ है ? वह बाबा का हाथ पकड़कर उन्हें सीढ़ियों की ओर घसीटने लगता है। बाबा एक हाथ छुड़ाकर खिड़की की ओर बढ़ते हैं। बाहर झाँककर चिल्लाते हैं—चली जाओ चुपचाप, नहीं तो हड्डी पसली एक कर दूँगा !

—नहीं जाती ! आज मैंने सबको तमाशा न दिखाया तो मेरा नाम बदल देना ! नीचे से माँ की आवाज़ आती है।

—माँ, मैं भी यहाँ हूँ। तुम चलो, मैं बाबा को लेकर घर आता हूँ।

—अच्छा, तो तुम भी यहीं हो ! नीचे आओ तो मैं तुम्हारी ख़बर लेती हूँ ! जैसा बाप, वैसा बेटा ! खोलो दरवाज़ा, नहीं तो मैं तोड़कर रख दूँगी !

—अरे बाबा, खोल दो, नहीं तो सारा शहर इकट्ठा हो जाएगा।

अँधेरे में माँ की शक्ल दिखाई नहीं देती। बाबा अपना सिर अन्दर कर लेते हैं। लैम्प की लौ भी जैसे माँ के डर से काँप रही हो। माँ हवा के घोड़े पर सवार है और उसकी कर्कश आवाज़ अँधेरे की तहों को चीरती हुई फिर ऊपर आती है। अगर माँ किसी तरह अन्दर आ गई तो क्या होगा ? बाबा की आँखें ख़ून बरसा रही हैं। बाक़ी लोग यों दम साधे खड़े हैं जैसे चारों तरफ़ से घिर गए हों।

कुछ क्षण बीत जाते हैं। नीचे दरवाज़े पर माँ ईंटें मार रही है। कभी कभी दरवाज़े की साँकल इस तरह खनक उठती है, मानो किसी ने माँ की पगली खीझ को ज़ुबान दे दी हो।

—भई, अब क्या करें ? हमें तो देर हो रही है।

—भई, जल्दी भागो यहाँ से। कहीं ऐसा न हो कि हमारी सरकारें भी मौक़े पर पहुँच जाएँ।

—अजी, कोई मज़ाक़ है !

—हमने इस तरह सिर पर नहीं चढ़ा रखा है अपनी बीवी को !

—टाँगें तोड़कर रख दें !

लेकिन सब आवाज़ें कुछ ऐसी दबी घुटी हैं जैसे वे सब के सब न केवल डरपोक हैं, बल्कि बेईमान भी।

बाबा पर इन सब तानों का प्रभाव पड़ता है। वह धमधम करते नीचे उतर आते हैं। बीरू खिड़की से सिर निकालकर नीचे की ओर देखने लगता है। कुछ दिखाई नहीं देता। जहाँ माँ खड़ी है, वहाँ अँधेरा और गहरा हो गया है। दरवाज़ा खुलने की आवाज़ आती है और साथ ही पटाख़ पटाख़ की आवाज़ें। बाबा माँ की टाँगें तोड़ने की कोशिश कर रहे हैं। दो तीन सिर और खिड़की से बाहर झाँकने लगते हैं। माँ रो रही है और उसकी आवाज़ अँधेरे के सीने पर मोटी मोटी लकीरें खींचती हुई ऊपर की ओर आ रही है। बाबा दबी आवाज़ में उसे चुप हो जाने के लिए कह रहे हैं। लगता है, कई साँप एक साथ फुंकार उठे हों।

एक क्षण के लिए वह भूल जाता है कि वह कहाँ खड़ा है। उसे लगता है, जैसे यह दंगल उसके अपने घर में ही हो रहा हो और ये चोटें उसकी अपनी पीठ पर ही पड़ रही हों।

अँधेरे में एक दूसरे से उलझी हुई दो क्रुद्ध आवाज़ें, मानो दो काली बिल्लियाँ गुर्रा रही हों।

—चली जाओ चुपचाप वापस घर !

—नहीं जाती !

—मैं कहता हूँ, मैं मार डालूँगा यहीं !

—मार डालो ! आज मैं तुम्हारे सिर चढ़कर मरूँगी !

माँ की आवाज़ में अब वह गीलापन नहीं जो कुछ देर पहले था। अब उसमें एक बिस्कुटी रूखापन आ गया है। वह भी मुक़ाबले पर डट गई है। मास्टर ने चाँद बीबी की कहानी सुनाई थी। माँ का गुस्सा चाँद बीबी की बहादुरी से कम नहीं। पिटती रहेगी लेकिन टस से मस नहीं होगी। और बाबा तो राक्षस हैं। पीटने लगेंगे तो सब कुछ भूल जाएँगे। हे भगवान, तू माँ को बचा ले !

—अरे बीरू के बच्चे ! नीचे जाकर माँ को छुड़ा ! तुम्हारा बाप तो बिलकुल वहशी है। उसे जान से ही मार डालेगा।

बीरू की माँ को आप नहीं जानते। वह इस तरह आसानी से मरनेवाली नहीं !

वह चाँद बीबी का अवतार है।...बीरू खिड़की से सिर हटा लेता है। कमरे में उसके अलावा सिर्फ़ एक आदमी और है। बाक़ी लोग न जाने कहाँ जा छुपे हैं। शायद खिसक गए हैं। उस आदमी की शक्ल बहुत डरावनी है। देव सा नज़र आता है। उसकी ओर यों देख रहा है जैसे सारा क़सूर उसी का हो। यह भी चला जाए तो वह चुपचाप अन्दर से दरवाज़ा बन्द कर ले। फिर बाबा और माँ भले ही सारी रात बाहर कुश्ती लड़ते रहें।

—मैं कह रहा हूँ नीचे चलो। मुझे भी तो घर जाना है। चल नीचे ! मुझे दरवाज़ा बन्द करना है। चल !

लेकिन वह नीचे जाने को तैयार नहीं।

—चल, मैं तेरी हड्डी पसली एक करती हूँ !

माँ ऊपर कमरे में कैसे आ गई ? उसे लगता है जैसे अँधेरे में वही डरावना सा आदमी माँ बन गया हो। एक माँ नीचे बाबा के हाथों पिट रही है और एक ऊपर उसे पीट रही है। वह चिल्लाने के लिए पूरा ज़ोर लगाता है, लेकिन मुँह से आवाज़ नहीं निकलती।

—मैं तेरे लिए सारे शहर में टक्करें मारती फिरूँ, बाहर खेतों में आवाज़ें लगाती फिरूँ, और तू यहाँ बैठा शराबियों के संग मौज उड़ाता फिरे ! तू आज चल तो घर ! हाय लोगो, मैं समझती थी यह बड़ा होकर...अच्छा...अब तू चलेगा कि नहीं यहाँ से ?

माँ बाबा का सारा गुस्सा उसके ऊपर निकालेगी। लड़ते आपस में हैं और पिसता बीच में मैं रहता हूँ!

—माँ, मैं तो बाबा को बुलाने आया था।

—मैं सब जानती हूँ ! बुलाने आया था। आधी रात हो गई है !

—माँ, मेरी बाँहें...

—तू देख तो सही, आज मैं तेरी क्या गत बनाती हूँ !

—भई, अब तुम लोग अपने घर जाकर लड़ो, मुझे क्यों तंग करते हो। मैंने घर भी तो जाना है। अगर...

—चुप रहो जी ! नहीं तो अभी वह शोर मचाऊँगी कि तुम्हारी सारी अगर मगर निकल जाएगी !

—अच्छा अच्छा, अब मुझ पर रोब झाड़ने की कोई ज़रूरत नहीं। तुम्हारा डर होगा तुम्हारे घरवालों को, मुझे नहीं। मैं किसी के बाप के घर का नहीं खाता !

—जा रे जा ! बड़ा आया ! बदमाशी का अड्डा खोल रखा है शरीफ़ आदमियों को ख़राब करने के लिए और ऊपर से आँख दिखाता है !

बीरू खुश है कि माँ का ध्यान उससे हटकर उस टेढ़े मेढ़े आदमी की ओर चला गया है। अगर माँ का सारा ध्यान उसी पर लग जाए तो मेरी ख़लासी हो सकती है। लेकिन बाबा कहाँ हैं ?

नीचे से कोई आवाज़ नहीं आती है। बाबा ज़रूर कहीं नाली में बेसुध पड़े होंगे। मास्टर ने एक बार एक शराबी की कहानी सुनाई थी, जिसके मुँह में कुत्ते ने पेशाब कर दिया था। लेकिन इस वक़्त तो कुत्ते भी सो गए होंगे। वह चुपके से माँ का हाथ पकड़कर सीढ़ियों की ओर खींचने लगता है। नीचे जाकर देखना चाहिए कि बाबा कहाँ पड़े हैं।

माँ का गुस्सा शायद कुछ ठंडा पड़ रहा है।

बाबा गली में औंधे मुँह पड़े हैं।

—माँ, बाबा को उठा...

—पड़ा रहने दे। जब होश आएगा तो अपने आप चले आएँगे।

—नहीं, माँ।

—मैं कह रही हूँ, तू चल चुपचाप !

उसे माँ की क्रूरता पर आश्चर्य होता है। बाबा सारी रात सर्दी में यहाँ गली में पड़े रहेंगे। नहीं। वह अपना हाथ छुड़ाकर बाबा के पास दौड़ जाता है और कहता है—बाबा, उठो ! माँ...माँ...

—चल, मादर...बाबा के मुँह से यह गन्दी गाली सुनकर मानो उसकी सहानुभूति ख़त्म हो जाती है और वह दौड़कर फिर माँ के पास चला जाता है।

—मैं न कहती थी ! माँ कहती है।

वह माँ का हाथ पकड़कर दूसरी ओर खींचने लगता है।

बाबा फिर उठ रहे हैं। माँ की गर्दन काफ़ी देर तक बाबा की ओर मुड़ी रहती है।

घर पहुँचने तक माँ उससे कोई बात नहीं करती। धीरे धीरे अपने आप ही बुड़बुड़ाती रहती है...

—बीरू, तू कहाँ चला गया था ? देवी उन्हें ड्योढ़ी के दरवाज़े पर खड़ी मिलती है।

—तेरे सिर में ! ख़बरदार, जो मेरे लड़के को हाथ लगाया !

बीरू अन्दाज़ा लगा लेता है कि माँ और देवी में अभी अभी कोई झड़प हुई होगी।

लेकिन आज बाबा ने उसे वैसी गाली क्यों दी, यही सोचते सोचते उसकी आँख लग जाती है। और सारी रात वह नींद में बुड़बुड़ाता रहता है।

9

माँ के पास लम्बे दाँतोंवाली जलालपुरनी बैठी है। दादी के चले जाने के बाद इन दोनों में फिर सुलह हो गई है। फिर कई बार लड़ाई भी हुई है। आजकल फिर सुलह है। जलालपुरनी की पतली धोती में से उसकी टाँगें साफ़ नज़र आ रही हैं। बीरू को जलालपुरनी एक आँख नहीं भाती। आजकल वह हर समय देवी के ख़िलाफ़ माँ के कान भरती रहती है।

—बहन, लड़कियाँ हर किसी के घर होती हैं। तेरी लड़की, सो मेरी लड़की। मुझे उससे कोई बैर नहीं है। है कि नहीं ?

—क्यों नहीं, बहन मेरी। तू जो कहती है, सोलह आने ठीक है।

—लेकिन लोगों का मुँह नहीं पकड़ा जाता, बहन। है कि नहीं ?

—तुम बिलकुल सच कहती हो।

—मेरी मानो तो जल्दी से जल्दी, जैसे भी हो, कोई लड़का ढूँढ़कर इसे ठिकाने लगा दो। नहीं तो मैं कह रही हूँ कि बात बढ़ जाएगी और फिर उसकी क़िस्मत ! कहो, मैं ग़लत कह रही हूँ ?

—हाय, मैं भी तो यही चाहती हूँ। कोई मिले भी तो !

—तू बहुत भोली है, बहन। तू नहीं जानती कि क्या हो रहा है। सिर से पानी निकल गया तो कहीं की न रहेगी। चादर को एक बार दाग़ लग गया तो किसी को मुँह दिखाने...

—हाय बहन, तू ही बता, मैं करूँ तो क्या ? मेरी कोई सुने भी !

—बता तो रही हूँ, इसका बन्दोबस्त कर दो, नहीं तो लड़की हाथ से निकल जाएगी। इसके रंग मुझे अच्छे नहीं नज़र आते।

—कहाँ करूँ, कैसे करूँ ? जात बिरादरी से दूर मेरी न कोई जान, न पहचान। मैं तो, बहन, बूढ़ी हो गई इसी चिन्ता में।

—क्या बताऊँ, बहन। लोग तो ऐसी ऐसी बातें कर रहे हैं कि तू सुने तो हैरान रह जाए।

—तू ठीक कहती है, बहन, लेकिन...

—जवान जहान लड़की है। आख़िर कब तक दर दर घूमती रहेगी ? या तो घर में बैठकर घर का कामकाज करे, या...

—हाय, मैं तो कह कहकर हार गई !

—औलाद को जब तक माँ बाप का डर रहता है, सब ठीक चलता है। लेकिन एक बार डर निकल गया तो फिर तुम कौन और मैं कौन ? और बहन, बुरा मत मानना, तेरी लड़की की आँखों में अब शरम तो रही नहीं। है कि नहीं ?

—है, बहन, है। तू ग़लत थोड़े कहेगी।

—तेरी लड़की इतनी नदीदी हो गई है, इतनी नदीदी हो गई है कि परमात्मा बचाए ! है कि नहीं ?

—बिलकुल सच है।

—तो बहन, फिर इसे काबू में रखना तुम्हारा काम है। नहीं तो मेरी बात दिल में रख ले...

—क्या करूँ ? मैं तो लड़ती हूँ, झगड़ती हूँ, गालियाँ देती हूँ, मारती पीटती हूँ। और मैं क्या करूँ, तू ही बता ? वह इतनी ढीठ हो गई है कि उस पर किसी बात का असर ही नहीं होता। अब वह बड़ी हो गई है। हर रोज़ उस पर हाथ उठाना भी तो अच्छा नहीं लगता। वह मुझे माँ तो समझती ही नहीं। समझती है...

—मैं तो यह जानती हूँ कि अगर वह बदनाम हो गई तो बहुत बुरा होगा। जमाना कितना ख़राब है, तुम्हें बताने की ज़रूरत नहीं। तू कोई बच्ची तो है नहीं। सब कुछ जानती बूझती है।

—जानती क्यों नहीं। मुझे कौन सिखाएगा ? मैं तो खुद दस को सिखाऊँ। लेकिन मेरी कोई सुने भी !

—दुनिया में बुरे भले सभी क़िस्म के लोग हैं।

—क्यों नहीं, क्यों नहीं !

—अब मैं तुझसे कहती हूँ कि जवान लड़की का क़ायदा है घर में रहे, न कि सारा दिन लोगों के घरों में बैठी ही ही करती रहे !

—उसके पाँव तो घर में टिकते ही नहीं। क्या करूँ ?

—अब मेरी भी तो लड़कियाँ हैं। हैं कि नहीं ? एक छोड़ पाँच हैं। मजाल है जो बिना पूछे घर से क़दम भी बाहर रखें। मजाल है जो किसी की तरफ़ आँख उठाकर भी देखें ! मजाल है जो उनकी आवाज़ भी कभी ऊँची हो ! ज़बान न खींच लूँ। जी जी के अलावा कोई बात मुँह से नहीं निकलती। कहूँ, सारी रात एक टाँग पर खड़ी रहो, तो एक टाँग पर खड़ी रहेंगी। चूँ तक नहीं करेंगी।

—तेरी तो बहन बात ही दूसरी है। तेरा मेरा मुक़ाबला ही क्या है। तेरा घरवाला कितना अच्छा है ! सारी बात घरवाले की है। अगर वह अच्छा हो, तो औलाद भी अच्छी, नहीं तो ज़िन्दगी कौड़ियों के मोल जाती है। मैं तो बस यही जानती हूँ।

—कितने लोग दूकान से रोटी वोटी लेने आते हैं। मजाल है जो मेरी कोई लड़की उनके सामने आ जाए।

—बहन, मैं तो कह रही हूँ न, जिसका घरवाला अच्छा, उसका बेड़ा पार है, और जिसका घरवाला ख़राब, उसका बेड़ा ग़र्क।

—और तो और, मैंने तो यहाँ तक दबाकर रखा है, बहन कि सूरज डूबते ही दरवाज़ा अन्दर से बन्द और उसके बाद अगर कोई हमारा दरवाज़ा खटखटाए तो कोई लड़की उठकर दरवाज़ा नहीं खोल सकती। पता नहीं, कौन हो। खोलूँ तो मैं खोलूँ। उनकी तो यह हिम्मत भी नहीं कि उठकर यह भी पूछ लें कि कौन है। चाहे बाहर उनका बाप ही क्यों न खड़ा हो।

—तेरी जैसी आज्ञाकारी औलाद भगवान सबको दे ! हाय, मेरी तो क़िस्मत ही ख़राब है !

—मैं कहती हूँ, बहन बिम्बो अभी क्या है ? अभी पाँचवाँ नहीं लगा उसे। मैंने अभी से लड़कों के संग खेलने से मना कर दिया है उसे।

—हाय, मेरा घरवाला भी अच्छा होता तो मुझे किस बात की चिन्ता थी !

—अब एक दिन तेरे बीरू के साथ खेल रही थी बिम्बो। मैंने देखा तो उसी वक़्त उसे घर बुला लिया। अब बीरू बेचारा सात लड़कियों जैसा एक लड़का है। जैसा तेरा, वैसा मेरा। लेकिन, बहन, बुरा न मानना। आजकल सगे भाइयों का भी कोई एतबार नहीं है। है कि नहीं ?

—मैंने तो अपनी जवानी घुला दी। मैं तो खोखली हो गई। मैं रो...

माँ रोने पर तुली हुई है। जानबूझकर मुँह को बिगाड़ रही है। ऐसी बातें कर रही है कि अपने आप रोना आ जाए। माँ रोने में बच्चों से भी बढ़कर है। बात बात पर उसका गला भर आता है। अगर बड़े भी इस तरह रोने लगें, तो बच्चों का क्या होगा ? जलालपुरनी अपनी ही बीन बजाए जाती है। माँ के आँसुओं को ढुलक पड़ने का मौक़ा ही नहीं मिल रहा। उसकी आँखें सूखी हैं और चेहरा रो रहा है, मानो आँखें चेहरे को धोखा दे गई हों।

—कोई माने न माने, मैं तो यही कहूँगी कि लड़की को अभी से सँभाल लो, नहीं तो बाद में मुँह देखती रह जाओगी। सच्ची बात है। है कि नहीं ?

—हाय, सब मुझे ही दोष देते हैं, लेकिन मैं करूँ तो क्या ? कोई मेरी सुने

भी ! मैं तो...

—देखो ना, बहन मेरी लड़कियों के ये चलन नहीं कि वह घर घर घूमें और अगर माँ उन्हें मना करे तो आँखें दिखाएँ।

—हाय, वह मेरी सौत है सौत ! मैं क्या करूँ ?

माँ की शिकायतों में अब एक लय पैदा हो गई है। बीरू को लगता है जैसे माँ किसी का मातम कर रही हो। हर वाक्य के साथ माँ विह्वल हो रही है। उसके दोनों हाथ ऊपर को उठे हुए हैं। कभी वह कानों को छू लेती है और कभी ज़मीन को। बीरू को हँसी आ जाती है।

—बहन, लड़की जब बड़ी हो जाए और उसका कहीं ठिकाना न लगे तो वह सौत से भी बुरी। अब भी कुछ नहीं बिगड़ा है। सयाने कह गए हैं...

—हाय, मैं सब जानती हूँ ! मुझे कौन बताएगा। लेकिन करूँ क्या, जब अपनी औलाद ही बात न माने, जब अपना आदमी ही न पूछे, तो मैं क्या करूँ ?

—सारा सारा दिन वह बेहया पारो के घर बैठी रहती है। तू चाहे तो उसे मना नहीं कर सकती ? तेरी जगह मैं होती तो मैं उसके टुकड़े टुकड़े कर देती। सच्ची बात है। है कि नहीं ?

—हाय, मैं क्या करूँ ?

—तू चाहे तो सब कुछ कर सकती है, बहन। तू अगर उसे जान से भी मार डाले तो भी कोई तुझे कुछ नहीं कहेगा। तेरी अपनी लड़की है। है कि नहीं ? न, अगर मैंने ग़लत कहा तो मुझे बता दो। मैं तो तेरा भला सोच रही हूँ। नहीं तो मुझे क्या पड़ी है ? तू जानती है, तूने मुझे वह वह बातें सुनाई हैं कि कोई और मेरी जगह होती तो मेरे साथ बात तक न करती, तुझे मुँह तक न लगाती। है कि नहीं ? लेकिन मैं फिर भी तुझे अपनी बहन समझती हूँ। है कि नहीं ?

—हाय, छोड़ो इन पुराने क़िस्सों को।

—छोड़ दिया, तभी तो तेरे साथ बैठी हूँ। वह तो यूँही एक बात की बात कही है। मैं तो, बहन, ऐसा छोड़ती हूँ कि मरने के बाद भी मुँह न देखूँ। तू मुझे जानती नहीं। मैं बहुत बुरी हूँ।

बीरू को इस पर भी हँसी आ जाती है। यह तो वही हुआ जैसे ढोल खुद अपनी पोल खोल रहा हो। जलालपुरनी और अपने आपको बुरी कहे ! ज़रूर इसमें कोई भेद है !

—हाय, बहन, यह तू क्या कह रही है ? मैंने तुझे जो कुछ भी कहा हो, मुझे माफ़ कर दे, लेकिन तूने भी मुझे कम तंग नहीं किया है।

—ज़रा याद तो कर अपनी बातों को ! बीच गली में खड़े होकर तूने मेरे बच्चों

को ऐसी ऐसी गालियाँ दी हैं कि कोई और मेरी जगह होती तो मुड़कर तेरा मुँह भी नहीं देखती !

—ख़ैर, बहन, तूने भी मेरी कम दुर्गति नहीं बनाई है। एक सेर आटे के लिए तूने सारी गली में मेरी लाज उतारकर रख दी। और गालियाँ, तुझे अपनी गालियाँ याद नहीं ? मुझे तो अब भी जब वे गालियाँ याद आ जाती हैं तो मेरी छाती फटने लगती है।

—अच्छा बहन, जो हुआ, सो हुआ। उस पर मिट्टी डालो।

—मैं तो अन्दर बाहर से एक हूँ। यही तो मेरा नुक़्स है। दिल में कोई बात मैं रख ही नहीं सकती। लल्लो पत्तो मुझे आती ही नहीं। मेरा दिल साफ़ है। छलकपट मुझे आता नहीं ! अगर मैं भी दूसरों की तरह ज़रा चालाक होती, तो फिर बात ही क्या थी। हाँ, यह मैं मानती हूँ, ज़ुबान मेरी ज़रूर सख़्त है। लेकिन दिल मेरा सोना है, सोना।

—तेरा सोना है, बहन, तो मेरा भी सोना है। लेकिन, मेरी भोली बहन, दिल को कोई नहीं देखता। ज़ुबान पर भी कुछ क़ाबू होना चाहिए। अच्छा, छोड़ो इस क़िस्से को। कुछ तेरी ग़लती कुछ मेरी। लेकिन अब देख ले, तेरी मुसीबत देखकर मैं चैन से बैठी नहीं रही। मैंने कहा, मेरी बहन तकलीफ़ में है, दुखी है, मेरा फ़र्ज़ है कि मैं उसे हौसला दूँ, उसकी ख़बर लूँ...

बीरू उलझ गया है। बात की यह करवट उसकी समझ में नहीं आती। आख़िर देवी ने क्या किया है कि ये दोनों उसकी इतनी बुराई कर रही हैं ? माँ सचमुच बहुत भोली है। उसे कोई भी फुसला ले। माँ का अपना दिमाग़ तो है ही नहीं। और अब देवी को भूलकर ये दोनों और ही क़िस्सा ले बैठी हैं। अगर कुछ देर और वे इसी तरफ़ चलती रहीं तो उन दोनों में बातों ही बातों में लड़ाई हो जाने का ख़तरा है। बीरू इस लड़ाई से बहुत घबराता है। सारी गली में उन दोनों की लड़ाई मशहूर है। आने जानेवाले खड़े हो जाते हैं। बच्चे खेलकूद बन्द कर देते हैं और मुँह खोले यूँ उनकी तरफ़ देखते हैं, जैसे बन्दर या रीछ का तमाशा देख रहे हों। और फिर कई दिनों तक गली में, स्कूल में हर वक़्त लड़के बीरू की माँ की नक़लें उतारते रहते हैं। कुछ एक तो इस चतुराई से बिलकुल माँ की तरह हाथ मार मारकर और गला फाड़ फाड़कर ठेठ औरतों की बोली में माँ का पार्ट करते हैं कि बीरू भी कुछ देर के लिए सब कुछ भूलकर उस खेल में शामिल हो जाता है। लेकिन जब कभी ऐसा घमासान मचता है, तो बीरू के लिए घर से बाहर निकलना मुश्किल हो जाता है। बात स्कूल में मास्टरों तक जा पहुँचती है। और मास्टरों को ऐसे मौक़े परमात्मा दे ! सारे लड़के और मास्टर एक तरफ़ और बीरू

बेचारा एक तरफ़।

यह सोचते सोचते बीरू को यूँ महसूस होता है जैसे उसकी खोपड़ी में किसी ने छोटे छोटे कंकर भर दिए हों।

नहीं, नहीं, नहीं ! वह कभी भी माँ को अब जलालपुरनी से नहीं लड़ने देगा ! जलालपुरनी के दाँत चाहे कितने ही लम्बे क्यों न हो जाएँ...

जलालपुरनी के दाँत सहसा बीरू को इतने लम्बे नज़र आने लगते हैं कि उसका मन होता है कि वह उन दाँतों को पकड़ ले और घसीटता हुआ जलालपुरनी को बाहर गली में ले जाए। और बेढब, ऊबड़खाबड़ ऊँटनी जलालपुरनी बिलख उठे।

वह मुस्कुराता है। उसका ध्यान उन दिशाओं से हट गया है, जिनमें माँ और जलालपुरनी की बातें अब भी भटक रही हैं। बहुत देर तक बीरू अपने ही अटपटे विचारों की भूलभुलैयों में ऐसा गुम सा हो जाता है कि उसे कुछ दिखाई नहीं देता, कुछ सुनाई नहीं देता। इस तरह अपने आप में डूब जाने, अपने ईर्दगिर्द एक अस्थायी किन्तु अभेद्य सी दीवार खड़ी कर लेने की आदत अच्छी हो या बुरी, बीरू के लिए बहुत हितकर है। नहीं तो वह कब का पागल हो गया होता।

—जा, जाकर देवी सड़ेवी को बुला ला।

—इसके कहे से वह आएगी भी ?

—जा, जाकर बालों से पकड़कर उसे घसीट ला।

माँ ने जलालपुरनी की बताई हुई नसीहतों पर अभी से अमल करने का फ़ैसला कर लिया है। जलालपुरनी अपने निचले ओंठ पर अँगुली रखे मुस्कुरा रही है। शायद अपनी सफलता पर खुश हो रही है। देवी को बालों से पकड़कर घसीट लाने की बात बीरू को काफ़ी अच्छी लगती थी, लेकिन इधर वह देख रहा है कि देवी इतनी बड़ी हो गई है कि अगर वह खड़ी हो तो उसका हाथ उसकी चोटी तक पहुँचता ही नहीं। वैसे भी अब उसे ऐसा करने में शर्म आती है। माँ की क्या बात है, वह तो हमेशा ऐसी उलटी सीधी बातें करती रहती है।

—नहीं माँ, मुझसे यह नहीं होगा।

—क्या कहा ?

—तुम आप बुला लाओ उसे।

—देखा, बहन, अब उसकी देखादेखी यह निगोड़ा भी मुझे आँखें दिखाने लगा।

--यह तो होगा ही। जैसे वह करेगी...

वह जलालपुरनी की बात पूरी सुने बग़ैर उठ खड़ा होता है।

—तो बुलाकर ला रहा है न उसे ?

—नहीं।

और वह दौड़कर गली में पहुँच जाता है।

जलालपुरनी और माँ की चोंचें फिर आपस में मिल जाती हैं। बीरू कुछ देर गली में खड़ा उनकी ओर देखता रहता है। गली में इस समय कोई नहीं है। वह फिर दबे पाँव दरवाज़े की ओर बढ़ता है। वे दोनों अपनी बातों में इतनी व्यस्त हैं कि वह फिर उनके पास जा बैठता है और उन्हें पता भी नहीं चलता। अब उनकी बात इतनी धीमी हो गई है कि उसे कुछ भी सुनाई नहीं देता। कभी माँ अपना कान जलालपुरनी के मुँह के साथ लगा देती है और कभी जलालपुरनी माँ का मुँह अपने कान से लगा लेती है, जैसे वे कोई खेल खेल रही हों। जलालपुरनी के हाथ अपने आप लहरा रहे हैं। जब बीरू को उनकी कोई बात सुनाई नहीं देती तो उसकी दृष्टि उनके हाथों पर जम जाती है। उसे लगता है कि जलालपुरनी के हाथ माँ के हाथों से बातें कर रहे हैं। और उसकी हँसी किसी सड़े हुए फल की भाँति टूटकर नीचे गिर पड़ती है। उसके ओंठ सिकुड़कर उसके दाँतों को छुपा लेते हैं।

—मैंने तुम्हें क्या कहा था, बीरू ? एक बार कहे का असर नहीं होता तुझ पर। है ? जाता है कि नहीं ? जा भी ! जा, जाकर उसे बुला ला। जा !

दहलीज़ से ठोकर खाकर वह गिरते गिरते सँभल जाता है। पाँवों के अँगूठे के दर्द को दाँतों में दबाकर वह एक गाली जलालपुरनी को देता हुआ पारो के घर की ओर चल देता है।

गली ख़ाली पड़ी है। पारो का मकान दूसरे सिरे पर है। ठोकर लगने के कारण उसके पाँव में दर्द हो रहा है। गली के बीचोबीच धूप बिछी हुई है। उसके पाँव जल रहे हैं। पारो के घर पहुँचते पहुँचते उसका गला भर आता है। वह दाँत पीसकर आँसू रोके रखने की कोशिश करता है। गले में अटके हुए गोलों के कारण उसे प्यास लग आती है। आँखें भीग जाती हैं, लेकिन चेहरा नहीं बिगड़ पाता। जब माँ रोती है तो उसका चेहरा इतना विकृत हो जाता है, उसकी आँखें सिमटकर इतनी छोटी रह जाती हैं, उसके ओंठों की फड़कन इतनी तेज़ हो जाती है और उसकी आवाज़ इतनी पिलपिली हो जाती है कि बीरू को प्रायः मितली आने लगती है, और उसके जी में आता है कि आगे बढ़कर माँ के चेहरे को खींच तानकर ऐसे कस दे कि फिर उसमें कभी वैसा ढीलापन न आ सके।

पारो के घर का दरवाज़ा बन्द है।

बीरू सोचता है कि देवी को वहीं से आवाज़ लगाए या आगे बढ़कर दरवाज़ा

खटखटाए। आवाज़ के जवाब में देवी कभी बाहर नहीं आएगी। सुनेगी ही नहीं। वह जब अपनी बातों में मस्त हो तो उसे किसी की आवाज़ सुनाई नहीं देती। हो सकता है, वह सो रही हो। फिर तो चाहे उसके सिरहाने ढोल बजते रहें, उसकी नींद नहीं खुलती। कभी कभी वह वैसे ही चुप मारकर बैठी रहती है। बीरू को सहसा दादी की याद आ जाती है। दादी कहा करती थी, तेरी माँ जानबूझकर चुप मार लेती है, सुनती ही नहीं। दादी न जाने अब इस वक़्त कहाँ बैठी होगी !

इसी सोच में डूबा डूबा वह दरवाज़ा खटखटाने लगता है। कुछ देर बाद दरवाज़ा खुलता है। सामने पारो खड़ी है। उससे तिगुनी लम्बी, सिर से नंगी, पाँव से नंगी, उलझे हुए बाल, मोटी देह पसीने से तर, बग़लें खुजलाती हुई, आँखें झपकाती हुई।

—देवी कहाँ है ? बीरू बहुत रुखाई से पूछता है।

—कौन सी देवी ? पारो उसे छेड़ती है।

—हमारी देवी ! और कौन ? बीरू को यह छेड़ अच्छी नहीं लगती।

—मेरी जेब में ! और पारो अपनी जेब दिखाने लगती है।

—जल्दी बताओ, उसे माँ बुला रही है !

—कह तो रही हूँ, मेरी जेब में है, ले लो !

—बीरू को हँसी नहीं आती।

—अन्दर आ जा, बाहर धूप में क्यों खड़ा है ?

—मैं देवी को बुलाने आया हूँ।

—अच्छा, आ भी जाओ, शरबत पिलाऊँगी !

—मैं नहीं पीता। देवी कहाँ है ?

—बाबा, कहा तो है, अन्दर मेरी कमीज़ की जेब में, लोगे ? आओ, दूँ !

लेकिन उसे अब भी हँसी नहीं आती। कुछ देर तक वे दोनों एक दूसरे की ओर देखते हैं।

—बड़े ज़िद्दी हो। नहीं आओगे ? कर लूँ दरवाज़ा बन्द ? बोलो ! कर लूँ बन्द ? फिर बाहर धूप में खड़े रहना, अच्छा !

वह कुछ नहीं बोलता !

—तीन तक गिनूँगी। आना है तो आ जाओ, नहीं तो दरवाज़ा बन्द कर लूँगी। फिर धूप में खड़े रहना। हम अन्दर बैठकर मीठा मीठा, लाल लाल शरबत...

उसका गला काँटेदार गोलों से अँट जाता है। वह जबड़े कस लेता है और अपनी जगह पर खड़ा रहता है। उसके तलुए जल रहे हैं और उसके सिर में आग सी लगी हुई है।

पारो हाथ से पकड़कर उसे खींचती है। वह हाथ छुड़ाकर परे हट जाता है। पारो हँस देती है। उसकी हँसी अजीब है। जैसे काके ने झुनझुना बजा दिया हो।

—हमारा काका भी अन्दर है ?

—वह तो हमारा काका है। लेकिन है अन्दर ही। उसे मैंने अलमारी में बन्द कर रखा है।

क्या बच्चों की सी बात कर रही है ! मैं अब दूध पीता बच्चा नहीं, जो हर बात मान लूँगा। बीरू अपनी नज़र में ये वाक्य लपेटकर पारो पर एक दृष्टि डालता है। पारो ने मानो उसका मतलब समझ लिया हो। कुछ सँभलकर, ज़रा गम्भीरता से उसकी ओर देखकर कहती है—अच्छा, अब आना है तो आ जा, देवी भी यहीं है और काका भी।

—देवी को माँ बुला रही है।

—तो बुलाने दे। माँ का क्या है ? वह तो हमेशा बुलाती ही रहती है। तू थोड़ी देर को अन्दर तो आ।

—नहीं, नहीं, देवी को बाहर भेज दो ! और बीरू पाँव ज़मीन पर पटकने लगता है।

—अच्छा, भाई, भेज दूँगी। हम तेरी देवी का अचार तो नहीं डालेंगे। लेकिन अब थोड़ी देर के लिए अन्दर तो आ ही जा। मैं भी तो आख़िर तेरी बहन हूँ। और काका अभी अभी सोया है। उसे जग लेने दो, फिर ले जाना दोनों को। आओ !

पारो कैसी मीठी मीठी बातें करती है ! अगर यह मेरी माँ होती, अगर मेरी माँ ऐसी ही बातें करती, तो मज़े आ जाते ! देवी इसीलिए पारो के घर बैठी रहती है। जलालपुरनी बकवास करती है।

वह पारो के साथ अन्दर चला जाता है। अन्दर देवी काके के साथ लेटी हुई है। सो रही है। उसकी आँखें बन्द हैं और होंठ खुले। लेकिन उसके हाथ में छोटा सा पंखा है, जो मानो अपने आप हिल रहा है। कमरा ठंडा है।

देवी को आवाज़ देने के लिए वह मुँह खोलता ही है कि पारो उसके मुँह पर हाथ रख देती है। पारो के हाथ से आ रही पसीने की बू उसे अच्छी लगती है। वह उसके साथ दूसरे कमरे में चला जाता है। वहाँ पारो की माँ लेटी हुई है। फ़र्श पर। उसकी आँखें भी बन्द हैं। बीरू को फिर अपनी दादी याद आ जाती है। पारो की माँ इतनी बूढ़ी क्यों है ? वह अपने पेट पर हौले हौले हाथ फेर रही है, मानो किसी बच्चे को सुला रही हो।

—अम्मा, यह देखो, कौन आया है हमारे घर ?

—कौन है ! बीरू ! आओ, बेटा। तुम तो हमारे घर आते ही नहीं। देवी आए तो तुम उसे बुलाने चले आते हो।

पारो की माँ कुछ देर तक इसी बात पर हँसती रहती है। मुँह में एक भी दाँत न होने के कारण उसकी हँसी अजीब सी है। बीरू को फिर दादी की याद आ जाती है। उसके होंठ यूँ खिंचे हुए हैं जैसे अब उन्हें ढीला छोड़ने की ताक़त उसमें न रही हो। अगर दादी को भी हँसने की आदत होती...काका भी इसी तरह हँसता है। कभी कभी माँ कह दिया करती है—अपना पिछला जनम याद करके हँस रहा है।

—बैठ जा, बीरू! बोल, क्या खाएगा ?

—कुछ नहीं।

—वह क्या होता है ? बोल, बर्फ़ी खाएगा ?

—नहीं।

—पेड़ा ?

—नहीं।

—अच्छा, ज़रा इधर तो आ।

—देवी !...देवी...देवी !

—अरे बाबा, धीरे बोल !

—देवी, घर चल, माँ बुला रही है !

—क्या कहत्ती है माँ ?

—घर चल।

—चलती हूँ।

—अभी चल।

—क्या करूँ घर जाकर ?

देवी के इस सवाल में जो खीझ है, उससे बीरू चुप हो जाता है, मानो वह स्वयं यही सवाल अपने आपसे पूछ रहा हो; मानो अपनी उम्र की सीमाओं को लाँघ रहा हो, या किसी ऐसी चिन्ता में जा डूबा हो कि उसे देखकर उसकी उम्र का अनुमान लगाना मुश्किल हो। कुछ देर के लिए सब चुप हो जाते हैं। बीरू सिर झुका लेता है; मानो अपनी हार तसलीम कर रहा हो। पारो आगे बढ़कर उसे अपनी बाँहों में समेट लेती है और उसे चूमने लगती है। बीरू की आँखें चमक उठती हैं। लेकिन उसका गला साफ़ है। आँसू भी दो प्रकार के होते हैं, कड़ुए और मीठे। मीठे आँसुओं से आँखें जलतीं नहीं, धुलकर कुछ निर्मल हो जाती हैं। अगर बीरू कड़ुए और मीठे आँसुओं का यह अन्तर उस समय प्रकट रूप में समझ पाता

तो उसके आँसुओं की मिठास में कुछ कड़वाहट घुल जाती।

—माँ के पास कौन बैठा है, बीरू ?

—जलालपुरनी।

—मैं न कहती थी, पारो। अब घर जाने पर जो मेरी गत होगी, सो मैं ही जानती हूँ।

—क्या हुआ ? घबराती क्यों हो ?

देवी घर जाने से डर रही है। पारो उसे शह दे रही है। माँ ठीक ही कहती थी। पारो देवी को उलटे रास्ते पर चलाती है। लेकिन पारो ने तो अभी अभी उसे चूमा है। वह उसकी ओर देखता है। माँ बिलकुल ग़लत कहती है, पारो बहुत अच्छी है। क्यों अच्छी है ? इसका उसे पता नहीं। लेकिन अब वह आगे से हमेशा पारो की तरफ़दारी किया करेगा। पारो ने उसे चूमा है।

न जाने किस बात पर पारो अचानक खिलखिलाकर हँस उठती है। उसका क़हक़हा ख़ाली बरतन की खनक सा इधर उधर भटककर गुम हो जाता है, जैसे कोई जुगनू अँधेरे में चमककर। देवी उसी तरह चुपचाप मुँह लटकाए खड़ी रहती है।

—आओ, उधर दूसरे कमरे में चलो। काका जाग गया है।

पारो की माँ इस तरह फ़र्श पर लेटी हुई पड़ी है जैसे किसी के हाथ से कोई ऐसी चीज़ नीचे गिर गई हो, जिसे उठाने की न इच्छा हो, न आवश्यकता, लेकिन वह वहाँ पड़ी पड़ी भी ज़्यादा बुरी न लगे।

देवी और पारो दूसरे कमरे में चली जाती हैं। बीरू कुछ देर वहीं खड़ा फ़र्श पर लेटी पारो की माँ की ओर देखता रहता है।

दूसरा कमरा मानो काके के जाग जाने से स्वयं भी जाग उठा हो। काके को फ़र्श पर बिठाकर पारो ने उसके सामने दो छोटे ताले, एक ख़ाली पालिश की डिबिया, एक छोटी सी कंघी, एक चाबियों का गुच्छा, एक रस्सी का टुकड़ा और भी कई ऐसी चीज़ें डाल दी हैं। काका उन्हें घूर रहा है। वह अभी ठीक से बैठ भी नहीं पाता। कभी कभी यूँ लहरा जाता है कि सब एक साथ उसकी ओर लपक पड़ते हैं। लेकिन फिर वह अपने आप सँभल जाता है, जैसे उसने जानबूझकर उन्हें धोखा दिया हो।

पारो खट से काके के पास बैठ जाती है और उसे खिलाने लगती है। देवी और बीरू खड़े एक दूसरे की ओर देखते रहते हैं। देवी का मुँह अभी तक ठीक नहीं हुआ। पारो काके के सामने झुकी हुई है। उसका दायाँ गाल फ़र्श को छू रहा है। और उसके घुटने ऊपर को उठे हुए हैं और वह तरह तरह की आवाज़ से काके

को हँसाने की कोशिश कर रही है।

बीरू फिर देवी की ओर देखता है, जैसे उसे घर चलने के लिए कह रहा हो। फिर पारो के पास बैठकर काके को हँसाने के लिए पारो की रानों को थपथपाने लगता है। पारो उसके गालों पर हल्की हल्की चपतें मार रही हैं और कह रही है—अरे भइया रे, हौले मार, मांस है, पत्थर तो नहीं। बीरू को बहुत मज़ा आ रहा है। देवी उन तीनों के सिर पर खड़ी चुपचाप ये सब देखती रहती है। बीरू बीच बीच में उसकी ओर देख लेता है, मानो उसे बैठ जाने की अनुमति दे रहा हो या घर चले जाने का आदेश।

—अच्छा तो मैं अब चलती हूँ, पारो।

—शाम को फिर आना।

—देखो।

—देखो नहीं, बस, थोड़ी देर के लिए आ ही जाना। बाक़ी बात फिर करेंगे।

काके को उठाकर देवी दरवाज़े की ओर चल देती है। बीरू पारो की तरफ़ देखता है जैसे पूछ रहा हो, मैं भी चला जाऊँ ? पारो उठ खड़ी होती है। बीरू को महसूस होता है जैसे उसे चले जाने को कह दिया गया है। वह अभी कुछ देर और पारो की रानों को थपथपाना चाहता है...।

देवी दरवाज़ा खोलने के लिए हाथ बढ़ाती है कि बाहर से माँ की आवाज़ आती है—दरवाज़ा खोलो !

माँ को देखते ही देवी दो क़दम पीछे हट जाती है। माँ हमेशा ऐन मौक़े पर आ पहुँचती है। बीरू पारो के पीछे छुपने की कोशिश करता है।

—आओ, मासीजी ! पारो मुस्कुराती है।

माँ एक झपट्टा मारकर काके को छीन लेती है। काका रोने लगता है। माँ उसे गाली देती है। फिर लपककर बीरू का हाथ पकड़कर बाहर की ओर घसीटने लगती है।

—तुझे मैंने किसलिए भेजा था यहाँ ? बोल !

वह कुछ नहीं बोलता। देवी भी उनके साथ साथ चल रही है। पारो ने दरवाज़ा अन्दर से बन्द कर लिया है। माँ के कपड़ों से बदबू आने लगती है, और बीरू को महसूस होता है जैसे किसी ने उसे नहला धुलाकर फिर एक हफ़्ता पुराने बासी कपड़े पहना दिए हों।

10

—अच्छी तरह कान खोलकर सुन लो ! इस रोज़ रोज़ की बकबक से इतना तंग आ गया हूँ कि अगर तुमने अपना चलन नहीं बदला तो मैं सब कुछ छोड़छाड़कर कहीं चला जाऊँगा ! समझी ? फिर उमर भर रोती रहना बैठकर अपने जननेवालों को !

माँ प्रायः अपने जननेवालों की शान के ख़िलाफ़ एक शब्द भी नहीं सुन सकती और तिलमिलाकर कह दिया करती है, 'ख़बरदार, जो मेरे जननेवालों का नाम लिया !' और बाबा उसके बाद प्रायः न केवल उसके जननेवालों, बल्कि उसके जननेवालों के जननेवालों को भी अपनी गालियों की लपेट में लेकर यूँ बरसने लगते हैं, मानो उन्हें माँ से जो शिकायतें हैं, उन सबकी ज़िम्मेदारी उन बुज़ुर्गों पर ही हो।

लेकिन इस समय माँ ख़ामोश है। फ़र्श पर औंधे मुँह गिरी सिसक रही है। उसके बालों की एक रस्सी सी बन गई है। बाबा ने उन्हें इतना मरोड़ा था कि माँ बिलबिला उठी थी। अगर बाबा ने उसी समय माँ के बालों को छोड़ न दिया होता तो वह रस्सी जड़ से उखड़कर बाबा के हाथों में आ जाती और माँ के सिर से खून का फ़व्वारा फूट निकलता। यह सोचकर बीरू का सारा शरीर झुरझुरा गया था। देवी ने बाबा को परे खींचना चाहा था, लेकिन बाबा जब गुस्से में हों तो लोहे में बदल जाते हैं।

माँ ने बीरू को बताया है कि वह जवानी में रामलीला में कभी रावण की भूमिका अदा किया करते थे और कभी अंगद की।

अब वह रस्सी यूँ खुल रही है जैसे बालों में जान आ गई हो।

आज सुबह सबेरे ही यह संग्राम न जाने किस बात पर छिड़ गया है। रात बाबा बहुत देर से लौटे थे। वह उनका इंतज़ार करता करता रसोई में ही सो गया था। सोने से पहले माँ ने उसे कई क़िस्से कहानियाँ सुनाई थीं। इसलिए शायद उसे नींद भी इतनी जल्दी आ गई थी।

माँ ने कहा था कि एक बार बाबा ने माँ को भी दाँव पर लगा दिया था। तब वे एक छोटे से गाँव कीराँवाला में रहते थे। उन दिनों देवी बहुत छोटी थी। सब लोग देवी को प्यार करते थे। मैं तो अभी हुआ भी नहीं था। शायद होनेवाला था। देवी का एक ख़ास नाम रखा था उन लोगों ने। देवी को उस वक़्त भी घूमने की आदत थी। लेकिन बचपन में तो सभी घुमक्कड़ होते हैं। तकलीफ़ तो तब होती है जब बचपन की आदतें जवानी तक घिसटती चली आएँ। देवी का वह नाम माँ को याद नहीं आया। काफ़ी देर सिर पकड़कर बैठे रहने और माथा सिकोड़ने पर भी याद नहीं आया।

—क्या करूँ, मेरा दिमाग़ अपनी जगह पर नहीं रहा। जब मैं छोटी थी, तो मेरे चाचा कहा करते थे—जानकी, तेरे पास इतना दिमाग़ कहाँ से आ गया ? तेरी माँ तो पहले दरज़े की बेवक़ूफ़ है।

फिर बहुत देर तक माँ की बातों का रुख़ उसके अपने माँ बाप की छोटी छोटी बातों की ओर मुड़ा रहा था। बीरू इन बातों में काफ़ी रस लेता रहा था। उसकी नींद फिर खुल गई थी।

फिर माँ ने वही ऊटपटाँग बातें शुरू कर दी थीं—एक बार तो, बेटा, इन्होंने मुझे भी दाँव पर लगा दिया था। अब कभी वे दिन याद आ जाते हैं तो हँस देती हूँ। पांडवों ने भी तो द्रौपदी को हार दिया था। लेकिन वह तो सब भगवान की लीला थी। और यह सब उस बेईमान रामचरण की शरारत। रामचरण बाबा का दोस्त था। दिन भर उसी के संग घूमते थे। सारी कमाई शराब में ग़र्क कर देते थे। जुआ भी खेलते थे। उन दिनों बाबा को ऊपर की आमदनी बहुत होती थी। इलाक़ा बहुत अच्छा था। लेकिन फिर भी कई कई दिन घर में चूल्हा तक नहीं जलता था।

—एक दिन वह सब कुछ हारकर उठने लगे तो उस बेईमान रामचरण ने कह दिया, क्यों नहीं एक हाथ और खेल लेते ? अपनी बीवी को लगा दो न दाँव पर ! अब उसने बेशक मज़ाक से ही कहा हो। लेकिन ये नशे में धुत्त, मान गए। बस फिर क्या था, दूसरे दिन यह बात सारे गाँव में फैल गई। बच्चा बच्चा जान गया। हाय बेटा, तुझे क्या क्या बताऊँ ! मैंने क्या नहीं देखा ! जो कुछ मैंने देखा है, परमात्मा दुश्मन को भी न दिखाए ! जो कुछ मैंने सहा है, कोई और सहकर दिखाए तो मान जाऊँगी ! उन दिनों तेरी दादी हमारे पास नहीं रहा करती थी।

और फिर माँ की बातों का रुख़ न जाने किस ओर मुड़ गया था। माँ की बातों का रुख़ भी किसी अपरिचित नगरी में किसी भूले भटके मुसाफ़िर के समान

है, जिसे अपने स्थान पर पहुँचने के लिए कितनी देर इधर उधर भटकना पड़ता है।

कोई ज़माना था जब माँ की दुखद बातें सुनते सुनते बीरू की आँखें भीग जाती थीं। लेकिन अब उसे उन बातों पर नींद ही आती है।

बीरू को दादी की निन्दा हमेशा की भाँति अरुचिकर लगी थी। परन्तु दादी की चर्चा करते हुए माँ की आवाज़ और उसके लहजे में एक ऐसा पुट आ गया कि बीरू ने उसे मना करने के बजाय चुपचाप सो जाने की ठान ली थी। उसने कानों को बाँहों में लपेटकर यह कोशिश की थी कि माँ की बातें उसे सुनाई न दें। माँ थोड़ी देर बाद उससे पूछ लेती थी, सुन रहे हो न, सो तो नहीं गए ? एक बार उसने कह दिया था, नहीं, सो गया हूँ। माँ ने नाराज़ होने के बजाय झुककर उसे चूम लिया था।

दिन को माँ और ही रंग में होती है और रात को किसी और ही रंग में। अगर बीरू का बस चले तो उनके घर में हमेशा ही रात रहे। बाबा घर पर न हों। जलालपुरनी का कहीं खटका न हो। देवी गहरी नींद में सोई रहे। माँ इसी प्रकार उसे छोटी छोटी घटनाएँ सुनाती रहे। वह बीच में कभी सो जाए और कभी जाग उठे। और जब जागे तो माँ सामने फ़र्श पर औंधे मुँह पड़ी सिसक न रही हो।

माँ अब भी फ़र्श पर औंधे मुँह पड़ी है, पर उसकी सिसकियाँ शायद बन्द हो गई हैं। उसका शरीर कभी कभी लम्बी साँस से सिहर उठता है। बाबा माँ के सिर पर खड़े अब भी उसे घूर रहे हैं। धीरे धीरे माँ भी सिर उठाती है। उसका चेहरा देखकर बीरू सहसा डर जाता है। जब वह पूरी तरह बैठ जाती है तो बाबा झुककर उसका हाथ पकड़कर उसे खड़ा कर देते हैं और फिर एक दो बार झिंझोड़कर छोड़ देते हैं। माँ गिरते गिरते सँभल जाती है। बाबा बुड़बुड़ाते हुए बाहर चले जाते हैं। और माँ फूट फूटकर रोने लगती है।

—चुप कर जाओ, माँ ! बीरू माँ के पास खड़ा है।

—चुप कर जाओ, माँ ! देवी कहती है।

माँ उठकर दीवार से टक्करें मारने लगती है। वे दोनों उसे पकड़ लेते हैं। माँ शायद पागल हो गई है। ड्योढ़ी का दरवाज़ा खुला है। बीरू के दो साथी दरवाज़े में खड़े सब कुछ देख रहे हैं। स्कूल का समय हो गया है। वे उसे बुलाने आए हैं।

—स्कूल नहीं जाओगे, बीरू ?

लेकिन उनकी आवाज़ बीरू के कानों में नहीं पड़ती। वह भी धीरे धीरे माँ

के साथ रो रहा है। जिधर को माँ झूल जाती है, उधर वह भी। देवी उन दोनों को सँभालने की कोशिश में उनके साथ झूल रही है।

दरवाज़े में खड़े लड़के ज़ोर ज़ोर से हँस उठते हैं। बीरू माँ का आँचल छोड़कर उनके पास जा खड़ा होता है। लड़कों की हँसी बन्द हो जाती है। बीरू के होंठ शर्म और गुस्से से काँप रहे हैं।

—आज स्कूल नहीं जाओगे, बीरू ? देर हो रही है।

बीरू उनकी ओर से मुँह मोड़कर खड़ा हो जाता है। माँ चारपाई पर जा गिरी है। दोनों हाथ छत की ओर उठाए कह रही है—हाय, मुझे मौत क्यों नहीं आती !

लड़के फिर आपस में खुसर फुसर करने लगते हैं। बीरू का सिर दर्द से फटा जा रहा है। लेकिन उसके होंठों का कम्पन बन्द हो गया है। उसके आँसू मानो आग में तब्दील हो गए हैं।

—ठहरो, मैं अभी आता हूँ।

बीरू दौड़कर अन्दर जाता है और किसी कपड़े से मुँह पोंछ बस्ता उठाकर बाहर चला आता है।

—ओ देवी, उस बेचारे को कुछ खाने को तो दिया होता !

बीरू ने दरवाज़ा बाहर से बन्द कर दिया है।

—अरे यार, भागते क्यों हो ? हम भी तो वहीं जाएँगे।

—तेरी माँ को क्या हुआ था, बीरू ?

—तेरे बाबा को हमने देखा था। तेज़ तेज़ कहीं जा रहे थे। कहाँ जा रहे थे ? उनका चेहरा लाल हो रहा था। क्या बात थी ?

—हम तो कितनी देर से खड़े आवाज़ें दे रहे थे।

—जब तेरे बाबा ने दरवाज़ा खोला तो हम तो डर के मारे उछलकर परे जा खड़े हुए। तुझे अपने बाबा से डर नहीं लगता, बीरू ?

—हमें देख लेते तो हमारी खैर नहीं थी।

—क्यों ? बीरू पूछता है।

लड़के जवाब नहीं देते। कुछ देर तीनों चुपचाप चलते रहते हैं।

—बीरू, तूने स्कूल का काम किया है ?

—नहीं।

—क्यों ?

बीरू चुप रहता है।

—यार बीरू, तेरे घर हर रोज़ लड़ाई क्यों होती रहती है ?

—मैं बताऊँ, बीरू के बाबा बहुत सख़्त हैं।

—मेरी माँ कहती है, सारा क़सूर बीरू की माँ का है।

—मेरी माँ कहती है, कसूर दोनों.का है।

—बीरू बेचारे ने आज कुछ खाया भी नहीं।

—बेचारे को भूख लग रही होगी।

—मेरी माँ कहती है, बीरू की बहन देवी भी बीरू की माँ को बहुत तंग करती है।

—मेरी माँ कहती है, बीरू की माँ बहुत लड़ाकी है।

—बीरू, तेरे बाबा तेरी माँ को मारते हैं ?

—यार, यह भी कोई पूछने की बात है !

—यार बीरू, हमसे बोलोगे नहीं ?

—छोड़ो, बेचारे को रोना आ रहा है।

—बताओ न, बीरू किस बात पर...?

—अन्धे हो ? किस हरामी को रोना आ रहा है ?

—आख़िर बुलवा ही लिया न !

—अच्छा, बीरू, अब तो बता दे, तुम्हारी माँ क्यों रो रही थी ?

—आज तो पूछकर ही छोड़ेंगे।

—क्या तुम्हारी माँ कभी नहीं रोती ?

—रोती है, लेकिन कभी कभी। और जब रोती है तो हम सब उसे चुप कराने लगते हैं।

—लेकिन बीरू की माँ तो हरदम रोती रहती है।

—छोड़ो ! बेचारे को शर्म आ रही है।

—अच्छा, छोड़ देते हैं, लेकिन, हरामी कोई और बात भी तो करे ! यह तो ऐसे चल रहा है जैसे इसकी नानी मर गई हो।

बीरू उन दोनों की छेड़खानी से इतना तंग आ गया है कि अगर उसमें हिम्मत होती तो वह उन पर झपट पड़ता। लेकिन उसके लिए तो चलना मुश्किल हो रहा है। दिन भर भूखा रहने के ख़याल से उसका दिमाग़ चकरा जाता है।

गेट के बाहर रुककर बीरू अपने साथियों से कहता है—देखो, केशव के बच्चे, किसी को बताना नहीं। अगर बताया तो आज से मेरी तुम्हारी बोलचाल बन्द !

—क्या नहीं बताना ?

—बस, मैं कह रहा हूँ।

—क्या ?

—अरे यार, यही कि इसकी माँ रो रही थीं।

—हम तो बताएँगे, हम तो सबको बताएँगे, हम तो मास्टर को भी बताएँगे, बोर्ड पर लिख देंगे ! क्यों न बताएँ ? क्यों न बताएँ ?

—अच्छा, फिर बताकर देख लेना !

—देख लेंगे !

वे दोनों गेट की ओर चल देते हैं। अगर इन कमबख़्तों ने बात फैला दी तो सब लड़के दिन भर मुझे छेड़ते रहेंगे। केशव शायद न बताए, जीता ज़रूर बता देगा।

—अच्छा, एक शर्त पर नहीं बताएँगे। जीता बीरू के पास जाकर उसके कान में कुछ कहता है और फिर भागता हुआ केशव से जा मिलता है। दोनों हँसते हुए अन्दर चले जाते हैं। बीरू गेट पर खड़ा सोचता रहता है कि स्कूल जाए या नहीं ! चार पाँच लड़के घड़ियाल के नीचे खड़े बारी बारी उसे बजा रहे हैं। जब बीरू की बारी आती है तो प्रार्थना की सीटी हो जाती है। बीरू जल्दी से एक दो बार घड़ियाल को बजाकर दौड़ता हुआ अपनी क़तार में जा खड़ा होता है।

'तारीफ़ उस खुदा की जिसने जहाँ बनाया'

बीरू उस खुदा की तारीफ़ में शामिल नहीं होता। वह चुपचाप सिर झुकाए मन ही मन किसी बात पर कुढ़ता रहता है। शायद घंटी न बजा सकने पर। मास्टर आज फिर सबकी किताबें देखेंगे। उसने माँ से कहा भी था, आज भी किताब न दिखाई तो मास्टरजी पीटेंगे। माँ ने कहा था, पीटकर तो देखें ! माँ न जाने अपने आपको समझती क्या है ! अगर इतनी ही बहादुर होती, तो...मास्टर कहेंगे, किताब के बग़ैर झख मारने चले आते हैं। लाट साहब के बच्चे ! पढ़ेगा अपनी माँ का सिर ? अगर कल भी किताब नहीं लाए तो...मास्टर कान ऐसा मसलते हैं कि तारे नज़र आने लगें।

—यतीमख़ाने में क्यों नहीं चले जाते ? तुम्हारे बाप के पास शराब पीने के लिए पैसे हैं, जुआ खेलने के लिए पैसे हैं, लेकिन किताब ख़रीदने के लिए नहीं ! है न ?

और फिर हुक्म मिलेगा, जाओ, जाकर उस कोने में दीवार की तरफ़ मुँह मोड़कर खड़े हो जाओ। एक टाँग पर खड़ा होना कोई आसान काम नहीं। मास्टर को खड़ा होना पड़े तो पता चले !

प्रार्थना ख़त्म हो जाती है। फिर एक मिनट के लिए ख़ामोशी रहती है।

बीरू हाथ जोड़े, आँखें बन्द किए, परमात्मा से कह रहा है, मास्टर आज किताब के बारे में न पूछें ! हे परमात्मा ! तू मुझे चिड़िया बनाकर मास्टर के गंजे

सिर पर बिठा दे !

फिर सीटी होती है। क़तारें रेंगने लगती हैं। बीरू के पीछे खड़ा लड़का बार बार उससे शरारत कर रहा है। कमीज़ खींचकर पुचकार पुचकारकर कह रहा है—बीरू, तेरी निक्कर पीछे से फटी हुई है !

मास्टर अपनी रानों को दोनों हाथों से खुजलाते हुए अन्दर दाख़िल होते हैं। लड़के एक साथ खड़े होकर उनका स्वागत करते हुए कहते हैं—मास्टरजी, बन्दगी !

—एक बार फिर कहो, पूरे ज़ोर से।

—मास्टरजी, बन्दगी ! सब लड़के चिल्लाते हैं।

मास्टरजी को, न जाने क्यों, हरदम रानों के बीच इतनी खुजली होती है कि कभी कभी जब उनका ध्यान किसी और तरफ़ होता है तो उनकी तहमद के दोनों पाट सामने से खुल जाते हैं। लड़के हँसी दबाने की कोशिश में फूँ फूँ करते रहते हैं। मास्टर की बला से ! वह खुजली करते रहते, न जाने, किन ख़यालों में खो जाते हैं कि उन्हें देर तक आसपास का होश ही नहीं रहता।

और जब उन्हें होश आता है तो कहते हैं—भई, कोई जाकर हुक्के की ख़बर तो लाए ! कमबख़्त ने न जाने क्यों इतनी देर लगा दी है !

कमबख़्त से मास्टरजी का मतलब अपनी पत्नी से होता है।

दो तीन लड़के दरवाज़े की ओर लपकते हैं। उनमें से एक बीरू है। मास्टर बीरू को गर्दन से पकड़कर पूछते हैं—तुम कहाँ जा रहे हो ?

बीरू हकलाता है—आपका हुक्का लेने।

—चलो, बैठो। हुक्का लेने जा रहे हैं ! पैदा हुए नहीं और हुक्का लेने चल पड़े हैं ! तुम्हारे बाप से भी वह हुक्का उठाए नहीं उठेगा। हरामख़ोरों को बस कोई बहाना चाहिए आवारागर्दी करने का। बैठो अपनी जगह पर !

लेकिन वह बैठे कैसे, मास्टर उसकी गर्दन छोड़ना तो भूल ही गए हैं। देख किसी और तरफ़ रहे हैं, बातें बीरू से कर रहे हैं, सोच कुछ और रहे हैं।

—मैं सब जानता हूँ, हरामियो ! मुझे चलाते हो ! मैं तुम्हारी रग रग से वाक़िफ़ हूँ। मैंने तुम्हारे ऐसे हज़ारों लाखों देखे हैं। मुझे धोखा देना कोई आसान काम नहीं ! चलो, बैठो अपनी जगह पर !

जब बीरू जाने की कोशिश करता है तो मास्टर की पकड़ और मज़बूत हो जाती है, जैसे वह पनीर निचोड़ रहे हों। बीरू झुका झुका हिचकोले खा रहा है। उसे लगता है जैसे उसकी जान आँखों के रास्ते निकल जाएगी और अगर मास्टर ने उसे छोड़ा नहीं तो आँखें निकलकर नीचे गिर पड़ेंगी। वह आँखें बन्द

कर लेता है।

—चलो, बैठो अपनी जगह पर !

और एक झटका देकर मास्टर फिर उसे अपनी ओर खींचकर पूछते हैं—किताब लाया है या नहीं ?

आँखें निकलकर नीचे गिर जातीं, वह अन्धा हो जाता, जान निकल जाती, लेकिन मास्टर ने यह किताब का क़िस्सा क्यों छेड़ दिया ?

—बोल, किताब लाया है कि नहीं ?

बोलना क्या ज़रूरी है ? नहीं लाया। लेकिन मास्टर बिना बुलवाए नहीं छोड़ेंगे ! बुलवाने ही में तो सारा मज़ा है !

—बोल, सूअर की औलाद ! जुबान हिला ! बोल, किताब लाया है कि नहीं ? बाक़ी लड़के दम रोके बैठे हैं। शुरू शुरू में तो बीरू को मास्टर के पंजे में छटपटाता देखकर वे सब बहुत खुश हुए थे। बीरू की पीठ पर बैठने की इच्छा कई लड़कों के मन में उठी थी, उसके बिगड़े हुए चेहरे को देखकर कई लड़कों के लिए हँसी रोकना मुश्किल हो गया था, उसके फीके सफ़ेद रंग को देखकर कई चेहरे गुलाबी हो गए थे। लेकिन अब शायद बात हँसी मज़ाक की हद से गुज़रकर गम्भीरता और क्रूरता की सीमा तक जा पहुँची है।

कुछ लड़के दुआ माँग रहे थे कि मास्टर का हुक्का किसी तरह उसी क्षण आ जाए तो शायद बीरू की ख़लासी हो। नहीं तो मास्टर उस बेचारे को बिलकुल ही निचोड़कर रख देगा। पहले ही चिड़िया सी जान है बेचारे की !

—बोलेगा कि और कोई तरकीब करूँ बुलवाने की ? बोल, किताब लाया है कि नहीं ?

एक लड़का उठकर कहता है—मास्टरजी, इसके बस्ते में किताब नहीं है।

उस लड़के ने शायद यह सोचा हो कि मास्टर का कौतूहल शान्त हो जाएगा और वह बीरू को छोड़ देंगे।

—अच्छा, तो आज भी नहीं लाया ?

'भी' पर बल देने के लिए मास्टर बीरू की गर्दन को पूरे ज़ोर से कस लेते हैं। बीरू चिल्ला उठता है। मास्टर खिल उठते हैं, जैसे इसी आवाज़ को सुनने के लिए उन्होंने इतना कष्ट उठाया हो !

—अब निकली आबाज़ ! तुझे कल क्या कहा था ? याद है कि नहीं ? मैं पूछ रहा हूँ, याद है कि नहीं ?

बीरू को तो क्या, उसके फ़रिश्तों को भी इस समय कुछ याद नहीं। उसे तो साफ़ सुनाई भी कुछ नहीं दे रहा है।

—मास्टरजी, बेचारे की जान निकल जाएगी। वही लड़का फिर उठकर कहता है।

मास्टरजी हँस उठते हैं, जिससे उनकी पकड़ कुछ ढीली हो जाती है।

—बड़ी हमदर्दी है तुम्हें इससे तो फिर आ जाओ न इसकी जगह पर !

मास्टर बीरू को छोड़कर उस लड़के को पास आने के लिए इशारा करते हैं। बीरू की गर्दन टेढ़ी हो गई है। वह सिर नीचा किए यूँ झूमता रहता है जैसे कोई अभिनेता शराबी की भूमिका अदा कर रहा हो। वह लड़का अपनी जगह पर खड़ा रहता है।

—आ जाओ न, आते क्यों नहीं ?

मास्टर देखने को तो हँस रहे हैं, लेकिन उनके गुस्से का अनुमान सभी लड़कों ने ठीक ठीक लगा लिया है। वे सब असलम की ओर देख रहे हैं। असलम अपनी जगह पर डटा हुआ है, मास्टर की नज़र से नज़र बाँधे खड़ा है, मानो अपनी हठ की परीक्षा ले रहा हो।

मास्टर की हँसी का ज़ोर कम हो जाता है और उनका गुस्सा बढ़ जाता है।

बीरू के पाँव अब कुछ जम गए हैं। लेकिन उसकी गर्दन का ख़म अभी दूर नहीं हुआ। उसे सीधा करने की कोशिश में बीच की तनातनी का पूरा पूरा आभास उसे नहीं होता। कुछ लड़के उसकी ओर हैरानी से देख रहे हैं, जैसे पूछ रहे हों, क्या अभी तक ज़िन्दा हो ?

—तो क्या तुम वहीं खड़े रहोगे ?

मास्टर की झिड़कीली आवाज़ सुनते ही सबके दिल दहल जाते हैं। बीरू की गर्दन अपने आप सीधी हो जाती है। आज मास्टर एक एक लड़के को पीटेंगे। इस सामूहिक मारपीट के विचार से लड़कों के रोएँ मानो डर से नहीं उत्सुकता से खड़े हो जाते हैं।

असलम !

मास्टर असलम का नाम इस अन्दाज़ से पुकारते हैं कि एक बार तो असलम के पाँव भी उखड़ जाते हैं। उसकी नज़रें गिर जाती हैं, मानो वह अपनी हार तसलीम कर रहा हो। और वह धीरे धीरे मास्टर की ओर चल देता है।

एक लड़का बीरू की निक्कर को खींचकर उसे चुपचाप बैठ जाने का इशारा करता है।

मास्टर के पास पहुँचकर असलम फिर तनकर खड़ा हो जाता है, मानो अपनी जगह से वहाँ तक पहुँचते पहुँचते उसने कोई नया फ़ैसला कर लिया हो।

—हाँ, तो वकील साहब !

और मास्टर छूटते ही एक ज़न्नाटे का तमाचा असलम के मुँह पर दे मारते हैं।

असलम चुपचाप, अलिफ़ की तरह सीधा खड़ा रहता है। उसके हाथ गाल को सहलाने के लिए नहीं उठते और न ही उसकी नज़र में ही कोई ख़म पड़ता है, मानो तमाचा उसके मुँह पर नहीं किसी पत्थर पर पड़ा हो। बीरू चकित सा असलम की ओर देख रहा है, मानो उसकी गरदन का बल उस तमाचे से निकल गया हो।

मास्टर असलम की ओर देखते हैं, लड़कों की ओर देखते हैं, अपने हाथ की ओर देखते हैं और फिर पागल हो जाते हैं और अन्धाधुन्ध दोनों हाथों से असलम पर पिल पड़ते हैं। और इस पर भी जब असलम रोता चिल्लाता नहीं तो वह दोनों हाथ से उसके कन्धों को झिंझोड़कर उसकी गर्दन दबोचने की कोशिश करते हैं। असलम चुपके से उनके हाथों को परे झटक देता है, मानो कोई पहलवान दूसरे पहलवान से कह रहा हो—क़ायदे से लड़ो, ओछापन क्यों करते हो ?

मास्टर के मुँह से झाग छूट रहा है। गाली देने के लिए मुँह खोलते हैं तो मुँह खुला का खुला रह जाता है। असलम सीना ताने वापस अपनी जगह पर लौट आता है। लड़कों की साँसें तेज़ तेज़ चल रही हैं। सभी लड़के असलम की ओर देख रहे हैं। बीरू का जी चाहता है कि उठकर उसके पास जा बैठे।

—हुक्का कहाँ है ? मास्टर उन लड़कों से पूछते हैं जो बहुत देर से दरवाज़े में खड़े सारा नज़्ज़ारा देख रहे हैं।

—मास्टरनीजी ने कहा है, हुक्का तो ले जाओ, लेकिन तम्बाकू की जगह क्या गधे की लीद डालोगे चिलम में।

सब लड़के एक साथ खिलखिलाकर हँस उठते हैं। मास्टर एक दो बार दहाड़कर उन्हें डराने की कोशिश करते हैं और फिर भुनभुनाते हुए बाहर चले जाते हैं।

बीरू उठकर असलम के पास जा बैठता है।

घर लौटते हुए बीरू के पाँव ज़मीन पर नहीं पड़ते। सारा रास्ता हँसी मज़ाक़ में कट जाता है। उसके साथियों में से कोई भी उसके साथ छेड़छाड़ नहीं करता। असलम बहुत रास्ता उसके साथ आता है।

बीरू को एक नया दोस्त मिल गया है, एक हमदर्द, एक साथी। अब उसे स्कूल में किसी बात की चिन्ता नहीं रहेगी। लड़के उसे निक्चू कहकर नहीं बुलाएँगे। असलम अपनी छाती पर हाथ रखकर कहता है—अगर फिर कभी मास्टर

ने तुम्हें पीटा तो मैं उन्हें मज़ा चखा दूँगा ! सारे शहर की दीवारों पर कोयले से उनका नाम लिख दूँगा। लिख दूँगा, मास्टर फ़क़ीर मुहम्मद उल्लू है, मास्टर फ़क़ीर मुहम्मद की चिलम में गधे की लीद ! स्कूल के गेट पर उसकी शक्ल बनाकर नीचे लिख दूँगा, गधों का बादशाह।

असलम से जुदा होते समय बीरू कहता है—एक दिन तुम्हारे घर आऊँगा।

असलम ज़ोर से कहता है—ज़रूर !

बीरू की गली के लड़के उसकी पीठ ठोंक देते हैं।

अब जब वह क्लास में बैठा किसी सोच में ग़र्क़ मास्टर की ओर देख रहा होगा तो किसी लड़के की हिम्मत नहीं होगी कि वह उसकी निक्कर में छोटे छोटे कंकर डाल दे और जब वह उठे तो ताली बजाकर कहने लगे—बीरू अंडे देता है ! असलम सबको डंके की चोट कह देता है—आज से बीरू मेरा दोस्त है ! खबरदार, जो किसी ने इसे छेड़ा, मार मारकर भुरकस निकाल दूँगा !

असलम कितना लम्बा है ! मास्टर के पास खड़ा मास्टर से भी ऊँचा दिखाई देता है। और उसके कपड़े कितने साफ़ हैं। बालों को खुशबूदार तेल लगाता है। उसके बूट ! उसके बूटों का ख़याल आते आते बीरू की नज़रें अपने नंगे पाँवों पर जम जाती हैं।

देवी दरवाज़ा खोलती है। बीरू उसे एक ओर धकेलकर अन्दर दाख़िल होते ही कहता है—रोटी दो, माँ, भूख लगी है।

लेकिन माँ मुँह फुलाए ड्योढ़ी के एक कोने में खड़ी है।

—तो बोलो, क्या जवाब दूँ इस चिट्ठी का ?

बाबा की आवाज़ सुनकर भी बीरू सहमता नहीं। उछल उछलकर उनके हाथों से चिट्ठी छीनने की कोशिश करने लगता है। बाबा हाथ ऊपर कर लेते हैं। दूसरे हाथ से बीरू के गालों को थपक देते हैं। बीरू को लगता है जैसे उनके मुँह के टेढ़ेपन का उस थपकी से कोई सम्बन्ध न हो। वह उस थपकी में छुपे प्यार की गर्मी को महसूस करता है और उस मुँह के टेढ़ेपन से झलक रहे गुस्से को, मानो जानता हो कि प्यार उसके लिए है और गुस्सा माँ के लिए।

—बोलो, मुझे फिर काम पर भी जाना है।

—मैंने तो कह दिया, मुझे मंज़ूर नहीं।

—तो फिर क्या इरादा है तुम्हारा ? इसे सारी उमर घर बिठाए रखोगी ? आखिर तुम्हें कुछ मंज़ूर भी होगा या नहीं ?

—और कुछ भी हो, इस मत्थासड़े रामलाल को तो मैं अपनी लड़की की हवा भी न लगने दूँ, रिश्ता तो दूर की बात है !

—लेकिन उसमें नुक़्स क्या है ? ज़रा अक़्ल से काम लो, आसमान से कोई फ़रिश्ता तो ढूँढ़कर लाओगी नहीं तुम। दसवीं पास है। नौकर है। देखने सुनने में अच्छा है।

—ख़ाक अच्छा है।

—तुम्हारे मुँह में तो बस हमेशा ख़ाक ही रहेगी !

—मैं उसकी ईचीबीची जानती हूँ !

बीरू रोटी भूलकर बड़े ध्यान से ये बातें सुन रहा है। आज बाबा इतने आराम से न जाने कैसे बोल रहे हैं। यह रामलाल कौन है ? चिट्ठी में जाने क्या लिखा हुआ है। ईचीबीची पर बीरू को हँसी आ जाती है।

—अच्छा, तो फिर न कर दूँ।

—और नहीं तो क्या, उस घर में अपनी लड़की देने से तो अच्छा कि कुएँ में धकेल दूँ उसे !

—अच्छा, अब ज़्यादा बकवास मत करो।

—बकवास है तो बकवास ही सही। लेकिन मैं अपने जीते जी...

—किसी भी बात का जवाब सीधी तरह नहीं दोगी ! और बाबा चिट्ठी फाड़ते हुए बाहर चले जाते हैं। बीरू को यूँ महसूस होता है जैसे आज का झगड़ा अधूरा रह गया हो।

—रामलाल ! ऊँ ! वही है न जिसकी माँ ने मेरे गहनों का डिब्बा उठा लिया था। उसे अपनी लड़की दे दूँ ? गोली न मार दूँ उसे ! न मुँह, न मत्था, जिना पहाड़ों लत्था ! उँह, काला धूत, न अक़्ल, न शक्ल ! हाय, अगर मेरी लड़की अच्छी होती तो मुझे क्या जल्दी थी !

माँ बोलती जा रही है। आदत से लाचार। अपने आप चुप भी हो जाती है। खाने को कुछ मिल जाए तो...सब बरतन गन्दे पड़े हैं। खाने के लिए कहीं कुछ नहीं है। चूल्हे से धुएँ की दो तीन बारीक धारियाँ उठ उठकर छत से चिपकती जाती हैं। बीरू दहलीज़ के पास पड़े एक ख़ाली गिलास को ठोकर मारकर रसोई से बाहर निकल आता है।

—शाबाश, शाबाश ! कहीं पीछे न रह जाना अपने बाप से ! जैसा बाप, वैसा बेटा ! तोड़ दे, सारे बरतन तोड़ दे ! देखता क्या है ?

बीरू एक घृणा भरी दृष्टि माँ की ओर फेंकता हुआ बाहर निकल जाता है। रोटी नहीं तो न सही, आज वह माँ की बुड़बुड़ नहीं सुनेगा !

11

गली में बच्चे नाच रहे हैं–

रब्बा रब्बा मींह बसा...
साहडी कोठी दाने पा...

कई दिनों से रोज़ बादल घिर घिर आते हैं। लेकिन बारिश नहीं होती। गली की औरतें कहती हैं, परमात्मा हमसे रूठ गया है।

बच्चे मुँह ऊपर को उठाए बन्दरों की भाँति नाच रहे हैं।

बीरू दरवाज़े के साथ लगा चुपचाप उनकी ओर देख रहा है। बादल केवल आकाश में ही नहीं, उसके चेहरे पर भी घिर आए हैं। आकाश के बादलों में हरकत है, गर्जन है, कंपन है; उसके चेहरे के बादलों में सिर्फ़ स्याही और ख़ामोशी।

कालियाँ इट्टाँ काले रोड़...
मींह बसा दे ज़ोरोज़ोर...

बच्चे पूरे ज़ोर से एक एक शब्द को खींचकर बादलों को आवाज़ें दे रहे हैं। और बादल उनकी आवाज़ें सुन सुनकर मानो स्वयं बच्चों की तरह मचल रहे हों और अपनी अनजानी भाषा में उनसे कुछ कह रहे हों। बीरू केवल बच्चों की बातें सुन रहा है। लेकिन दूसरे बच्चों की समझ में शायद बादलों की बातें भी आ रही हैं।

बीच बीच में बीरू ऊपर आकाश की ओर देख लेता है। बादलों का अथाह समुन्दर ठाठें मार रहा है। कभी कभी बिजली की एक काँपती हुई सी लकीर यूँ खिंच जाती है, जैसे किसी ने चाकू की नोक से बादलों को फर्र से फाड़ दिया हो। और कभी कभी वह लकीर यूँ इधर उधर यहाँ वहाँ दौड़ती हुई नज़र आती है, मानो आकाश में चमकते हुए मेंढक फुदक रहे हों। और कभी कभी सारा आकाश एकदम शान्त हो जाता है, मानो बादलों को अकस्मात् नींद आ गयी हो।

लेकिन बच्चे चिल्लाकर फिर उन्हें जगा देते हैं। और बादल झुँझलाए हुए

बुजुर्गों की तरह खँखारने लगते हैं, जैसे नीचेवालों को अपने आने की ख़बर दे रहे हों।

रब्बा रब्बा मींह बसा...
साहडी कोठी दाने पा...

बीरू दहलीज़ पर बैठ जाता है, घुटनों को अपनी बाँहों की लपेट में लेकर ठोड़ी को उन पर टिकाकर, एक ठंडी साँस लेता है।...बादलों का दानों से क्या मेल ? हमारे घर दाने नहीं। दाने नहीं, आटा नहीं, रोटी नहीं, पैसे नहीं। कई दिनों से माँ इधर उधर से सेर दो सेर उधार ले आती है और रोटियाँ पकाते हुए कहती रहती है, उधार में बरकत बिलकुल नहीं होती, उधार का आटा गले से नहीं उतरता, उसमें कंकर होते हैं। एक रोज़ पड़ोस की विद्या ने आख़िर वाली बात सुनकर कह दिया था, भई, कौन तुम्हें गुड़ भेजता है, तुम्हारी मिन्नतें करता है कि आकर हमसे उधार लो ? हमें क्या पड़ी है कि आटा भी दें और बातें भी सुनें ? अब तक तो देती रही, अब अगर मुझसे माँगा तो...माँ ने बेतहाशा सौगन्धें खानी शुरू कर दी थीं। मैं तुम्हें थोड़ा ही कह रही थी। मेरा परमात्मा जानता है। तुम्हारा आटा तो मैदे से भी ज़्यादा बारीक होता है। मैं तो वैसे ही बात कर रही थी। फिर माँ ने बीरू के सिर पर हाथ रखकर कहा था, मुझे इसकी सौंह, जो मैंने तुम्हारी बात की हो ! और विद्या के पीठ मोड़ते ही माँ की आँखों में आँसू भर आए थे।

कालियाँ इट्टाँ काले रोड़...
मींह बसा दे ज़ोरोज़ोर...

अगर मेंह बरस भी पड़े तो भला इन सालों को क्या मिल जाएगा ? मेंह तो तब बरसना चाहिए जब चूल्हे में आग हो। मेंह भी बरसे और खाने को भी कुछ न मिले, उससे तो कड़कती धूप अच्छी। मेंह में भूख बहुत लगती है। जब कभी मेंह बरसता है, तो गली में बारिश की छींटों के साथ पूरियों और पकौड़ियों की सुगन्ध भी उड़ने लगती है।

बीरू को महसूस होता है जैसे किसी ने पूरियाँ कचौड़ियाँ उसके मुँह के पास ले जाकर ज़ोर से एक तमाचा उसके मुँह पर मार दिया हो।

रब्बा रब्बा मींह बसा...
साहडी कोठी दाने पा...

इन सालों की कोठी में तो पहले ही बहुत दाने होंगे ! न होते तो ये नाचते कैसे ? ख़ाली पेट तो रीछ भी इतनी देर नहीं नाच सकता। हरामियों के पेट ठसाठस भरे हुए होंगे। माँ कहा करती है, हाय, सबके घर सब कुछ है, मेरे घर

में कुछ भी नहीं ! हाय मैं तो भिखमंगों से भी गई गुज़री हूँ।

बादल दहाड़ते हैं। लड़के चिल्लाने लगते हैं—कन मन, कन मन...

नन्हीं नन्हीं बूँदें बीरू की गर्दन पर पड़ती हैं, मानो बादल उससे छेड़ख़ानी कर रहे हों, उसके पेट में गुदगुदी कर रहे हों। लेकिन वह हिलता नहीं, सिहरता नहीं, मानो उसकी कोमलता पर कछुए का खोल चढ़ा दिया गया हो।

बच्चे यूँ उछल रहे हैं जैसे भटियारिन की कड़ाही में मक्की के दाने।

बीरू गली के नुक्कड़ से मिट्टी का एक ढेला उठाकर बेदिली से एक बच्चे की ओर फेंक देता है और फिर दहलीज़ पर जा बैठता है। कोई उसकी ओर ध्यान नहीं देता।

घुटनों को बाँहों में लपेटकर वह ईर्ष्या की दृष्टि से बच्चों की ओर देखता रहता है और देखते देखते उसकी आँखें भीगने लगती हैं। उसका जी चाहता है कि बीच गली में खड़े होकर ज़ोर ज़ोर से रोने लगे। एड़ियाँ रगड़ रगड़कर, गला फाड़ फाड़कर। लेकिन ऐसा करने के बजाय वह चुपचाप बाँहों में मुँह छुपाए, बिना कोई आवाज़ निकाले, आँसू बहाता रहता है।

दरवाज़ा खुलता है। बीरू हड़बड़ाकर उठ बैठता है। पीछे माँ खड़ी है। कुछ ऐसे रंग में कि आदमी देखकर डर जाए। बीरू दहलीज़ छोड़कर नीचे गली में उतर आता है।

—जा, जाके उन्हें बाज़ार से बुला ला।

बीरू आकाश की ओर देखता है। माँ उसका इशारा समझ जाती है, लेकिन उसका बहाना स्वीकार नहीं करती।

—कुछ नहीं होता, कुछ नहीं होता। अगर दो छींटे पड़ भी गए तो आफ़त नहीं आ जाएगी। नमक का तो नहीं बना तू कि गल जाएगा। वह देख, वे भी तो बच्चे हैं। क्या मज़े से खेल कूद रहे हैं। और तू है कि दहलीज़ पकड़कर बैठा है। मरियल...

माँ जो मुँह में आता है कह देती है। अच्छा, मरियल तो मरियल ही सही। सुबह से एक चप्पा रोटी नहीं खाई। मरियल नहीं तो गामा पहलवान बनूँगा ? और अगर कभी खेलकूद में कही ज़रा देर हो जाए तो सारे शहर को इकट्ठा कर लेगी। फिर मेरा मुक़ाबला करती है उनसे, जिनके पेट ठसाठस भरे हुए हैं। अगर माँ में ये बुरी बातें न हों तो...

—जा, न ! ऊपर बरसात का रंग है। घर में न आटा है न घी न लकड़ी। बुला ला !

माँ, ज़रा और ऊँचा बोल कि सब सुन लें। पहले वह कह दिया करता था,

मुझे शर्म आती है बाबा के दोस्तो से, वे मुझे छेड़ते हैं। और माँ उसकी शर्म को दो एक तमाचों और कई एक गालियों की बौछार से दूर कर दिया करती थी। लेकिन अब तो उसे यह कहते हुए भी शर्म आती है। अब उसे हर बात में शर्म आती है। माँ से पिटते हुए तो शर्म के मारे उसकी जान जाती है और माँ की आदत ऐसी बुरी है कि जहाँ हो, वहीं पीटने लग जाती है।

—अब क्या पता, इस वक़्त वे कहाँ होंगे !

—जहाँ भी हों, ढूँढ़के बुला ला। यहीं कहीं फिर रहे होंगे, विलायत तो चले नहीं गए !

बीरू बुड़बुड़ाता हुआ चला जाता है। बच्चों के शोर में उसे स्वयं अपनी बुड़बुड़ाहट सुनाई नहीं देती। उनके पास से गुज़रता हुआ वह आँख उठाकर उनकी ओर देखता तक नहीं। बच्चे, जो एक क्षण पहले रब्ब और बादलों से बातचीत कर रहे थे, बीरू को देखते ही चिल्लाने लगते हैं—बीरू की ओए जोए !

बीरू भागता हुआ गली से निकलकर बाज़ार में दाख़िल हो जाता है। बच्चे उसे वहाँ छोड़कर वापस लौट आते हैं, जैसे गली के कुत्तों ने किसी अजनबी कुत्ते को अपनी गली से बाहर भगा दिया हो।

बाज़ार में घुसते ही कपड़े की एक दूकान पड़ती है। उसमें कपड़े इतने कम और तमाशबीन इतने ज़्यादा होते हैं कि ग्राहक दूर से ही हाथ जोड़ देते हैं। बाबा वहाँ बैठकर ताश खेला करते हैं। दूकानदार का नाम सरदारी है। लोग उसे दारी बज़ाज़ कहकर बुलाते हैं। दूकानदारी तो एक बहाना है। उसका असली शग़ल तो आती जाती औरतों से छेड़छाड़ है।

—आओ नन्द के लाल !...आओ मदनगोपाल ! कहो, क्या बात है ? माँ ने भेजा है। तुम्हारी माँ से तो परमात्मा दुश्मन को भी बचाए !

उसे दारी बज़ाज़ के इस मज़ाक़ का कोई सिर पैर समझ में नहीं आता। बाबा दूकान में नहीं हैं। अगर वह वहाँ होते तो उसे देखते ही बाहर चले आते। उन्हें बुलवाए जाने में उतनी ही शर्म आती है, जितनी उसे बुलाने में। वह बीरू को दूर से ही देखकर भाँप जाते हैं कि वह उनकी टोह में फिर रहा है। और फिर उठकर उसके आगे आगे चलते हुए बुड़बुड़ाने लगते हैं—कहीं दो मिनट टिककर बैठने न देना मुझे, अच्छा !

—अच्छा, यह बता दो, नन्द के लाल, कि तुम्हारी माँ को इस वक़्त क्या तकलीफ़ हो रही है जो बाबा को बुलवा भेजा है ?

दूकान में बैठे सभी लोग हँसने लगते हैं।

बीरू शर्म के मारे पसीना पसीना हो, गुस्से से काँपता, ज़मीन में धँसता हुआ

सा आगे की ओर निकल जाता है।

सरदारी की दूकान से आगे कुछ दुकानें छोड़कर एक घड़ीसाज़ की दूकान है। उसकी दोनों टाँगें ग़ायब हैं। पहले पहल न जाने क्यों, बीरू यही सोचा करता था कि उसकी टाँगें हैं तो, लेकिन वह उन्हें किसी तरह अपने नीचे छुपाकर बैठा रहता है। फिर एक बार उसने साफ़ देखा कि टाँगों के नाम पर उसके पास सिर्फ़ दो ठूँठ रह गए हैं, जिन्हें देखते ही इनसान कानों को हाथ लगा ले या आँखें मूँदकर अपनी टाँगों को कल्पना के कुल्हाड़े से काटकर काँप उठे। लेकिन उस घड़ीसाज़ के शरीर का ऊपर का हिस्सा इतना पुष्ट है कि सहानुभूति सिर्फ़ उसकी टाँगों से होती है, उससे नहीं। और उसकी चाल और ढाल और बोलचाल में कुछ ऐसा है कि कई बार तो देखनेवाला यह चाहने लगता है कि अगर इसकी टाँगें होतीं तो यह एक रौबदार हौए सा नज़र आता।

बीरू घड़ीसाज़ की दूकान के सामने खड़ा खड़ा भूल जाता है कि वह बाज़ार किस काम के लिए आया था। यह दूकान भी ऐसी है कि लगता है कि इसकी टाँगें भी टूट चुकी हों। न दरवाज़ा, न छत, बस दो दूकानों के बीच अटकी सी खड़ी है। लोग कहते हैं, यह टुंडा लाट–कोई उसे उसके सही नाम से नहीं पुकारता–बरसों से चला आता है और बरसों चलता चला जाएगा। उसके साथ के कई आदमी मर खप गए, या इतने बूढ़े हो गए कि कभी बाज़ार में चलते फिरते दिखाई नहीं देते। लोग कहते हैं कि वह बरसों से एक ही घड़ी को बना बिगाड़ रहा है। वह चारों तरफ़ से सब्ज़ी के टोकरों से घिरा रहता है। सब्ज़ी के ग्राहक नहीं आते तो शायद वक़्त काटने के लिए उसी एक घड़ी को ठीक करने में व्यस्त हो जाता है। और जब सब्ज़ी के ग्राहक होते हैं तो उनसे लड़ने झगड़ने में। फिर सब्जी जाने कैसे और किस वक़्त बिकती है !

उसकी सब्ज़ी प्रायः कई दिनों की बासी होती है। जब तक वह ताज़ी रहती है, वह भाव में एक पाई की कमी की माँग पर भी ऐसी बुरी तरह भिन्ना उठता है कि गाहक भाग खड़ा होता है। और जब सब्ज़ी बासी हो जाती है तो वह राह चलते लोगों के नाम ले लेकर उन्हें आवाज़ें लगाता है, भई, अब तो पाव भर मटर खा लो। अब इससे ज़्यादा सस्ते और क्या होंगे ? अब तो वे भी खा रहे हैं जिनके पास ज़हर खाने तक को एक फूटी कौड़ी नहीं। भाई दारी बज़ाज़, क्या सारी उमर मूँग की दाल ही खाते रहोगे ? अरे कभी गोश्त और सब्ज़ी को भी मुँह से लगा लिया करो !

कई बार पड़े पड़े उसकी तरकारियों के रंग ऐसे बदल जाते हैं कि उन्हें देखकर यह बताना मुश्किल हो जाता है कि वे टिण्डे थे या परवल, करेले थे या तोरियाँ।

माँ कहती है, टुंडा नीयत का बुरा है। कम तोलता है। लेकिन बीरू ने कई बार देखा है कि तोलने तक बात कभी पहुँचती ही नहीं है। उससे कोई चीज़ माँगो तो वह अपने दोनों हाथों में थोड़ी थोड़ी मिक़दार डालकर, एक दो बार हिलाकर या ऊपर उछालकर जाने कैसे कह देता है, यह लो, आध सेर आलू। तराज़ू का इस्तेमाल वह तभी करता है जब कोई उसके हाथों की सूझबूझ को स्वीकार करने से बिलकुल इनकार कर दे।...भई, हमारे हाथ ही तराज़ू हैं। उमर बीत गई यही काम करते। लेनी हो तो लो, नहीं तो सब्ज़ी की दूकानें क़स्बे में और भी तो हैं।

इस चैलेंज को समझदार लोग कम ही मंज़ूर करते हैं। कौन टके की सब्ज़ी के लिए क़स्बे की ख़ाक छानता फिरे !

बीरू दूकान के सामने खड़ा खड़ा ऊब जाता है। वह भूल गया है कि बाबा को ढूँढ़ने के लिए घर से चला था। अचानक उसे शरारत सूझती है और वह बढ़कर टुंडे से कहता है—चार पैसे के टिंडे दो। लेकिन वह किसी दूसरे गाहक से उलझा हुआ है।

—अजी साहब, कद्दू से बेहतर और कौन सी तरकारी है ? हकीम अजमल ख़ाँ के नुस्ख़ों में इसका इस्तेमाल होता है। ये क्यों नहीं कहते कि लेना देना कुछ नहीं आपको, यूँ ही दिल्लगी कर रहे हैं। वक़्त काटने का यह भी एक अच्छा तरीक़ा है, कोई सी चीज़ उठा ली और लगे उसकी बुराई करने। आपकी तो ज़ुबान हिलती है, लेकिन साहब, कभी यह भी सोचा है कि दूसरे का वक़्त ज़ाया हो रहा है। खुदा किसी को ज़रूरत से ज़्यादा फ़ुरसत न दे !

वह गाहक भौचक्का सा उसकी ओर देखता रहता है। शायद कोई नया है। बजाय हँसने या मुस्कुराने के वह नाक सिकोड़कर कहता है—लेक्चर देने की ज़रूरत नहीं, हमें जो चाहिए, वही लेंगे। तुम दूकानदार हो कि...

—बस बस, ज़्यादा बातें बनाने की ज़रूरत नहीं। यहाँ से तशरीफ़ ले जाइए। किसी और का मग़ज चाटिए जाकर ! दूकानदार हूँ, कोई आपका ज़रख़रीद गुलाम नहीं हूँ।

बेचारा बाबा का सा मुँह बनाए आगे की ओर चल देता है। बीरू उसके पीछे पीछे हो लेता है, जैसे वही उसका बाबा हो। उस दूकान से आगे निकलते ही बीरू का ध्यान फिर ऊपर उमड़ घुमड़ रहे बादलों की ओर चला जाता है। बादल गड़गड़ा रहे हैं, मानो किसी पर मुसीबतों के पहाड़ तोड़ रहे हों। बच्चे अब भी गली में नाच रहे होंगे। बाज़ार में बारिश के स्वागत में कोई तैयारी नहीं हो रही। शायद बारिश की खुशी सबसे ज़्यादा बच्चों को ही होती है। सुबह सवेरे ही माँ ने दो श्लोक सुना दिए थे। देवी ने माँ की ओर देखकर दाँत पीस लिए थे और बाबा

ने देवी और माँ दोनों को एक ही गाली की लपेट में लेकर उन्हें भाड़ में झोंक दिया था। सुबह से बीरू ने कुछ भी नहीं खाया। बादलों से पेट नहीं भरता।

सामने से बाबा और शामसिंह को आते देखकर बीरू रुक जाता है। शामसिंह की मुस्कुराहट उसकी घनी मूँछों से यूँ झाँक रही है जैसे चुहिया अपने बिल में से। और बाबा के माथे पर एक बड़ा सा त्रिशूल तना हुआ है।

—यहाँ कैसे फिर रहे हो ?

बीरू बाबा की अँगुली पकड़कर उन्हें घर की ओर खींचता है, जैसे अक़्लमन्द को इशारा दे रहा हो। बाबा इशारा समझ जाते हैं और वही इशारा शामसिंह को दे देते हैं।

बाबा की नज़रें नीचे झुकी हुई हैं, मानो वे अपने क़दम गिन रहे हों। उनके माथे पर बना हुआ त्रिशूल उसे बिलकुल अच्छा नहीं लगता। उनकी ढीली ढाली पगड़ी में से झाँकते हुए खिचड़ी बालों के गुच्छे, होंठों के कोनों में डूबती हुई पीली पीली मूँछें, मैले दाँतों और गालों पर उगे हुए सफ़ेद सफ़ेद...अच्छा है, बाबा कभी उसे चूमते नहीं।

गली में पहुँचकर बीरू बाबा की अँगुली छोड़कर दौड़ता हुआ बच्चों की टोली में जा शामिल होता है और चिल्लाने लगता है—रब्बा रब्बा मींह बसा ! साहडी कोठी दाने पा ! बच्चे सहसा चुप हो जाते हैं। बीरू कुछ क्षण अकेला ही चिल्लाता रहता है। बच्चे कूदना बन्द कर देते हैं। बीरू कुछ क्षण अकेला ही कूदता रहता है। बच्चे उससे अलग होकर खड़े हो जाते हैं। बीरू रुककर उनकी ओर प्रश्नसूचक दृष्टि से देखता है। इस ख़ामोशी में उसे बाबा की कड़क सुनाई देती है। सभी बच्चों का ध्यान भी शायद उस आवाज़ की ओर मुड़ गया है। बीरू दुबारा कूदने या चिल्लाने के बजाय चुपचाप सिर झुकाए, कन्धों को ढीला छोड़, वापस अपने घर की ओर चल देता है।

बाबा ड्योढ़ी में खड़े हैं। उनकी नज़रें एक चिट्ठी पर जमी हुई हैं और हाथ काँप रहे हैं। माँ चुपचाप एक ओर खड़ी है। उसके बाल उलझे हुए हैं, जैसे अभी अभी किसी से कुश्ती करके हटी हो। देवी काके को गोद में लिए एक कोने में बैठी है।

बाबा चिट्ठी को मरोड़कर, उसकी एक गोली सी बनाकर नाली में फेंक देते हैं। फिर माँ की ओर एक ज़हरीली दृष्टि डालकर रोने लगते हैं।

बीरू समझ जाता है कि चिट्ठी में क्या लिखा है। कुछ दिन पहले एक चिट्ठी

आई थी, जिसमें दादी की बीमारी की सूचना थी। दादी मर गई होगी। बीमारी की ख़बर सुनकर बीरू ने बाबा से दादी के बारे में कई सवाल किए थे। लेकिन इस समय बीरू एकदम ऐसा गम्भीर हो गया है जैसे खूब समझता हो कि मौत और बीमारी में कितना और क्या अन्तर है।

—कब पूरी हुई ?

—पिछले सोमवार को।

—चिट्ठी बहुत देर से मिली ?

बाबा माँ की इस बात का कोई जवाब नहीं देते। उन्होंने अपने चेहरे को अपने हाथों से ढाँप लिया है।

कुछ देर बाद वह माँ से पूछते हैं—तुम्हारे पास कुछ पैसे हैं ?

माँ 'न' में सिर हिला देती है।

बीरू को कुछ हैरानी होती है कि माँ ने सिर्फ़ इतना ही किया है।

—देवी, तुम्हारे पास ?

—नहीं।

बाबा बीरू की ओर देखते हैं, जैसे उससे भी वही सवाल कर रहे हों। फिर वह सिर पकड़कर बैठ जाते हैं और उनका रोना बन्द हो जाता है। बीरू के मन में ख़याल आता है कि दादी के साथ अगर माँ भी मर गई होती तो भी उसे रोना नहीं आता।

इसके कुछ ही क्षण बाद बीरू ज़ोर ज़ोर से रोने लगता है।

12

बाबा, माँ और काका वहाँ चले गए हैं, जहाँ दादी मरी है ! उन्हें गए तीन चार दिन हो गए हैं। इस बीच बीरू और देवी दादी के मरने के सदमे को क़रीब क़रीब भूल गए हैं।

बीरू को अभी तक उस जगह का नाम लेना नहीं आता जहाँ बाबा और माँ गए हैं। बहुत टेढ़ा नाम है। वह कई बार उस नाम को उलट पलटकर, कभी उसमें से एक आध अक्षर निकालकर, कभी उसमें एक आध अक्षर जोड़कर, अपने आप हँस पड़ता है। और देवी उसकी हँसी में अपनी हँसी मिलाकर कह देती है—तू तो बिलकुल पागल हो गया है, बीरू !

हर समय बीरू देवी से इधर उधर के कई उलटे सीधे सवाल करता रहता है। लेकिन देवी ऊबती नहीं। बात से बात मिलाती है, सवालों का जवाब देती है, उसे छेड़ती या चिढ़ाती रहती है। दोनों खूब ज़ोर से हँसते हैं और उस हँसी में कहीं किसी स्याही का कोई हल्का सा दाग़ भी नज़र नहीं आता।

कई बार वह अकेला बैठा बैठा दादी के और माँ के उन मुहावरों को दुहराता रहता है, जिन्हें वह बीच में बिलकुल भूल गया था। कुर्बल कुर्बल...त्रुम त्रुम... तुखुंतुखं...

—तू ज़रूर एक दिन पागल हो जाएगा।

घर की फ़िज़ा में ऐसा हल्कापन आ गया है मानो हर ओर से ठंडी ठंडी हवा चल रही हो। आभास होता है कि ड्योढ़ी के काले कोनों में फूल खिल उठे हों।

देवी ने माँ के चले जाने के बाद सारे घर को कुछ इस सलीके से झाड़ा बुहारा है कि बीरू को अपने घर और देवी की सहेली पारो के घर में बहुत कम अन्तर नज़र आने लगा है। पारो का घर हमेशा लश लश करता रहता है !

आग जलती है, लेकिन धुआँ नहीं उठता, जैसे माँ उसे भी अपने संग ले गई हो। बीरू को हर समय हल्की हल्की सी भूख लगी रहती है।

—तेरा तो पेट ही नहीं भरता।

—पेट बातों से कैसे भरे ?

उन दोनों में हर समय ऐसी ही प्यार भरी छेड़छाड़ होती रहती है। देवी में माँ के जाते ही मानो फूल की सी ताज़गी आ गई हो।

देवी रोटी पका रही हो तो बीरू दबे पाँव उसके पास जाकर उसकी चोटी खींच लेता है, लेकिन इतने ज़ोर से नहीं कि बजाय हँसी के उसे गुस्सा आ जाए। देवी और पारो आपस में खुसर फुसर कर रही होती हैं तो बीरू उनके पास जाकर दबी जुबान में कहता है—माँ आ गई !

वे दोनों यह सुनकर यूँ सहम जाने का अभिनय करती हैं कि बीरू खिलखिलाकर हँस पड़ता है; हालाँकि वह जानता है कि वे सिर्फ़ बहाना कर रही हैं, उसे खुश करने के लिए।

कभी कभी वह आटेवाला ख़ाली टीन उठाकर उसे बजाने लगता है—आटा शाटा मुक शुक...तारे गए लुक छुप...

इस गाने के सभी शब्द उसके अपने हैं। इन शब्दों की योजना भी उसने स्वयं की है। देवी सुनती है तो दौड़कर पारो को बुला लाती है। वे दोनों तालियाँ बजाती रहती हैं और वह बिलकुल रीछ की भाँति नाचने लगता है।

एक बार बीरू ने कुछ ऐसा ही हंगामा मचा रखा था कि जलालपुरनी किसी बहाने से अन्दर जा घुसी। बीरू का माथा उसी समय ठनका था कि जलालपुरनी माँ से सब कह देगी और खूब नमक मिर्च लगाकर कहेगी। इस विचार से उसके दिल की एक आध धड़कन गुम ज़रूर हुई थी लेकिन ज़्यादा देर के लिए नहीं। और फिर उसने महज़ जलालपुरनी को चिढ़ाने के लिए और भी अधिक ज़ोर से चिल्लाना शुरू कर दिया था। जलालपुरनी के दाँत नीचे को लटक आए थे। देवी ने झूठमूठ नाराज़गी ज़ाहिर करते हुए कहा था, बस, अब रहने भी दे, बन्दर कहीं का ! उसी समय पारो आ गई थी। पारो ने आते ही बीरू को उठाकर अपने कन्धों पर बिठा लिया था। जाते समय जलालपुरनी कुछ बुड़बुड़ाई थी, लेकिन उसकी पीठ मुड़ते ही बीरू ने ऐसे ज़ोरों का क़हक़हा लगाया था कि देवी और पारो को अपने अपने मुँह में कपड़ा ठूँसना पड़ा था।

और कभी कभी बीरू यूँ ही अकारण उछलने और चिल्लाने लगता है—रब्बा रब्बा मींह बसा...साहडी कोठी दाने पा...

गली के सब बच्चों से बीरू की गाढ़ी छनने लगी है। वे उसके घर बेधड़क आते हैं। कहते हैं, अब क्या है, अब तो बीरू की माँ यहाँ नहीं है। अब किसका डर है ? वह उनके घर जाता है। लड़के कहते हैं, जब से बीरू की माँ गई है, बीरू को तो पर लग गए हैं। और जब कभी उसके किसी दोस्त की माँ उससे पूछती

है, बीरू, तेरी माँ तो अब आने ही वाली होगी तो बीरू को ऐसा अनुभव होता है जैसे किसी ने उसके पर काट लेने की कोशिश की हो।

जाने से पहले माँ ने उसे बहुत हिदायतें दी थीं। कहा था, देवी का ख़याल रखना। जहाँ जहाँ जाए, उसके पीछे पीछे जाना। जिस जिससे मिले, मुझे बताना। घर बैठना। सूरज डूबने से पहले हमेशा घर लौट आना। अपनी सेहत का ख़याल रखना। कोई ऐसी वैसी चीज़ मत खाना। घर में हर वक़्त बच्चों की भीड़ न लगाए रखना। दरवाज़ा अन्दर से बन्द रखना। धूप में मत घूमना। बारिश में मत नहाना। देवी का पीछा तो कभी भी न छोड़ना।...

बीरू इन सब पाबन्दियों को तोड़ फोड़ रहा है।

आज उनका खाना पारो के घर है। देवी और पारो रसोई में बैठी बातें कर रही हैं। बीरू को लगता है जैसे वे दोनों किसी बहुत ही जटिल गुत्थी को सुलझाने की कोशिश कर रही हों। वह काफ़ी देर से उनकी बातों को सुन रहा है। समझने की व्यर्थ कोशिश के बाद अपने खेल में मस्त हो जाता है। खाने पर कुछ लोग और भी आ रहे हैं। देवी और पारो की बातों का सम्बन्ध उन्हीं लोगों से है।

पारो की माँ एक कोने में बैठी माला फेर रही है। उसकी आँखें बन्द हैं और ओंठ हिल रहे हैं। बीरू उसकी ओर देखकर मुस्कुरा रहा है। उसका जी चाहता है कि आगे बढ़कर माला छीन ले, और भाग जाए। लेकिन फिर उसका ध्यान देवी और पारो की ओर मुड़ जाता है। वे दोनों धीरे धीरे गा रही हैं। कुछ देर तक ख़ामोशी के साथ गाना सुनते रहने के बाद वह भी गाने लगता है। वे दोनों गाना बन्द करके हँसना शुरू कर देती हैं। बीरू लपककर उन दोनों की चोटियाँ खींच लेता है। वे ऊई ऊई करती और हँसती जाती हैं। जब बाबा माँ की चोटी को खींचते मरोड़ते हैं तो माँ भी ऊई ऊई करती है, लेकिन उसकी आवाज़ में जो दर्द और दुख होता है, उसके स्थान पर देवी और पारो की आवाज़ में एक ऐसा उन्माद है कि बीरू की पकड़ ढीली पड़ने के बजाय और मजबूत हो जाती है। उनकी ऊई ऊई में खीझ की झलक आते ही वह उन्हें छोड़ देता है और अपने हाथों की ओर देखते ही उसे फिर बाबा का ध्यान आ जाता है। बाबा माँ को पीटने के बाद हमेशा अपने हाथों की ओर कुछ इस तरह देखा करते हैं जैसे उनसे कुछ पूछ रहे हों। और प्रायः उसके बाद वह तड़तड़ अपना माथा पीटने लगते हैं।

बाबा की याद में ही बीरू हौले हौले झूठमूठ अपना माथा पीटने लगता है। देवी और पारो एक साथ उसकी ओर घूरकर देखती हैं। और वह खिसिया जाता है।

उसी समय एक स्त्री और एक पुरुष अन्दर आते हैं। देवी और पारो झट

उठकर उन्हें नमस्ते करती हैं। बीरू कुछ देर के लिए कटकर एक तरफ़ हो जाता है। वे लोग बैठ जाते हैं और देवी और पारो हँसती हुई, एक दूसरे के पीछे भागती हुई दूसरे कमरे में चली जाती हैं। बीरू अकेला रह जाता है।

—तुम किस क्लास में पढ़ते हो ?

—चौथी में।

—कौन सी किताब पढ़ते हो ?

बीरू से कोई जवाब नहीं बन पाता।

—तुम्हारे मास्टर का नाम क्या है ?

—मास्टर फ़क़ीर मुहम्मद।

—ओह !

बीरू को ये प्रश्न और इन प्रश्नों के पूछने का ढंग अच्छा नहीं लगता। इस स्त्री को तो उसने पहले भी कई बार देखा है। पहली नज़र में बहुत मोटी नज़र आती है, फिर मानो नज़रें उसके मोटापे की जल्दी ही अभ्यस्त हो जाती हैं और मोटापे का स्थान उसका रंग ले लेता है, जो पहली नज़र में इतना काला नज़र नहीं आता, जितना बाद में। इस समय लेटी हुई कितनी मोटी दिखाई देती है ! बीरू को ज़्यादा पसन्द नहीं। बीरू को बहुत कम औरतें पसन्द आती हैं। और जिस औरत की कोई भी चाल माँ से मिलती जुलती हो, वह तो उसे हरगिज़ पसन्द नहीं आती। इस मोटी सी और काली स्त्री की कौन सी बात माँ से मिलती जुलती है, वह नहीं जानता।

उस स्त्री के साथ जो आदमी है, वह इतना बड़ा भी नहीं कि वह उसका पति हो और इतना छोटा भी नहीं कि उसका लड़का हो। और, न जाने क्यों, बीरू के दिमाग़ में इन दो रिश्तों के सिवाय और कोई तीसरा रिश्ता इस समय बिलकुल आ ही नहीं रहा। उसका रंग गोरा है और बाल घुँघराले। बहुत लम्बा आदमी है। अगर एड़ियाँ उठाकर खड़ा हो जाए और हाथ ऊपर उठा दे तो छत को छू ले। बैठा भी यूँ लगता है जैसे खड़ा हो। जिस तरह वह उस स्त्री से सटकर बैठा है, बीरू को अच्छा नहीं लगता। वह तो उस पर गिरा जा रहा है। बिलकुल उसके पेट के साथ उसकी पीठ लगी है। चारपाई दोनों के बोझ से काफ़ी नीचे को धँस गई है। उसकी आँखों में बिल्ली की सी चमक और नीलापन है। बिल्ली की सी आँखोंवाले बहुत चालाक होते हैं। पता नहीं, उसने यह धारणा किस आधार पर या किसके कहे पर बना ली है।

वह स्त्री अब उस आदमी की पीठ पर हाथ फेर रही है और वह आदमी उस स्त्री की पीठ पर। बीरू को अच्छा नहीं लगता, लेकिन उसकी नज़रें उन दोनों पर

ऐसे गड़ सी जाती हैं कि शक हो कि उसे अच्छा ही लग रहा है।

बीरू खँखारता है, जैसे इस तरह दोनों के बीच एक पर्दा गिरा देना चाहता हो।

ये लोग आते ही चारपाई पर इस तरह ढेर हो गए हैं, जैसे बहुत दूर से पैदल चलकर आए हों। चारपाई बेचारी उनके बोझ से फ़र्श से लगी जा रही है। यह स्त्री ज़रा भी हिलती है तो उसकी चूलें चरमराने लगती हैं। ये अलग अलग क्यों नहीं बैठ जाते ? दूसरी चारपाई ख़ाली पड़ी है ! बीरू का जी चाहता है कि उनसे कह दे कि चारपाई टूट जाएगी। इकट्ठे बैठे हुए न जाने वे क्यों उसे बुरे से लग रहे हैं, जैसे रास्ते में पड़ा कोई मरा कुत्ता हर एक को बुरा लगता है। देवी और पारो ही आ जाएँ...

—ज़रा इधर तो आओ। वह आदमी बीरू को बुलाता है।

—रहने भी दो, नरेश। वह स्त्री उसे बहुत धीमे से कहती है।

बीरू को न उस आदमी का बुलाना अच्छा लगता है और न उस स्त्री का मना करना। वह अपनी जगह से नहीं हिलता। उसे लगता है कि जैसे वे दोनों पारो के घर बैठे कोई छोटी सी चोरी कर रहे हों। वह चुपचाप रसोई की ओर यूँ चल देता है जैसे पारो को उनकी चोरी के बारे में बताने जा रहा हो।

देवी और पारो रसोई में हैं। लेकिन पहले की तरह चहचहा या गुनगुना नहीं रहीं। उनके चेहरों पर कुछ रहस्यपूर्ण गम्भीरता सी आ गई दिखाई देती है। वे खुश तो अब भी नज़र आती हैं, लेकिन ऐसा लगता है, जैसे उस ख़ुशी के साथ ही साथ उन दोनों पर कोई बोझ भी आ पड़ा हो। इस समय वे इस बोझ को सँभालने में ही व्यस्त नज़र आती हैं।

रसोई में बिल्ली घूम रही है। बीरू पाँव पटककर शी करता है ! और देवी कहती है—अरे, तू यहाँ खड़ा है ? जा, जाके उन लोगों के पास बैठ न !

—वे लोग हैं कौन ?

—अरे बहनजी को नहीं जानता ? कई बार हमारे घर आई हैं। अरे, वही, जो लाहौर में रहती हैं।...अरे बाबा, वही जिन्हें माँ पूतना दाई कहती है !

बीरू को उस स्त्री के सभी नाम एक साथ याद आ जाते हैं। उसका अपना असली नाम भी और वे भी जो माँ ने यदा कदा दिए हैं। माँ उसे पूतना के अलावा काली कलूटी, बगला भगत, मोटी मटक, मीठी छुरी और फफ़्फ़ेकुट्टन भी कहती है।

—और उसके साथ कौन है ?

—एक आदमी। पारो जवाब देती है।

—उसका क्या लगता है ?

—उसका तो जो लगता है सो वह ही जाने, तुम अब यह पूछो कि तुम्हारी बहन का क्या लगता है !

देवी शरमा जाती है। पारो हँसने लगती है। और बीरू को कुछ समझ में नहीं आता कि आख़िर बात क्या है ! उसका कुतूहल और बढ़ जाता है।

—बताओ न, वह कौन है ? नहीं तो माँ के आने पर सब माँ से कह दूँगा !

—क्या कह दोगे ?

—सब कुछ।

—कह देना। तब तक यह यहाँ रही तो ना ! यह तो बस अब उड़ी कि उड़ी !

—कहाँ ?

—इसी आदमी के साथ।

देवी आदमी के साथ !

देवी पारो की ओर रोनी सी होकर देखती है। बीरू देवी की ओर गुस्से भरी निगाह डालकर, पारो की बात को समझने की व्यर्थ कोशिश कर, उन दोनों से कुछ नाराज़ होकर फिर वापस उसी कमरे में चला जाता है। अब वे दोनों साथ साथ लेट गए हैं। उन्हें उसके आने का कुछ पता नहीं चलता। वह दो एक क्षण चुपचाप उनकी ओर देखते रहने के बाद फिर तेज़ी से वापस रसोई की ओर लौट जाता है, जैसे जाते ही उनके खिलाफ़ कोई शिकायत कर देगा। लेकिन रसोई में पहुँचकर फिर उसे कुछ पता नहीं चलता कि क्या कहे और कैसे कहे। उसे यह भी ठीक तरह से मालूम नहीं कि वह कुछ कहना चाहता भी है कि नहीं। देवी और पारो फिर न जाने किस उलझन में इस क़दर लीन हो गई हैं कि उन्हें उसके आने का कुछ पता ही नहीं चलता। उसका जी चाहता है कि वह ज़ोर ज़ोर से चिल्लाने लगे या कोई चीज़ उठाकर फ़र्श पर दे मारे। अपने अन्दर उठते हुए इस उबाल को रोकने की पूरी कोशिश करने के नतीजे के तौर पर उसकी आँखों में से आँसू फूट निकलते हैं और वह बाहर निकल जाता है।

बाहर गली में खेलते हुए बच्चों को देखकर उसे अन्दर की बातें भूल जाने में आसानी हो जाती है। वह असलम के घर की ओर चल देता है। जब से छुट्टियाँ हुई हैं, वह असलम से एक बार भी नहीं मिला। फिर कुछ दिन बाद माँ आ जाएगी तो जाना मुश्किल हो जाएगा। माँ को मुसलमानों से बहुत चिढ़ है। कहती है, मुसलमान बहुत बुरे होते हैं। लेकिन बीरू को न जाने क्यों मुसलमान इतने अच्छे लगते हैं। हिन्दू लड़कों के जिस्मों से उसे घी की बू आती है और मुसलमान लड़कों के जिस्मों से पसीने की। और न जाने क्यों उसे घी की बू से

घृणा है और पसीने की बू से उतना ही प्यार।

थोड़ी दूर जाकर उसे ख़याल आता है कि उसे देवी से कह देना चाहिए था कि वह असलम के घर जा रहा है। लेकिन साथ ही उसे यह सोचकर कुछ खुशी होती है कि देवी पीछे से परेशान होगी, उसे ढूँढ़ेगी। होने दो। और उसके क़दम और तेज़ी से असलम के घर की ओर उठने लगते हैं। आज शाम तक वह असलम के घर ही रहेगा। असलम कहता था, उसकी बहन हफ़ीज़ा लाहौर से आई है। उससे लाहौर के बारे में पूछेगा। देवी और पारो जाएँ भाड़ में !

असलम अपने घर के आँगन में खड़ा लँगोट बाँधे मालिश कर रहा है। बीरू से पूछता है, मालिश करोगे ? बीरू सिर हिला देता है। असलम उसे मालिश के फ़ायदे बताने लगता है। बीरू मुस्कुराता रहता है। वह असलम से उसकी बहन के बारे में पूछना चाहता है। असलम की माँ से तो वह एक बार पहले मिल चुका है। असलम उसे अपनी बाँहों में मचलती हुई मछलियाँ दिखा रहा है। उसका शरीर तेल से चमक रहा है। अभी अभी उसने पचीस डंड किए हैं। वह बीरू से कह रहा है कि पढ़ाई में कुछ नहीं रखा, असली चीज़ सेहत है, और सेहत के लिए मालिश बहुत ज़रूरी है।

—असलम, तुम्हारी बहन चली गई ?

—नहीं, अभी मिलाऊँगा। वह नहा रही है। कुश्ती लड़ोगे मेरे साथ ?

—न बाबा !

—अच्छा, तो तुम बैठो। मैं नहा लूँ। फिर ताश खेलेंगे।

बीरू को ताश खेलना नहीं आता। आज वह असलम से सीख लेगा। अगर माँ को पता चल गया तो वह सिर पीटकर कहेगी, जैसा बाप, वैसा बेटा। लेकिन उसे पता नहीं चलेगा। असलम का घर उसके घर से बहुत दूर है। और माँ न जाने कब वापस आएगी। न आए तो कितना अच्छा हो ! देवी भी माँ के चले जाने से कितनी खुश है ! पारो ने कहा था, देवी माँ के आने से पहले उस आदमी के साथ उड़ जाएगी। वह आदमी कौन है ? कोई भी हो, देवी उसके साथ उड़ नहीं सकती। यह कैसे हो सकता है ? उड़ेगी तो वह भी उसके साथ उड़ जाएगा। फिर माँ उन्हें ढूँढ़ती फिरेगी। और वे दोनों माँ के सिर के ऊपर खुले आसमान में उड़ते हुए माँ की चीख़ पुकार सुना करेंगे। बीरू इस विचित्र कल्पना पर मुस्कुरा रहा है।

—अम्मा, रास्ते से हट जाओ ! असलम की सवारी आ रही है।

अन्दर से असलम की अम्मा के हँसने की आवाज़ सुनकर बीरू को अपनी माँ का रोना याद आ जाता है।

कुछ देर बाद असलम की अम्मा बाहर आ जाती है और उसे अकेला खड़ा देखकर कहती है—अन्दर आ जाओ, बेटा। असलम नहाने में बहुत देर लगाता है। तुम हफ़ीज़ा के पास बैठो। वह नहा चुकी है।

बीरू इस प्यार भरे न्यौते पर पिघल सा जाता है।

—कौन आया है, अम्मा ? हफ़ीज़ा बाल बना रही है।

—असलू का दोस्त, बीरू।

—अम्मा, फिर मुझे असलू कह रही हो ? असलम गुसलखाने में से सिर निकालकर कहता है। इस पर हफ़ीज़ा और बीरू हँस उठते हैं। असलम उनकी हँसी की नकल उतारकर दरवाज़ा बन्द कर लेता है। हफ़ीज़ा कहती है, असलू बहुत बदमाश है ! बीरू झेंप जाता है। अब वे दोनों कमरे में अकेले हैं। हफ़ीज़ा बहुत बड़ी है। उसका सारा शरीर बहुत गठा हुआ है। एक बार उसने देवी को नहाते हुए देखा था। हफ़ीज़ा को देखते ही वह दृश्य उसकी आँखों के सामने आ जाता है।

हफ़ीज़ा बाल बनाते हुए बीरू की ओर मुँह करके खड़ी हो जाती है। उसका क़द देवी से कुछ छोटा है। लेकिन उसका रंग देवी से बहुत अच्छा है। देवी के रंग में पीलापन है। हफ़ीज़ा का रंग मिट्टी के पके बरतन सा है। हिन्दू दालख़ोर होते हैं, इसलिए उनके रंग में भुसभुसापन होता है, असलम ने एक बार इस बात पर बहुत कुछ कहा था।

जब हफ़ीज़ा कंघी करते करते अपने हाथों को पीछे की ओर ले जाती है तो उसकी कमीज़ ऊपर को खिंच जाती है और बीरू की नज़रें उसके सीने पर जम जाती हैं।

—अच्छा, फ़िज्जो, तेरा सिंगार कब ख़त्म होगा ?

असलम निचुड़ता हुआ गुसलखाने से बाहर निकलता है। हफ़ीज़ा दाँत पीसकर उसकी ओर देखती है और बीरू के दाँत अपने आप जुड़ जाते हैं।

—हमारे लिए कुछ खाने को लाओ, नहीं तो हम दोनों तुम्हें ही खा जाएँगे !

हफ़ीज़ा हँसती हुई अन्दर चली जाती है। बीरू असलम से हफ़ीज़ा के बारे में कुछ पूछना चाहता है, लेकिन उसका नाम लेने में उसे शर्म महसूस होती है। इसलिए कुछ भी पूछ नहीं पाता। लाहौर के बारे में उसने बहुत कुछ सुन रखा है। शायद हफ़ीज़ा बिना पूछे ही लाहौर की कुछ बातें उन्हें बताए।

हफ़ीज़ा एक रक़ाबी में कुछ सालन और दूसरी में दो तीन बड़ी बड़ी रोटियाँ डाले वापस लौटती है। उनकी अम्मा भी आ खड़ी होती है। दोनों बीरू की ओर देखती हैं। बीरू समझ जाता है कि वे यह देखना चाहती हैं कि वह उनके घर

की रोटी खाएगा कि नहीं ! बीरू को सख़्त भूख लगी हुई है। रक़ाबी से उठती हुई भाप और खुशबू से उसकी भूख और भी चमक उठती है और वह माँ की बताई हुई तमाम हिदायतों को भूलकर बिला झिझक असलम के साथ बैठकर खाने लगता है। हाथ धोने भी भूल जाता है। हफ़ीज़ा भी उनके साथ आ बैठती है। असलम कहता है, अम्मा, तुम भी आ जाओ न। अम्मा कहती है, नहीं, तुम लोग खा लो। कुछ बचेगा तो मैं भी खा लूँगी ! इस पर खूब हँसी होती है। मिर्च से बीरू का मुँह जल रहा है। लेकिन इतना मज़ेदार खाना उसने अपने घर में कभी नहीं खाया।

खाना खाते खाते बीच बीच में असलम गाने लगता है :

मुहम्मद न होते, खुदाई न होती
खुदा ने यह दुनिया बनाई न होती
जमाअत में मेरी पिटाई न होती
फ़िज्जो के सिर पे रज़ाई न होती
खुदा ने ये अम्मा बनाई न होती
मुहम्मद न होते, खुदाई न होती

इस पर असलम की अम्मा उससे नाराज़ होती है। कहती है—कुछ तो शर्म कर, असलू के बच्चे ! इस तरह खुदा और रसूल का मज़ाक उड़ाकर क्यों गुनाह अपने सिर लेता है। न जाने, तेरी अक़्ल को क्या हो गया है।

असलम झट जवाब देता है—अम्मा, एक दिन मैं बहुत गहरी नींद सोया हुआ था कि इस फिज़्ज़ो ने मेरी सारी अक़्ल चुरा ली। इस बेचारी के पास अपनी तो थी नहीं !

हफ़ीज़ा हँसते हुए बीरू से पूछती है—क्या तू भी अपनी बहन को इसी तरह तंग करता है ?

बीरू चुप रहता है। वह अपनी बहन और अपनी माँ के बारे में चुप ही रहना चाहता है, न ही कुछ सुनना चाहता है।

लेकिन असलम की अम्मा कह रही है—बीरू बेटा, कभी अपनी माँ से मिला। उन्हें एक दिन हमारे घर ले आ या हमें अपने घर ले चल।

बीरू को इन दोनों बातों में से कोई भी बात मंजूर नहीं, यह उनसे कैसे कहे ! सो वह चुप रहता है। माँ का नाम आते ही उसका दिमाग़ दो हिस्सों में बँट जाता है और इस बँटवारे की परछाइयाँ उसके चेहरे पर भी साफ़ दिखाई दे रही हैं।

—अरे बेटा, खाना खाना क्यों बन्द कर दिया ?

—बस, मेरा पेट भर गया।

—इसका पेट तो चिड़िया के पेट सा है।

—असलू, तू भी अपने दोस्त से सबक़ सीख !

हफ़ीज़ा ने भी खाना बन्द कर दिया है। बीरू अब उसकी ओर देखने के बजाय सिर नीचा किए अपने घर के बारे में सोच रहा है। शायद माँ और बाबा आ गए हों। असलम खा ले तो वह घर वापस चला जाएगा।

—असलू, आज तो तुम्हारा दोस्त मुसलमान बन गया !

—हफ़ीज़ा, अगर इसकी माँ को पता चल गया तो इसका हमारे घर आना जाना बन्द हो जाएगा।

—मेरी माँ आजकल यहाँ नहीं है।

—कहाँ गई हुई हैं ?

—जहाँ दादी रहती है।

—तेरी दादी अभी तक ज़िन्दा है ?

—नहीं, मर गई है। इसीलिए तो माँ वहाँ गई है। बाबा भी साथ गए हैं।

—अपने अब्बा को बाबा कहते हो ?

—हाँ।

—हमारे यहाँ तो दादा को बाबा कहते हैं। असलम खाना खा चुका है।

—अच्छा, मैं अब चलता हूँ।

—ताश नहीं खेलेगा ?

—मुझे ताश खेलना नहीं आता।

—अरे वाह ! तो तुझे आता ही क्या है ? क्यों हफ़ीज़ा, तुम इसे ताश खेलना सिखा दोगी ?

—जाने दो बेचारे को, उसकी माँ उसका इन्तज़ार कर रही होगी।

असलम की अम्मा, न जाने क्यों, बात बात में माँ का नाम ले रही है !

—इसकी माँ यहाँ नहीं है, अभी तो इसने बताया था। क्यों, बीरू ?

—हाँ, लेकिन बहन तो यहीं है।

—तो तू बहन से भी इतना डरता है ?

—नहीं तो और क्या, तेरी तरह बेहया थोड़े ही है, जो बड़ी बहन से न डरे !

—अच्छा, तो चलता हूँ।

—चल, मैं तुझे छोड़ आऊँ।

—नहीं, मैं अकेला ही चला जाऊँगा। बीरू असलम को अपने घर नहीं ले जाना चाहता। शायद पीछे माँ आई बैठी हो।

घर लौटते हुए वह असलम, उसकी अम्मा, उसकी बहन और उनके घर के

बारे में सोचता रहता है। फिर वह उन सबका मुक़ाबला अपने आपसे, अपनी माँ से, अपनी बहन से, और अपने घर से करने लगता है। इन दोनों के बीच एक लकीर सी खींच देता है। और उसका चेहरा और भी धुँधला पड़ जाता है। असलम मुझसे कितना लम्बा ऊँचा है ! उसकी बाँहें कितनी मोटी हैं। हर वक़्त हँसता रहता है। मुझसे कितना ज़्यादा खाता है। अपनी बहन से कितने मज़ाक करता है ! उसके कपड़े कितने साफ़ सुथरे रहते हैं ! असलम की अम्मा कितनी खूबसूरत है ! जब वह हँसती है तो कितनी प्यारी लगती है ! माँ के कपड़े हमेशा गन्दे रहते हैं। नाड़ा हमेशा नीचे लटकता रहता है। बालों की रूखी सूखी लटें इधर उधर उड़ती रहती हैं। हाथों और ज़ुबान में एक सा खुरदरापन है। गाल पिचके हुए। जगह जगह से दाँत ग़ायब। चेहरे पर हमेशा हवाइयाँ उड़ती रहती हैं। हर एक से उसकी लड़ाई रहती है। और असलम का घर ! और असलम की बहन हफ़ीज़ा ! हफ़ीज़ा की शक्ल पारो से मिलती है। देवी की शक्ल तो माँ से मिलती ही है, उन दोनों की आदतों में भी ज़्यादा फ़र्क़ नहीं। बाबा को जब गुस्सा आता है तो वह हमेशा यही कहते हैं, तुम दोनों से तो भगवान बचाए ! असलम के अब्बा यहाँ नहीं हैं। बाबा की ऐनक, जब वह चारपाई में धँसे हुए काग़ज़ों पर झुके हुए होते हैं, उनकी नाक की नोक पर ऐसे टिकी रहती है कि अब गिरी, अब गिरी। फ्रेम की एक कमानी टूटी ही रहती है। उनकी दाढ़ी जब देखो बढ़ी रहती है। लगता है जैसे उन्होंने अपने चेहरे पर एक काँटेदार चेहरा और चढ़ा लिया हो। उनके पाँव की अँगुलियों में बड़ी बड़ी मोटी गाँठें पड़ी रहती हैं। पता नहीं, वह चलते कैसे हैं। उनका सिर बहुत बड़ा है। इसीलिए शायद वह उसे ठोकते पीटते रहते हैं। वह किसी क्षण भी काग़ज़ों पर से नज़र हटाकर दहाड़ना शुरू कर देते हैं।

घर पहुँचते पहुँचते बीरू को घर की हर एक चीज़ से घिन्न सी आने लगी है। और वह अपने गले में उभरते हुए गुस्से के बड़े बड़े गोलों को अन्दर धकेलता, मुट्ठियाँ बन्द करता खोलता, अपनी आँखों में चटक रही चिनगारियों की जलन में झुलसता आख़िर अपने घर के दरवाज़े पर आ खड़ा होता है।

दरवाज़ा बन्द है। माँ और बाबा नहीं आए। देवी अभी तक पारो के घर में ही बैठी हुई है। लेकिन उसका जी पारो के घर से भी अब ऊबने लगा है। उसकी समझ में नही आता कि वह क्या चाहता है। लेकिन इतना वह भी जानता है कि कहीं कोई चीज़ ऐसी है जो अगर उसे मिल जाए तो उसकी सारी बेकली दूर हो जाए। वह क्या चीज़ है, कहाँ है, कैसे मिल सकती है, इसका अभी उसे कुछ ज्ञान नहीं।

कुछ बच्चे उसके पास आ खड़े होते हैं। वह चुप है। बच्चे कुछ देर यूँ ही

उसके इर्दगिर्द घेरा डाले खड़े रहते हैं, जैसे कोई तमाशा देख रहे हों। वह तटस्थ मुद्रा में बैठा रहता है। मेरी बला से !

फिर ख़ामोशी तोड़ने के ख़याल से ही शायद एक बच्चा उससे पूछ लेता है—बीरू, तेरी माँ कहाँ चली गई ?

—दादी के घर।

—तेरी दादी मर गई है ना ?

—हाँ।

—तो फिर आओ, एक नया खेल खेलें। तुम रोओ, हम तुम्हें चुप कराएँगे। बड़ा मज़ा आएगा !

बीरू को लड़कों के इस सुझाव में दोस्ती की भावना नज़र आती है। वह मान जाता है और झूठमूठ मुँह बिसूरने लगता है।

—अरे भई, क्यों रोते हो !

—रोने से कभी कोई वापस लौटा है !

—अब तो धीरज धरो। रोने से कुछ फ़ायदा नहीं होता।

—अरे यार, क्या रो रोकर अपनी जान दे दोगे ? कुछ हौसला करो, भाई।

—होनहार बहुत बलवान है।

—किसी का कोई बस नहीं चलता।

—नानक दुखिया सब संसारा।

—एक दिन तो सभी को मरना ही है आख़िर।

—बेचारे की दादी अचानक मर गई।

—मरते ही बेचारी की जान निकल गई।

—बहुत ही अच्छी थी बेचारी।

—हाँ, थी। लेकिन मौत किसी का लिहाज़ नहीं करती।

—भई, एक दिन तो सबों को जाना है।

—इसीलिए तो इस बेचारे से कह रहे हैं कि अब चुप कर जाए।

—भई, चुप कर जाओ ना, जो होना था वह तो हो चुका।

—बेचारा करे भी क्या ! इस बेचारे की माँ भी तो न होने के बराबर है।

—कैसे ?

—भई, इसे हर वक़्त डाँटती पीटती रहती है। इसके बाबा से लड़ती झगड़ती रहती है। इसकी बहन को हरदम गालियाँ देती रहती है। बस, बेचारे की एक दादी थी, उसे भी भगवान ने अपने पास बुला लिया। यह बेचारा तो यतीम हो गया कि नहीं ?

—हो गया ! बहुत से लड़के एक साथ जवाब देते हैं।

—ज़िन्दगी का कुछ भरोसा नहीं।

—पाँच तत्त्व का पुतला...

इस पर सबको खूब ज़ोरों की हँसी आती है।

खेल बहुत कामयाब रहा है। लेकिन बीरू तो अब सचमुच रो रहा है। बच्चे घबरा जाते हैं।

—यह तो सचमुच रोने लगा।

—रोता रहे, हमने इसे क्या कहा है ?

—यह बुद्धू है।

—साले, अगर रोना था तो पहले 'हाँ' क्यों की थी ?

—अगर इसकी बहन आ गई तो ?

—आ जाए, वो हमारा क्या छीन लेगी ?

इस पर सब हँसते हैं। बीरू उठकर उन सबको गालियाँ देने लगता है।

—मारो साले को !

—पकड़कर गाड़ दो !

—कचूमर निकाल दो !

सभी चिल्लाते तो हैं, लेकिन आगे कोई नहीं बढ़ता। दरअसल वे लड़ने के लिए तैयार नहीं। इसलिए नहीं कि वे उससे डरते हैं, या उसकी माँ से डरते हैं, बल्कि इसलिए कि उन्हें इस तरह उसे कष्ट देने में जो मज़ा आ रहा है, वह उसे मारने पीटने में शायद न आए।

—अच्छा हुआ, बच्चू की दादी मर गई !

—अगर हमसे लड़ेगा तो एक दिन इसकी माँ भी मर जाएगी।

—जा, बुला ला अपनी माँ को !

—जा, घुस जा माँ की गोद में !

—भागो ! वह देखो, हरामी की बहन आ रही है ! दौड़ो !

लड़के भाग जाते हैं। देवी को अपनी ओर आता देखकर बीरू खुलकर रोने लगता है।

—क्या हुआ, बीरू ? तू चला कहाँ गया था ? दिन भर कहाँ घूमता रहा ? अरे, अब रोता क्यों है ? बोल, क्या हुआ है, किसने मारा है ?

देवी को परे हटाकर पारो बीरू को ऊपर उठाने की कोशिश करती है। पारो के गर्म गर्म और नर्म नर्म शरीर के स्पर्श से बीरू का रोना बन्द तो नहीं होता, लेकिन उसे शान्ति मिल जाती है।

13

एक रात वह और देवी पारो के घर सोते हैं। वह पारो के साथ सोता है। देर तक उसे ठीक तरह से नींद नहीं आती। नींद पारो और देवी को भी नहीं आती। वे दोनों न जाने कितने और क्या क्या क़िस्से एक दूसरे को सुनाती रहती हैं। वह आँखें बन्द किए पारो के साथ सटा पड़ा रहता है। कभी कभी पारो उसे अपनी छाती से भींचकर चूम लेती है और उसकी आँखें बोझिल हो जाती हैं। लेकिन फिर उसका ध्यान उन दोनों की बातों की ओर लग जाता है।

—पारो, माँ को कौन बताएगा ?

—तुम्हें ही बताना पड़ेगा।

—मेरी तो वो जान ले लेगी।

—तो फिर बहनजी से कह।

—बहनजी तो माँ को एक आँख नहीं भाती।

—लेकिन वो तेरे बाबा से तो बात कर सकती है।

—उनसे तो तुम भी कह सकती हो।

—तो फिर क्या है !

—असली डर तो माँ का है। सुनेगी तो बस पागल हो जाएगी। पारो, मेरा तो दिल बैठ जाता है यह सब सोचकर।

—अगर इतना ही कमज़ोर दिल था, तो पहले ही ख़याल रखती।

—पारो, मैं तो सोचती हूँ, बैठे बिठाए एक मुसीबत मोल ले ली।

—मुसीबत ? अजीब बातें कर रही हो ! उस दिन तो देखते ही ऐसी मोहित हुई कि अगर मैंने रोका न होता तो सबके सामने लिपट गई होती उससे !

—उस दिन पता नहीं, क्या हो गया था मुझे। लेकिन अब वैसा जोश मुझमें नहीं रहा। सच्ची बात है।

ये दोनों उसी आदमी के बारे में बात कर रही हैं। बीरू कुछ डर जाता है। उसकी आँखों के सामने माँ की शक्ल कौंध जाती है।

—बाल देखे, कितने खूबसूरत हैं !

—और आँखें !

—और नाक !

—और रंग कितना गोरा है !

—मैं तो बस आवाज़ पे मर गई ! गाता कितना अच्छा है !

—अरी, उस आवाज़ पर कौन नहीं मरेगा ? अगर तूने पहल न कर ली होती तो मैं खुद मर गई होती !

—तो अब तुझे कौन रोकता है ?

—घबराती क्यों है, मैं तो मज़ाक़ कर रही थी। देखा, कितना लम्बा है ! तेरी तो जान निकालके रख देगा !

—हट, बेशर्म !

—सच कहती हूँ।

—तेरे मुँह से लार क्यों टपकती है ? तुझे इससे भी अच्छा मिलेगा।

—अब रहने भी दे !

पारो देवी के कान में कुछ कहती है, जिसे बीरू सुन नहीं पाता। लेकिन इन दोनों की बातचीत का विषय अब कुछ कुछ उसकी समझ में आने लगा है। उसे उनकी बातों में बहुत रस आ रहा है।

—एक बात कहूँ, बुरा तो नहीं मानोगी ? सच कहती हूँ, अगर ऐसे आदमी के लिए माँ बाप को छोड़ना पड़े तो छोड़ देना चाहिए।

देवी कोई जवाब नहीं देती। फिर कुछ देर बाद कहती है—माँ से तो जितना मैं तंग आई हूँ, वह मैं ही जानती हूँ।

—अब क्यों घबराती है, थोड़े ही दिनों की तो बात है।

—तो तुझे हर तरह से पसन्द है ?

—पसन्द ? कहीं तू जलने न लगे, वर्ना मैं कुछ और भी कहती। देवी फिर चुप हो जाती है। बीरू करवट बदलकर लेट जाता है।

—अभी तू सोया नहीं, बीरू ?

—नहीं।

—बदमाश कहीं का ! हमारी बातें तो नहीं सुन रहा ?

—सुन रहा हूँ।

—सुनता रहे, यह क्या समझेगा !

—मैं सब समझ रहा हूँ। बताऊँ ?

—नहीं बाबा ! तू मेहरबानी करके सो जा।...अच्छा, देवी, अब तू भी चुप

करके सो जा। मीठे मीठे सपने आएँगे।

—तेरा सिर आएगा !

दोनों हँसती हैं। पारो बीरू को अपनी बाँहों में लेकर खूब ज़ोर से प्यार करती है। बीरू की आँखों में खुमारी आ जाती है। उसे लगता है जैसे उसकी माँ ने पहली बार उसे प्यार किया हो। लेकिन माँ और पारो का अन्तर अगर्चे अँधेरे में वह देख नहीं रहा, महसूस ज़रूर कर रहा है।

—पारो, ज़रा इसके बालों को खुजला दे, इसे फ़ौरन नींद आ जाएगी।

—तू इसकी फ़िकर मत कर। तू यह बता कि तुझे क्या करूँ, जिससे तुझे भी दो पल आराम मिले।

देवी हँसती है। बीरू सोचता है, क्या ही अच्छा हो, अगर मैं हर रात पारो के साथ सो सकूँ तो।

—सुन पारो, एक बात मेरे दिल में बहुत खटक रही है।

—फिर ले बैठी ना उसी क़िस्से को ! अरे बाबा, हुआ ना ! अब कोई और बात भी तो कर !

—सुन तो ! तूने देखा कि नहीं बहनजी उससे किस तरह लिपटी रहती है !

—तो क्या हुआ ? आख़िर उसका बेटा है।

—लेकिन ऐसे तो माँ अपने सगे बेटे से भी नहीं लिपटती, और ख़ासकर जब बेटा इतना बड़ा हो जाए...

—यह तू एक और ही चिन्ता ले बैठी। अरे बाबा, शादी के बाद तो तू ही लिपटेगी उसके साथ। तब तक लिपट लेने दो बेचारी बुढ़िया को उसके साथ।

—लेकिन, पारो, बहनजी को बुढ़िया कौन कहेगा !

—नहीं तो वह जवान है ?

—जवान न सही, बुढ़िया भी तो नहीं है। भई, ज़रा सोच तो इसके बारे में।

—अच्छा, अच्छा, सोच ले।

—सच कहती हूँ, कहीं ऐसा न हो...

देवी उठकर पारो के पास आ लेटती है। बीरू उन दोनों के बीच कुछ पिसने सा लगता है। लेकिन उसे नींद आ रही है। उनकी सरग़ोशियाँ धीमी, और धीमी, होती जाती हैं।

कुछ देर बाद फिर बीरू की नींद खुलती है। वह अब अकेला लेटा हुआ है। पारो उठकर देवी की चारपाई पर चली गई है। उनकी बातें अभी तक चल रही हैं।

—अच्छा, जो होगा सो देखा जाएगा।

—हो सकता है, बात कुछ भी न हो।

—हाँ, हो तो सकता है, लेकिन, पारो, कुछ बात है ज़रूर, नहीं तो असली माँ बेटे में भी इतना प्यार कम ही होता है। और अगर हो भी तो यह कौन सा तरीक़ा है कि माँ इतने बड़े बेटे को गोद में लिए बैठी रहे!

—तू ठीक कह रही है। लेकिन सोच, अगर कोई और बात होती तो बहनजी उसकी शादी किसी से करने पर राज़ी हो जातीं?

—ख़ैर, जाने दे। मैंने तो वैसे अपने दिल का चोर तुझे बता दिया। जो भगवान को मंजूर होगा, देखा जाएगा।

पारो उठकर बीरू के पास आ जाती है। और उसकी आँखें फिर बन्द हो जाती हैं।

दोपहर का समय है। वे सुनसान पड़ी गलियों को पार करके सिर जलाती धूप में कहाँ जा रहे हैं, बीरू नहीं जानता। उसे अफ़सोस हो रहा है कि उसने देवी और पारो के साथ आने पर ज़िद क्यों की। आराम से घर बैठता लेकिन घर में भी अकेला क्या करता! लड़कों ने तो उस दिन से उसे छेड़ना शुरू कर दिया है। उसे देखते ही चिल्लाने लगते हैं: 'हाय दादी! हाय दादी!'

माँ ऐसी गई है कि वापस लौटने का नाम ही नहीं ले रही है। न जाने किस कुएँ में जा गिरी है। जब से गई है, एक चिट्ठी तक नहीं लिखी।

वह अब देवी और पारो से भी तंग आ चुका है। सिवाय नरेश के इन दोनों को और कोई बात ही नहीं सूझती। पारो बहुत बोलती है। हर वक़्त लुतर लुतर। असलम की बहन हफ़ीज़ा बहुत कम बोलती है। लेकिन वह तो वापस लाहौर चली गई है। वह असलम के साथ हफ़ीज़ा को छोड़ने स्टेशन पर गया था। जाने से पहले हफ़ीज़ा ने उससे कहा था, 'लाहौर आओगे?' उसने कहा था, 'हाँ'। असलम उस दिन न जाने क्यों बीरू से नाराज़ हो गया था। वापसी पर उसने बीरू से बात तक नहीं की। जब से हफ़ीज़ा गई है, बीरू असलम के घर नहीं गया। अब उसका जी कहीं भी नहीं लगता। अब तो माँ ही वापस आ जाए।

लेकिन माँ के आते ही फिर हर समय महाभारत होता रहेगा। होता रहे। शायद माँ इतने दिनों के बाद लड़ना भूल गई हो। उसे तो माँ की शक्ल भी भूलती जा रही है। काका न जाने कितना बड़ा हो गया होगा। एक रात उसे सपना आया था कि काका मर गया है और माँ उसे गोद में लिए रो रही है। उसने यह सपना देवी को नहीं बताया।

कल जलालपुरनी कह रही थी, तेरी माँ क्या गई है, देवी को आवारागर्दी की खुली छुट्टी मिल गई है। उसने आजकल क्या शोशा छेड़ रखा है, सब जानती हूँ। तेरी माँ को सब बता दूँगी।

बीरू ने घर आकर देवी से कहा था। लेकिन देवी किसी और ही धुन में मस्त थी। कहने लगी, देखा जाएगा।

वे अब अपनी गली से दूर एक बाग़ की दीवार के साथ साथ चल रहे हैं। देवी कह रही है कि उसे फूल बहुत पसन्द हैं।

पारो हँस रही है। पारो हर वक़्त हँसती रहती है। किसी वक़्त चुप भी रहना चाहिए। कह रही है—लाहौर चली जाओगी, रानी, तो दिन ऐसे ही बाग़ों में कटेंगे !

सामने बाग़ के दरवाज़े पर नरेश और बहनजी खड़े हैं। उन्हें अपनी ओर आते देखकर वे लोग अन्दर चले जाते हैं। देवी पारो के कान में कुछ कहती है। पारो बीरू से कहती है—दौड़कर जा और उन्हें कह, हम आ गए हैं।

बीरू ऐसा करने से इन्कार कर देता है। थोड़ी देर बाद वे नरेश और बहनजी से जा मिलते हैं।

—इतनी धूप में आने की क्या ज़रूरत थी ! बहनजी नाक सिकोड़कर कहती हैं।

देवी और पारो एक दूसरे की ओर देखती हैं, जैसे इतनी धूप में आने की वजह तलाश कर रही हों। बीरू नरेश की तरफ़ देख रहा है। नरेश ने ढीला ढाला कुर्ता पहन रखा है। उसके पायजामे के पाँयचे बहुत खुले हैं। सारे क़स्बे में कोई इतने खुले पाँयचेवाला पायजामा नहीं पहनता होगा। उसके हाथों में एक कापी है। कापी साथ साथ उठाए फिरने का मतलब यह है कि ज़रूर उसका दिमाग़ ठीक नहीं। उन सबका दिमाग़ ठीक नहीं है। नहीं तो गली से इतनी दूर इस धूप में इस सूखे सड़े बाग़ में मिलने का क्या मतलब ?

—इतनी देर से आना था तो हमें कहा क्यों था ? बहनजी काफ़ी नाराज़ नज़र आती हैं।

देवी चुप रहती है। पारो मुस्कुराने की कोशिश करती है। कहती है—काम काज में देर हो गई।—फिर वह बहनजी की ओर देखकर मुस्कुराना बन्द कर देती है।

बीरू को लगता है जैसे देवी और पारो अपनी ग़लती पर पछता रही हों।

—अगर आना ही था तो साथ इस बेचारे को क्यों ले आईं ?

—यह तो बस अड़ ही गया। हमने बहुत समझाया। रोने लगा तो हमने सोचा...

—अच्छा, रहने दो। चलो, चलो, अब तो बहुत देर हो गई। कोई देखेगा तो क्या कहेगा। यह लाहौर तो है नहीं। यहाँ तो लोग इतनी सी बात को इतना बड़ा करके देखते हैं।

और वे सब वापस चल पड़ते हैं। रास्ते भर कोई बात नहीं होती। बहनजी और नरेश अपने घर चले जाते हैं। उनका घर किसी दूसरी गली में है।

पारो और देवी बीरू की ओर गुस्से से देखती हैं, जैसे सारा काम उसी ने ख़राब किया हो। बीरू का सर इस क़दर तप रहा है कि उसे उनके गुस्से की इस समय रत्ती भर परवाह नहीं। वह घर जाकर पानी के दो घूँट पीना चाहता है। उसका गला सूखा जा रहा है और उसके तलुए जल रहे हैं।

घर का दरवाज़ा खुला देखकर देवी और बीरू ठिठककर रह जाते हैं। माँ आ गई दिखाई देती है। ताला टूटा हुआ कुंडी से लटक रहा है। पारो चुपचाप उनको घर के दरवाज़े के पास छोड़कर तेज़ तेज़ अपने घर की ओर चल देती है।

बीरू देवी की ओर देखता है। उससे पूछना चाहता है कि अब क्या होगा ? देवी सुन्न खड़ी है, जैसे उसे काठ मार गया हो।

अन्दर से कोई आवाज़ नहीं आ रही।

आख़िर दोनों धीरे धीरे दरवाज़े की ओर बढ़ते हैं। माँ को सामने दहलीज़ में खड़ा देखकर उसका खून खुश्क हो जाता है।

माँ पाँव से नंगी, सिर से नंगी, साँस फुलाए, आँखों से आग बरसाती हुई उन दोनों की ओर देख रही है। उसका चेहरा पीला पड़ गया है। उसे देखते ही बीरू को ख़याल आता है कि माँ को भरपेट रोटी वहाँ भी नहीं मिली होगी।

बीरू धीरे धीरे माँ की ओर बढ़ता है। सोचता है, शायद नज़दीक जाने पर माँ को उस पर प्यार आ जाए। इतने दिनों बाद मिली है। ज़रूर उठाकर उसे चूम लेगी। शायद रोने भी लगे। अगर माँ ने उसे गले से नहीं लगाया है तो वह रोने लगेगा। उसकी आँखें भरी हुई हैं, दिल भरा हुआ है। लेकिन माँ तो उसकी तरफ़ देखने के बजाए देवी की तरफ़ देखती चली जा रही है। उसके चेहरे पर मानो माँ ने पिछले दिनों की सब बातें साफ़ शब्दों में लिखी हुई देख ली हैं।

अचानक बीरू को लगता है कि जैसे उसके सामने माँ नहीं, माँ का भूत खड़ा हो, लम्बे लम्बे दाँतोंवाला, माथे पर दो सीगोंवाला, उलटे पाँवोंवाला...

वह चीख़ मारकर माँ की टाँगों से लिपट जाता है।

कुछ देर बाद जब उसके सिर में आ रहे चक्कर कुछ थमते हैं तो उसके कानों में माँ और देवी के एक साथ रोने की आवाज़ आती है। माँ कह रही है—हाय, मैं वहाँ क्यों गई ? हाय, मैं वहाँ क्यों और किसलिए गई ? हाय, मेरा सोने जैसा

लड़का वहीं रह गया...

बीरू को यह समझने में कुछ देर लगती है कि काका वहाँ क्यों रह गया। और जब बात उसकी समझ में आती है तो सबसे पहले उसका ध्यान बाबा की ओर जाता है। बाबा कहाँ हैं ? वह भी तो कहीं काके की तरह वहाँ नहीं रह गए ! माँ रोए जा रही है...जवाब नहीं देती।

14

बीरू को मानो किसी ने आग में डाल दिया हो। माँ बार बार उसके माथे को हाथ लगाती है। फिर आँखें बन्द करके हाथ·जोड़कर कभी ऊँची और कभी धीमी आवाज़ में भगवान से बातें करने लगती है। बीरू टुकुर टुकुर माँ को देख रहा है। माँ की आवाज़ उसके कानों में बुख़ार की तपिश से छन छनकर पड़ती है। उसका दिमाग़ सुन्न है और कानों में धूँधूँ हो रही है। उसकी आँखों में शोले जल रहे हैं। जब माँ अचानक उसके सिरहाने से सटकर, नीचे फ़र्श पर बैठकर, नाक से लकीरें खींचने लगती है तो उसे रोना भी आता है और हँसी भी। अगर माँ को उसका इतना ख़याल था तो कल रात उसने उसे पीटा क्यों ? इतना तो माँ ने उसे आज तक नहीं पीटा था। ऐसा लगता था जैसे उसे जान से ही मार डालेगी। अगर वह बेहोश होकर गिर न पड़ता तो माँ ने शायद उसे ज़िन्दा न छोड़ा होता।

लेकिन आज सुबह से वह देख रहा है कि घड़ी दो घड़ी बाद उसके माथे को हाथ लगाकर वह पागल सी हो उठती है और रुँधे हुए गले से कहती है—हाय, मुझ पापिन को उस वक़्त क्या हो गया था ! हाय, मेरे हाथ क्यों न टूट गए ! हाय, मेरी जुबान जल जाए, मैंने इस जुबान से अपने लाल को क्या क्या गालियाँ नहीं दीं !

बीरू सब सुनता है तो उसका खून गुस्से और प्यार से खौलने लगता है। माँ का प्यार भी सौदाइयों का सा और गुस्सा भी।

देवी माँ की आँख बचाकर कई बार उसके गालों को हाथ लगा चुकी है। उसे देवी पर भी बहुत गुस्सा आ रहा है। ख़ुद तो बच गई और उसे पिटवा दिया। अगर देवी इतनी बड़ी न होती तो माँ का सारा नज़ला उसी पर न गिरता।

उसका सिर चकराने लगता है और वह आँखें बन्द कर लेता है। माँ समझती है कि वह सो गया है। वह उठकर रसोई में चली जाती है और देवी से कहती है—मेरी आँखों से दूर हो जा, डाइन ! चली जा यहाँ से ! अगर मेरे लड़के को कुछ हो गया तो देखना !

देवी कुछ जवाब नहीं देती। बीरू आँखें खोल देता है। अगर माँ ने देवी से और कुछ कहा तो वह चिल्लाकर कह देगा, बकबक बन्द करो माँ ! नहीं तो मेरा बुख़ार तेज़ हो जाएगा !

देवी रसोई से उठकर बाहर चली आती है। बीरू फिर आँखें बन्द कर लेता है। वह देवी की आँख से आँख नहीं मिलाना चाहती। देवी उसके सिरहाने आ खड़ी होती है।

--अब उसके सिरहाने क्या कर रही हो ? यह तो नहीं होता कि जाकर किसी सगी सहेली से चार पैसे ही माँग लाए कि इस मरजाने के लिए दवाई ही ले आऊँ !

बस, माँ के आते ही सब वही पुराने दुखड़े फिर शुरू हो गए हैं। पैसा नहीं, आटा नहीं, कुछ भी नहीं। जब तक माँ नहीं थी, सब कुछ था। पता नहीं, देवी कैसे सब इन्तज़ाम किया करती थी। बाबा ठीक कहते हैं, माँ की हाय हाय से ही घर में कुछ नहीं रहता। दादी कहा करती थी, तेरी माँ कुलच्छमी का अवतार है। जब वह बहुत छोटा था तो माँ उसे एक कहानी सुनाया करती थी, लच्छमी और कुलच्छमी दो बहनें थीं...इसके आगे पता नहीं कहानी कैसे चलती थी। आख़िर में माँ दो तीन बार कहा करती थी--लच्छमी आवे, कुलच्छमी जावे, लच्छमी आवे, कुलच्छमी जावे...हमारे घर में तो कुलच्छमी ऐसी आई है कि जाने का नाम ही नहीं लेती ! एक बार माँ शायद उसे यही कथा सुना रही थी कि दादी हँस पड़ी थी। माँ कथा को वहीं छोड़ दादी से लड़ने लगी थी। दादी उस रोज़ सिर्फ़ यही कहती रही थी, कुलच्छमी का वासा जिस घर में हो, उस घर का बेड़ा पार ! दादी और माँ की लड़ाइयाँ काफ़ी दिलचस्प हुआ करती थीं। उस समय अगर वह इतना छोटा न होता तो बजाय सहमने के खूब हँसता। दादी कभी ऊँची आवाज़ में नहीं लड़ती थी। धीरे से कुछ ऐसा कह देती थी कि माँ को आग लग जाती। माँ दिनभर तड़पती रहती थी और दादी रजाई में मुँह छुपाकर राम राम की रट लगाए रहती थी। देवी और माँ की लड़ाई का ढंग दूसरा है। बहुत देर तक तो देवी बोलती नहीं, सुनती रहती है। फिर एकदम जब बोलने लगती है तो बिलकुल माँ ही की तरह बोलती चली जाती है। माँ और उसमें ज़्यादा फ़र्क़ नहीं रहता। दोनों की आवाज़ें भी बहुत मिलती जुलती हैं। बाबा ठीक कहते हैं कि देवी भी माँ का ही दूसरा रूप है।

खुद बाबा किसी और ही मिट्टी के बने हुए हैं। गुस्सा उनका भी बहुत तेज़ है, ऐसा तेज़ है कि बस यूँ लगता है कि भूचाल आ रहा है। लेकिन न जाने कैसे बीरू के दिल में यह ख़याल बैठ गया है कि बाबा फिर भी अच्छे हैं, समझदार हैं, उनके गुस्से की वजह माँ है। जब बाबा माँ को पीटते हैं तो वह बीरू को बहुत

बुरे लगते हैं। बीरू का जी चाहता है कि वह उठकर उन्हें पीटने लगे। एक दो बार माँ ने उसे ऐसा करने के लिए उकसाया भी था। माँ ने कहा था, अब तू जवान हो रहा है, बेटा, अब तो तुझे मेरी तरफ़दारी करनी चाहिए। एक बार बीरू ने बाबा की पीठ पर पीछे से हाथ उठाया था और बाबा ने मुड़कर देख लिया था और फिर वह अपना माथा पीटने लग गये थे।

बाबा को माथा पीटते देखकर बीरू को फ़ौरन उन पर रहम सा आने लगता है। शायद अब वह यह समझ सकता है कि बाबा हमेशा माँ को पीट चुकने के बाद खुद अपने आपको भी क़रीब क़रीब उतना ही पीट लेते हैं। माँ पर उसे रहम तभी आता है जब वह पिट रही हो। उस समय भी अगर वह साथ साथ बोलती जाए तो बीरू को रहम और प्यार के साथ गुस्सा भी आता है। बाबा के लिए उसका दिल क़रीब क़रीब हर समय पसीजता रहता है। उन पर उसे गुस्सा सिर्फ़ उसी समय के लिए आता है जब वह माँ को पीट रहे हों। मोटे तरीक़े से उसने बाबा और अपने आपको एक तरफ़ रखा है और देवी और माँ को दूसरी तरफ़। देवी को उसने क्यों माँ के साथ ला खड़ा किया है, शायद अभी वह स्वयं नहीं जानता।

वह आँखें खोलता है। उसे लगता है जैसे वह नींद का बहाना करते करते सचमुच थोड़ी देर के लिए सो गया हो। वह कमरे में अकेला है। माँ शायद गली में किसी से मिलने चली गई है। देवी भी मौक़ा देखकर निकल गई है। दोनों को घर घर घूमने और बातें करने का बहुत चस्का है। यह चस्का तो बाबा को भी काफ़ी है।

बाबा माँ के साथ वापस क्यों नहीं लौटे ? अगर वह यहाँ होते तो माँ उसे इतना नहीं पीटती। उसे बुख़ार भी नहीं होता। लेकिन बुख़ार तो धूप लग जाने से हो गया होगा। कल से पारो उनके घर नहीं आई। पारो बहुत चालाक है। जानती है कि माँ का पारा चढ़ा हुआ होगा। देवी शायद उसी के घर गई होगी। देवी वहीं बैठी रहे और माँ किसी दूसरे के घर। बाबा जहाँ हैं वही पड़े रहें, दादी और काका तो मर ही गए हैं और पीछे से चुपके से मैं भी मर जाऊँ...

अपने मरने की बात से बीरू को कुछ नहीं होता। वह आँखें बन्द करके साँस रोकने की कोशिश करता है। अगर इस वक़्त ऊपर से माँ आ जाए तो उसे देखकर यही समझेगी कि वह मर गया है। माँ की चीख़ निकल जाएगी और वह दुहत्तड़ पीटने लगेगी। कहेगी, हाय, शेर बेले विच मारया। गली की औरतें दौड़ी दौड़ी आएँगी और माँ की आवाज़ से आवाज़ मिलाकर बोलना शुरू कर देंगी, हाय शेर बेले विच मारया ! गली के लड़के उसकी चारपाई के इर्दगिर्द जमा हो जाएँगे। वो

साले रोएँगे नहीं। अगर उस समय उसके पाँवों में खुजली होने लगी तो बना बनाया खेल बिगड़ जाएगा।

उसकी आँखें फिर खुल जाती हैं। इस कल्पना से न उसे डर लगता है न ही खुशी होती है। इतना ख़याल उसे ज़रूर आता है कि कहीं वह पागल तो नहीं हुआ जा रहा है, जो उसे ऐसे ख़याल आ रहे हैं।

इस शहर में कितने ही पागल हैं। वह आँखें बन्द कर लेता है और दाएँ हाथ की अँगुलियों पर शहर के पागलों को गिनने की कोशिश करता है।

गिनती करते करते उसका ध्यान शहर के पागलों से भटककर अपने घर के पागलों की ओर चला आता है। यह घर है या पागलख़ाना ! बाबा के ये शब्द उसके मस्तिष्क में बार बार घूम जाते हैं और वह बिस्तर में पड़ा पड़ा झुँझलाने लगता है। वह यह याद करने लगता है कि उसके होश और याद में बाबा ने माँ को कितनी बार पीटा है, कितनी बार शराब पीकर घर लौटे हैं और कितनी बार घर में आटा ख़त्म हुआ है, कितने लोगों से कितनी बार माँ ने आटा उधार लिया है और कितने लोगों से माँ की लड़ाई हुई है, माँ ने देवी को कितनी बार कौन कौन सी गालियाँ दी हैं। थोड़ी ही देर में ये सब गिनतियाँ ऐसी गडमड हो जाती हैं कि वह चाहने लगता है कि माँ उसी समय आ जाए, ताकि वह उससे पूछ सके कि बाबा कहाँ रह गए, उसके साथ वापस क्यों नहीं लौटे ?

माँ दौड़ती हुई आती है। उसे देखते ही बीरू सहम जाता है। माँ गली की औरतों से मिलकर आई है। उसने देवी की सारे बातें सुन ली होंगी। अब देवी की ख़ैरियत नहीं। अगर इसी समय देवी भी लौट आई तो माँ और उसमें वह घमासान...बीरू कल्पना करके काँप उठता है।

लेकिन माँ ने तो आते ही चूल्हे में मिर्चें झोंक दी हैं। अब उसके सिर पर अपने दाएँ हाथ की मुट्ठी घुमा रही है और कह रही है, तुम्हें नज़र लग गई है। वह मुस्कुराता है। माँ जलालपुरनी के पैरों की मिट्टी लाई होगी। कह रही है, अगर घर में थोड़ी सी फिटकरी होती, तो अभी तेरा बुखार उतर जाता। तुझे साफ़ किसी की नज़र लगी हुई है और कुछ भी नहीं हुआ।

फिटकरी होती तो माँ उसके सिर पर वारके उसे भी मिर्चों के साथ आग में डाल देती। जब फिटकरी फूल जाती तो बीरू के हाथ में कोई जूता देकर माँ उससे कहती कि इसे मारो, यह उस जलालपुरनी का बुत है, साफ़ शक्ल उसी से मिलती है।

घर में और कोई पागल हो या न हो, माँ तो ज़रूर है। बीरू शहर के दूसरे पागलों के साथ माँ का नाम जोड़कर हँसने लगता है।

—माँ, बाबा कहाँ हैं ?

—मेरी जाने जूती !

—तुम्हारे साथ वापस नहीं आए !

—नहीं।

—तो फिर कहाँ रह गए ?

—मेरी जाने बला !

—कब आएँगे ?

—क्या पता !

बाबा का ज़िक्र आते ही माँ का चेहरा गुस्से से पीला पड़ जाता है और वह किसी सोच में डूब जाती है।

—देवी कहाँ मर खप गई ? माँ कहती है। वह चुपचाप पड़ा रहता है।

—मैं सब सुन चुकी हूँ कि पीछे से उसने क्या शगूफ़ा खिलाया है।

उसका दिल धक से रह जाता है।

—आज वह घर आए तो सही !

बीरू को माँ का ध्यान बदलने की कोई तरकीब नहीं सूझती। वह आँखें बन्द कर लेता है और मानो डर के मारे उसे एकदम नींद आ जाती है !

—निकल जाओ यहाँ से !

बीरू हड़बड़ाकर उठ बैठता है। सामने देवी सिर झुकाए खड़ी है। माँ रसोई के दरवाज़े में खड़ी फुफकार रही है।

—मैं कह रही हूँ, दूर हो जाओ मेरी आँखों से !

—मासीजी, ज़रा, बात तो...

—मैं किसी की मासी चाची नहीं ! यह सारी शरारत तेरी है, पारो, तूने ही मेरी लड़की को फुसला सिखलाकर मेरी नाक कटवाई है और अब उसकी वक़ालत करने आई है ! मैं कह रही हूँ, ले जाओ इसे अपने साथ और धकेल दो उस कुएँ में जो तूने इसके लिए खोदा है !

—मासीजी !

—मासीजी गई चूल्हे में ! तुझे इतना भी ख़याल न आया कि तू इसे ले कहाँ जा रही है !

—ज़रा सुनो तो, हुआ क्या है ? कुछ पता भी तो चले !

—मैं सब सुन चुकी हूँ। पीछे से जो लैला मजनूँ का खेल तुम दोनों ने खेला

है, मुझे सब पता लग गया है। मुझे वह चुड़ैल पूतना नज़र आए तो मैं उसका चूँड़ा उखाड़कर उसके हाथों में न दे दूँ तो मेरा नाम जानकी नहीं। तुम लोगों ने मुझे समझ क्या रखा है ?

—माँ, दूसरों को क्यों दोष देती हो, मुझे ही मार डालो न !

—तुझे तो मैं ऐसा मारूँगी कि तेरी हड्डी पसली एक हो जाए। तूने सारे ख़ानदान की आबरू को मिट्टी में मिला दिया है !

लड़ाई तो माँ और देवी के बीच हो रही है लेकिन बीरू की मुट्ठियाँ यों ही तन गई हैं। उसकी सारी रगें बुरी तरह फड़क रही हैं। रह रहकर उसका जी चाह रहा है कि उठकर माँ को बालों से पकड़ ले और घसीटकर घर से बाहर निकाल दे। अगर बाबा इस समय घर में होते तो ऐसा ही करते। परमात्मा करे कि बाबा इसी वक़्त लौट आएँ, नहीं तो माँ चिल्ला चिल्लाकर शहर इकट्ठा कर लेगी।

पारो माँ के पास जा खड़ी हुई है। देवी की आँखों से आँसू बह रहे हैं। बीरू को देवी का रोना भी उतना ही बुरा लग रहा है जितना माँ का चिल्लाना है।

—मैं यह पूछती हूँ कि अगर बात कुछ भी नहीं तो सारे लोग झूठ बक रहे हैं ? मैं कैसे मानूँ ? मैं तुम दोनों को जानती नहीं क्या ? मुझे तो पहले ही ख़तरा था। यह जो दिन रात तुम दोनों मनसूबे बाँधती रहती थीं। हाय, मेरी अक़्ल को क्या हो गया था ! मैं यहाँ से जाकर क्यों सोना सा लड़का दे आई वहाँ !

—उसे क्या हुआ था, मासीजी ?

पारो को बात का रुख बदलने का मौक़ा मिल जाता है। माँ जवाब नहीं देती, मानो सोच रही हो कि पारो से काके के बारे में कोई बात करे या देवी को ही कोसती जाए।

—उसे क्या हुआ था ? पारो फिर पूछती है।

शायद माँ को काके की बीमारी और मौत के बारे में विस्तार से बात करने का अवसर अभी तक नहीं मिला। बीरू के कान खड़े हो जाते हैं। वह भी सुनना चाहता है कि काका आख़िर मरा तो किस तरह। उसे दरअसल अभी तक पूरा यक़ीन नहीं आया है कि काका वाक़ई मर गया है। वह समझता है कि शायद माँ यूँ ही गुस्से में उसे कहीं फेंक आई है।

माँ आँखें पोंछ रही है। माँ का गुस्सा पिघलता देख देवी भी चुपके से माँ और पारो के पास आ खड़ी होती है। अगर माँ ने अब उसे कुछ नहीं कहा तो समझो कि कम से कम इस वक़्त तो देवी के सिर से बला टल ही गई।

अब बाबा न आएँ। नहीं तो बनी बनाई बात फिर बिगड़ जाएगी। बीरू उठकर बैठ जाता है।

—लेट जा न ! कहीं बुख़ार में हवा लग गई तो क्या करूँगी !

माँ को गर्मियों में भी हवा का ख़तरा लगा रहता है, जैसे सभी बीमारियों की वजह सिर्फ़ हवा हो।

—उसे क्या हुआ था मासीजी ? कितने दिन बीमार रहा ? किसी बैद हकीम को तो दिखाया ही होगा। वहाँ गाँव में कोई डॉक्टर तो क्या होगा !

माँ रसोई की दहलीज़ पर बैठ जाती है। पारो और देवी भी वहीं बैठ जाती हैं।

—हाय, उसे तो किसी की नज़र खा गई और उसे कुछ भी नहीं हुआ था। जैसे ही हम वहाँ पहुँचे, सब कहने लगे, जानकी, तेरा बेटा कितना मोटा है ! कितने साल का है ? मैंने कहा, बस अभी तो एक ही साल का हुआ है। सब आँखें फाड़ फाड़के उस बेचारे की तरफ़ देखने लगे। कहने लगे—हाय, देखने में तो दो तीन साल का लगता है ! बस, उसी दिन बेचारे को ऐसा बुख़ार चढ़ा कि अभागे ने फिर आँख नहीं खोली।

—कोई दवाई तो...

—दवाई क्या करती ! इन्हें तो वहाँ भी मिल गई बुरी संगत। गए थे माँ की ग़मी में और पीने लगे शराब। दवाई कौन करवाता ? मेरे पास तो फूटी कौड़ी भी नहीं थी। जिस किसी से कहती, वही कह देता—ठीक हो जाएगा, बुख़ार ही तो है, उतर जाएगा।

माँ ठोड़ी को घुटनों पर टिकाकर हौले हौले झूलने लगती है। उसकी आँखों से आँसू जारी हो जाते हैं। बीरू सोचता है, इस तरह चुपचाप रोती हुई माँ ज़्यादा बुरी दिखाई नहीं देती। असलम की माँ का उदास चेहरा माँ के उदास चेहरे से काफ़ी मिलता जुलता है। हफ़ीज़ा की शक्ल देवी से नहीं मिलती। देवी की आँखें बहुत छोटी हैं और हफ़ीज़ा की बहुत लम्बी। और उसके हाथ बहुत मुलायम हैं, देवी के हाथ बहुत खुरदरे हैं। लेकिन उसने हफ़ीज़ा के हाथों को कब छुआ था, बीरू को याद नहीं आता। असलम को अगर पता चल जाता कि वह बीमार है तो शायद उसे देखने चला आता। अगर वह कभी आया तो वह माँ को बताएगा नहीं कि असलम मुसलमान है। देखने में काफ़ी गोरा है। माँ कहा करती है, मुसलमानों का रंग काला होता है। लेकिन माँ ने उसका नाम पूछ लिया तो ? तो वह कोई नाम बता देगा। कह देगा उसका नाम रामलाल है। लेकिन कहाँ असलम और कहाँ रामलाल ! मुसलमानों के नाम बहुत ज़ोरदार और रोबीले होते हैं। कहाँ हफ़ीज़ा और कहाँ देवी ! पारो भी कुछ नहीं। नरेश कुछ अच्छा है। देवी की शादी नरेश से हो जाए तो वह देवी के साथ लाहौर चला जाएगा। फिर वह सारी उमर

वहीं रहेगा। पीछे बाबा और माँ भले ही दिन रात लड़ते रहें। वहाँ शायद उसे हफ़ीज़ा मिल जाए। जब वह बहुत छोटा था तो बाबा का एक दोस्त, उसका नाम न जाने क्या था, उससे पूछा करता था--बीरू, तू बड़ा होकर किससे शादी करेगा ? माँ से या बहन से ? एक दिन बीरू ने घर आकर माँ से कह दिया था। माँ ने कहा था--अब पूछे तो कहना, तेरी माँ से। अब वह आदमी न जाने कहाँ चला गया है। अगर अब कोई उससे पूछे कि बीरू, तू शादी किससे करेगा, तो वह साफ़ कह देगा कि हफ़ीज़ा से या पारो से। लेकिन वे दोनों तो उससे इतनी बड़ी हैं ! हुआ करें ! लाहौर जाकर वह भी एकदम बड़ा हो जाएगा।

माँ कह रही है--हाय, एक दुख हो तो किसी को बताऊँ। मेरा तो नसीबा ही फूट गया है।

पारो पूछती है--लेकिन मासीजी, आपने उन्हें ट्रंक की चाबी दी ही क्यों ?

--हाय, न देती तो गाड़ी में ही वह मुझे पीटने लगते। मुझे क्या पता था। कहने लगे, गहने हैं, तेरे से कहीं गुम हो जाएँगे, मैं अपने पास रखूँगा। मैंने टालने की बहुतेरी कोशिश की, लेकिन उन्होंने कब मेरी सुनी है !

--लेकिन फिर वह गए कहाँ ? आ तो उसी गाड़ी से रहे थे।

--मैं क्या जानूँ ! मैं जब यहाँ स्टेशन पर उतरी, तो वह कहीं दिखाई नहीं दिए। हाय, अब मैं क्या करूँ, किससे कहूँ ? न जाने कहाँ टक्करें मार रहे होंगे। ज़रूर वहीं रह गए होंगे जेहलम के स्टेशन पर। हाय, मेरे कड़े पूरे पाँच तोले के थे !

बीरू हैरान है कि बाबा की बात करते करते माँ कड़ों का वज़न क्यों बताने लगी ?

--लेकिन, मासीजी, वह गहनों का करेंगे क्या ?

--करेंगे क्या ? कहीं बेचकर खा उड़ाकर ख़ाली हाथ लौटेंगे। और करेंगे क्या ? पारो, तू नहीं जानती उनकी आदतें। कोई बैठकर सुने तो मेरे दुखड़े !

और माँ अपना दुखड़ा सुनाने बैठ जाती है। बीरू यह सब कहानियाँ कई बार सुन चुका है। उस पर इनका कुछ असर नहीं होता। बार बार वही बातें सुन सुनकर वह इस क़दर ऊब गया है कि उसका जी चाहता है कि कानों में उँगलियाँ ठूँस ले।

जब तक माँ बोलती रहती है, बीरू मुँह और सिर लपेटे बिस्तर में पड़ा करवटें बदलता और झल्लाता रहता है।

एकाएक माँ बोलना बन्द कर देती है। बीरू समझता है, शायद बाबा आ गए। वह मुँह से चादर हटाता है। बहनजी खड़ी है। माँ उसकी तरफ़ घूर घूरके

देख रही है। देवी उठकर बाहर चली जाती है। एक दो मिनट के लिए सब चुपचाप एक दूसरे की ओर देखते रहते हैं। बीरू सोच रहा है कि माँ किसी भी क्षण उठकर बहनजी पर झपट पड़ेगी और कहेगी, निकल जाओ मेरे घर से !

बहनजी धीरे धीरे माँ की ओर बढ़ती है। माँ के होंठ फड़फड़ा रहे हैं। माँ के होंठ या तो उस समय फड़फड़ाते हैं जब वह बहुत गुस्से में हो, या उस समय जब उसे रोना आ रहा हो। इस समय ऐसा लगता है कि माँ को गुस्सा और रोना एक साथ आ रहे हैं।

—भाभी, काके का सुनकर बहुत दुख हुआ।

बहनजी माँ को भाभी और बाबा को भ्राताजी कहती है। बीरू सोचता है, माँ जवाब देगी, पूतना दाई ! तू मेरे घर से निकल जा ! लेकिन माँ चुप रहती है। उसकी आँखें भीगने लगती हैं। बहनजी माँ के पास जा बैठती है। बीरू उठकर बैठ जाता है।

माँ बहनजी की ओर ऐसे देख रही है कि बीरू फ़ैसला नहीं कर पाता कि अब बात कौन सा रुख लेगी। उसका ख़याल था कि बहनजी को देखते ही माँ आपे से बाहर हो जाएगी और बात एकदम गाली गलौज तक पहुँच जाएगी। उसे माँ की ख़ामोशी से कुछ निराशा होने लगती है और वह फिर लेट जाता है।

—भ्राताजी कहाँ हैं ?

—वह अभी नहीं आए ! पारो कहती है।

—भ्राताजी से जो कहना है, मुझी से कह दो न। तुम समझती हो कि जिस तरह तुमने लड़की को फुसला लिया है, उसी तरह मीठी मीठी बातें करके तुम उन्हें उल्लू बना लोगी ? लेकिन कान खोलकर सुन लो, जब तक मेरे दम में दम है, यह शादी नहीं होगी, नहीं होगी, नहीं होगी !

—पहले आप अपना गुस्सा निकाल लें, फिर...

—मुझे यह लल्लो पत्तो अच्छा नहीं लगता ! मैं तुम्हारी चिकनी चुपड़ी नहीं सुनूँगी ! मैं सब सुन चुकी हूँ !

—क्या सुन चुकी हैं ?

—बस बस, मेरे साथ ज़्यादा बातें करने की ज़रूरत नहीं। तुम अपने आपको बहुत चालाक समझती हो। चालाक तो तुम हो ही। चालाक न होतीं तो...ख़ैर, जो तुमने किया है, उसका बदला तुमसे परमात्मा लेगा ! तुमने यही सोचा न कि बात एक बार सारे शहर में फैल गई तो हम 'न' नहीं कर सकेंगे ? तुम्हारे उस आवारा छोकरे से शादी करने के बजाय हम अपनी लड़की को ज़हर दे देंगे ! न जात, न बिरादरी, न घर, न घाट। मैं पूछती हूँ, वह तुम्हारा लगता क्या है ?

—वह मेरा वही लगता है, जो बीरू आपका ! और...

—अरी, जा ! किसे चराती है ! मैं सब जानती हूँ ! ज़रा जाकर लोगों की बातें तो सुन ! कुछ शर्म हो तो...कौन मानेगा कि वह तुम्हारा लड़का है ? हमारी लड़की का बेड़ा ग़र्क क्यों करती हो ? खुद ही कर लो न उससे शादी !

बहनजी यह सुनते ही उठ खड़ी होती है और बग़ैर कुछ कहे सुने तेज़ तेज़ बाहर चली जाती है।

बीरू माँ की बात पूरी तरह समझ नहीं पाता, इसलिए हैरान है कि बहस इतनी जल्दी कैसे ख़त्म हो गई।

देवी रोती हुई आती है और चीख़कर माँ से कहती है—माँ, तू मेरी माँ नहीं दुश्मन है !

माँ देवी की चीख़ का जवाब चीख़ से ही देती है—तू मेरी लड़की नहीं, सौत है, सौत !

देवी रोती हुई कोठरी में चली जाती है और दरवाज़ा अन्दर से बन्द कर लेती है। पारो कानों को हाथ लगाती हुई ड्योढ़ी से बाहर चली जाती है।

माँ बीरू के सिरहाने खड़ी होकर कहती है—अगर तू ही ज़रा बड़ा होता तो मैं तुझे लेकर इस नरक से कहीं दूर भाग जाती।

बीरू अपना मुँह चादर में ढाँपकर लेट जाता है। इस नरक से भागकर कहाँ जाना चाहती है ? नरक तो माँ के ही दम से है। जहाँ माँ जाएगी, नरक माँ के साथ साथ जाएगा। बाबा भी कई बार गुस्से में घर से भाग जाने या अपना गला घोंट लेने की धमकी दिया करते हैं। देवी ने दरवाज़ा अन्दर से क्यों बन्द कर लिया ? शायद अपना गला घोंट रही होगी। घोंट ले। बाबा अक्सर कहा करते हैं—ऐसे जीने से तो मौत अच्छी !

माँ की बुड़बुड़ाहट बीरू के कानों में पिघले हुए सिक्के की तरह टपक रही है। अगर वह ज़रा बड़ा होता तो अकेला ही कहीं भाग जाता। बाबा न जाने कहाँ भाग गए हैं। अब वह लौटेंगे नहीं। बीरू इस ख़याल से ही काँप उठता है।

माँ कोठरी का दरवाज़ा खटखटा रही है। कह रही है, खोल दरवाज़ा, नहीं तो सारी गली को इकट्ठा कर लूँगी ! माँ को इसमें न जाने क्या मज़ा मिलता है। उसे इसमें शर्म क्यों नहीं आती ? अगर इस वक़्त किसी तरह बाबा लौट आएँ तो माँ के होश ठिकाने लग जाएँ। बाबा मार मारकर माँ की चटनी बना डालें।

बीरू के मुँह का स्वाद बिगड़ने लगता है। उसने सुबह से कुछ नहीं खाया। उसके होंठ सूख रहे हैं। लेकिन वह माँ से कुछ नहीं माँगेगा। नहीं तो माँ फिर वही रोना ले बैठेगी। बीरू अपने दाँत कस लेता है। इसी तरह लेटे लेटे मर जाए

तो नरक से तो छुटकारा मिले। और उसे रोना आ जाता है।

अगर वह ज़रा बड़ा होता तो ज़रूर कहीं भाग जाता। इस नरक में पड़े रहने से तो मौत अच्छी।

माँ ने नरक का नाम क्या लिया है, बीरू की कल्पना को मानो पर लग गए हैं। वह आँखें बन्द करके महसूस करता है मानो कोई उसके शरीर में हवा भरता चला जा रहा हो। थोड़ी ही देर में उसे लगता है जैसे वह गुब्बारे की तरह ऊपर ही ऊपर उड़ता चला जा रहा है। माँ की आवाज़ कहीं बहुत दूर से आ रहे मिलेजुले शोर की तरह उसके कानों में पड़ती है। उसकी आँखों में पानी है और उसके होंठों पर मुस्कुराहट। माँ जब उसे ऊपर उड़ता हुआ देखेगी तो अपनी छाती पीट लेगी और वह उस पर थूक देगा। लड़के देखेंगे और उछल उछलकर उसे पुकारने लगेंगे। वह उन सबकी एक नहीं सुनेगा। हँसता हुआ ऊपर ही ऊपर उड़ता चला जाएगा और आखिर बहुत ऊँचे आसमान पर जाकर एक तारा बन जाएगा, जहाँ से न माँ नज़र आएगी, न बाबा, न देवी, न पारो, न असलम, न हफ़ीज़ा, न स्कूल, न मास्टर, न और कुछ...

उसका बुख़ार बहुत तेज़ हो गया है।

15

बीरू बिस्तर में लेटा चुपचाप अपने हाथों की ओर देख रहा है, जैसे गहरी लगन से कोई किताब पढ़ रहा हो। माँ बार बार उसे ऐसा करने से मना कर चुकी है। सौ बार कहा है, हाथों की तरफ़ आँखें फाड़ फाड़कर न देखा कर, इससे दुख बढ़ता है। बीरू धीरे से मुस्कुरा देता है। मुस्कुराने से उसके पपड़ी जमे होंठों में दर्द की एक चिनगारी चमक जाती है। और वह उन पर अपनी जीभ फेरकर दाँतों से निचले होंठ को काटने लगता है। माँ ने उसे होंठ काटने से भी कई बार रोका है। होंठ काटना बुरा होता है, बेटा, ऐसा करने से दुख बढ़ता है। बीरू के होंठ फिर एक बार मुस्कुराने के लिए फैलते हैं और दर्द से सहमकर सुकड़ जाते हैं। उसकी नाक में खुजली हो रही है। लेकिन नाक खुजलाने से भी दुख बढ़ता है। बीरू को हँसी आ जाती है और उसके होंठ फट जाते हैं। वह उठकर अलमारी से शीशा उठा लाता है। शीशा टूटा हुआ है। एक बार बाबा ने गुस्से में उसे ज़ोर से फ़र्श पर दे मारा था। बीमारी की हालत में शीशा देखने से भी दुख बढ़ता है। बीरू अपने सारे दुखों को भूल शीशे में अपना अक्स देखकर हँसने लगता है।

माँ शायद मन्दिर गई हुई है। देवी भी घर में नहीं है। जब माँ घर में होती है तो उसके पास औरतों की भीड़ सी लगी रहती है। एक जाती है तो तीन और आ जाती हैं। सबकी सब एक साथ बोलती हैं। इतना शोर मचाती हैं कि लगता है जैसे उसके घर मेला लगा हुआ हो। पहले कभी उसके घर औरतों की इतनी भीड़ जमा नहीं हुई थी। देवी कहती है, सब माँ को बहकाने फुसलाने के लिए आती हैं। माँ कहती है, किसी को हमदर्दी होती है तभी तो कोई आता है, नहीं तो किसी को क्या पड़ी है कि सब कामकाज छोड़कर आए। माँ के साथ तो कोई सीधे मुँह बात कर ले। बस, वह समझती है कि वह उसका हमदर्द है।

माँ हर रोज़ इन औरतों को अपने कड़ों का वज़न और उनकी क़ीमत बताते बताते अपना मुँह बिगाड़कर रोने लगती है। बीरू को माँ के बिगड़े हुए मुँह से

बहुत नफ़रत है। वह अपना मुँह यूँ बना लेता है जैसे उसे मितली आ रही हो। वह शीशे को उलटकर नीचे रख देता है। कोई औरत मुँह बनाकर और हाथ लहराकर माँ से कहती है, बहन, कड़े तो गए सो गए, अब तो भगवान से यह माँग कि तेरा घरवाला सही सलामत घर आ जाए। इस पर माँ वह सारा क़िस्सा शुरू से आख़िर तक एक बार फिर दुहरा देती है। किस तरह बाबा ने जेहलम के स्टेशन पर उससे ट्रंक की चाबी माँगी, किस तरह माँ ने उन्हें टालने की कोशिश की, क्या क्या बहाने बनाए, वह किस तरह डर गई और फिर किस तरह जब बाबा ने ट्रंक में से उसके कड़े निकाल लिए तो उसका दिल धक से रह गया, बाबा कड़े लेकर चले गए और माँ उनकी पीठ देखती रह गई। थोड़े ही फ़ासले पर उनका पुराना दोस्त रामलाल खड़ा था। माँ के देखते ही देखते गाड़ी आहिस्ते आहिस्ते चलने लगी और माँ बाबा को आवाज़ें लगाती रह गई। बाबा ने मुड़कर उसकी ओर देखा भी नहीं। दोनों टिकट भी बाबा के पास थे। सारा रास्ता माँ ने रोते रोते काट दिया। उसके डिब्बे में बैठी सारी सवारियाँ उसको ढाँढस बँधाती रहीं। लेकिन वह तो जानती थी कि बाबा अब उन कड़ों को खा उड़ाकर ही लौटेंगे। औरतें यह सब सुनकर अपने होंठों पर अँगुलियाँ टिका लेती हैं और माँ अपने पल्लू से आँखें पोंछने लगती है।

बीरू शीशा उठाकर उसमें अपना अक्स फिर देखता है। बुख़ार के कारण उसके गालों में गढ़े पड़ गए हैं और उसकी आँखें उबली उबली सी दिखाई देती हैं। उसके बाल बहुत उलझे हुए हैं और उसका रंग बहुत पीला पड़ गया है। शीशा देखते देखते बीरू का सिर चकराने लगता है और वह शीशे को अपनी छाती पर रखकर लेट जाता है और आँखें बन्द कर लेता है। उसकी आँखें जल रही हैं।

थोड़ी देर की ख़ामोशी के बाद फिर कोई औरत बोल उठती है–हाय, ऐसी बात तो आज पहली बार सुनी है। इस पर सभी औरतें एक साथ भिनभिनाने लगती हैं। और कुछ देर के लिए कोई किसी दूसरी की बात नहीं सुनती। फिर माँ एक लम्बी साँस लेती है और कहती है–हाय, आज पाँच दिन हो गए हैं। उनको इतनी भी फ़िकर नहीं कि पीछे दुख है, सुख है, मेरे पास एक पैसा नहीं, लड़का बीमार है। तब सबका ध्यान बीरू की ओर मुड़ जाता है। थोड़ी देर के लिए सभी औरतें डॉक्टरों और हकीमों में तब्दील हो जाती हैं। भाँति भाँति के नुस्ख़े माँ को बताए जाते हैं और जब औरतें चली जाती हैं तो माँ बीरू के सिरहाने आ खड़ी होती है। उसका चेहरा घोर चिन्ता से जकड़ा हुआ है। बीरू उसकी ओर नहीं देख पाता। मुँह मोड़ लेता है। माँ कहती है–अब तू कितने दिन इसी तरह पड़ा रहेगा ! और तो किसी तरफ़ से चैन नहीं मुझे। बीरू का जी चाहता

है, किसी तरह उसी वक़्त उठकर खड़ा हो जाए। लेकिन उठकर खड़ा होने के ख़याल से ही उसके जिस्म में कई जगह दर्द होने लगता है। उसे अपने आप पर गुस्सा आ जाता है। अगर माँ सिर पर न खड़ी होती तो शायद वह अपने बाल नोच लेता।

लेटे लेटे बीरू की आँखें कमज़ोरी के कारण भारी हो जाती हैं। वह करवट बदलता है। शीशा खिसककर नीचे गिर जाता है और उसके तीन टुकड़े हो जाते हैं। टुकड़े तो पहले ही तीन थे, लेकिन अब वे फ्रेम से अलग हो गए हैं। वह टुकड़ों को उठाकर उन्हें फ्रेम में लगाने की कोशिश करने लगता है। थोड़ी ही देर बाद उसकी कमर दुखने लगती है और उसकी आँखों के सामने काले काले धब्बे फैलने लगते हैं। और फिर एकदम न जाने क्या होता है कि वह उन टुकड़ों को ज़ोर से सामने फेंक देता है। टुकड़े दीवार से टकराकर बिखर जाते हैं।

—बीरू, यह क्या हो रहा है तुझे ?

देवी की आवाज़ सुनकर वह चौंक पड़ता है। कुछ जवाब देने के बजाए लेट जाता है और चुपचाप टुकुर टुकुर उसकी ओर देखने लगता है। उसके हाथ में एक गिलास है।

—मैं तेरे लिए दूध गरम करके लाई थी। अब अगर इसमें शीशे का कोई टुकड़ा पड़ गया हो तो ? तुझे हो क्या गया है, बैठे बैठे पागल क्यों हो जाता है ?

बीरू कोई जवाब नहीं देता। देवी पारो के घर से दूध लाई होगी। अगर माँ को पता चल गया तो माँ देवी से लड़ेगी। माँ किसी के घर का दूध नहीं पीने देती। कोई उसमें कुछ मिलाकर दे दे तो ? बीरू को मालूम नहीं कि माँ को किस चीज़ का ख़तरा है।

—मैं दूध नहीं पीऊँगा।

—अरे बाबा, अभी छानकर ले आती हूँ। पी ले, नहीं तो अगर ऊपर से माँ आ गई तो मेरी ख़ैरियत नहीं।

—नहीं, मुझे भूख नहीं।

—सुबह का भूखा पड़ा है और भूख नहीं ! मैं तो ख़ास तेरे लिए पारो से माँगकर लायी हूँ।

—नहीं, नहीं, नहीं !

—नहीं तो न सही ! देवी फिर बाहर चली जाती है।

अब अगर इसी वक़्त माँ आ गई तो वह भी उसे झिड़कने लगेगी। देवी शायद दूध वापस करके लौट आए। लेकिन देवी तो यही देखने आई थी कि माँ अभी आई है या नहीं। दूध का तो बहाना था। अब वह काफ़ी देर तक फिर पारो के

सिर से सिर जोड़कर वहीं बैठी रहेगी। माँ आएगी और कमरे में घुसते ही उसके पाँवों में शीशे के टुकड़े चुभ जाएँगे। चुभ जाएँ ! उसके बाद माँ कुछ दिन आराम से घर में तो बैठेगी। लेकिन माँ के घर बैठने से फिर हर वक़्त घर में औरतों का मेला लगा रहेगा। बीरू चकरा जाता है। माँ का घर बैठना भी उसे अच्छा नहीं लगता और माँ का घूमना तो उसे बिलकुल अच्छा नहीं लगता।

अब तक माँ मन्दिर में थोड़े ही बैठी होगी। वहाँ से तो कब की लौट आई होगी। रास्ते में किसी के पास ठहर गई होगी। देवी का सारा क़िस्सा सुना रही होगी। घर में जो औरतें आती हैं, माँ उनसे और सब बातें तो खूब जी खोलकर कर लेती है, लेकिन देवी की बात करने का मौक़ा कभी मिलता है और कभी नहीं मिलता। देवी घर में हो तो माँ उसकी बात सिर्फ़ दबी ज़ुबान में ही करती है। देवी ने एक दिन सबके सामने माँ को आँखें दिखानी शुरू कर दी थीं।

देवी की बात करने के लिए माँ को और कोई नहीं मिलता तो वह बीरू का ही मग़ज़ चाटने लगती है। बीरू की समझ में नहीं आता कि माँ कह क्या रही है। कहती है, मैंने सब पता लगा लिया है। निगोड़े का न कोई घर न घाट। पढ़ा लिखा कुछ भी नहीं। छोटा सा था तो अपने घर से भाग निकला था। उसे अपने माँ बाप का भी कुछ पता नहीं कि वे कहाँ हैं कहाँ नहीं, हैं भी कि नहीं। बीरू ने एक दिन पूछ लिया था, यह बहनजी क्या उसकी माँ नहीं लगतीं ? बस, फिर क्या था, पूरे दो घंटे तक माँ बहनजी के बारे में ऐसी ऐसी बातें करती रही कि अगर वह सुन लेती तो माँ को जान से मारे बिना न रहती। लेकिन फिर भी बीरू की समझ में यह बात साफ़ तौर पर नहीं आई कि बहनजी अगर उस नरेश की असली माँ नहीं तो फिर क्या है।

यही सवाल उसने देवी से भी किया था। देवी ने यह कहकर टाल दिया था, वह उसकी धर्म की माँ है। और जब उसने माँ से पूछा था कि धर्म की माँ क्या होती है तो माँ ने फिर ऐसी बातें कहनी शुरू कर दीं कि बीरू को शर्म आने लगी थी और उसने दिल ही दिल में फ़ैसला किया था कि वह असलम से पूछेगा कि मुसलमानों में धर्म की माँएँ होती हैं या नहीं।

असलम से मिले उसे कितने ही दिन हो गए हैं। उसे तो शायद पता भी नहीं होगा कि मुझे बुख़ार है। पता होता तो भी वह हमारे घर नहीं आता। वह न जाने उस दिन स्टेशन पर उससे किस बात पर नाराज़ हो गया। वापसी पर रास्ते में उसने उससे सीधे मुँह बात तक नहीं की। लेकिन उस दिन तो वह हफ़ीज़ा के जाने की वजह से उदास होगा।

हफ़ीज़ा ने उससे कहा था, बीरू, तुम असलम के साथ लाहौर आना। असलम

शायद लाहौर चला गया हो।

अगर देवी की शादी नरेश से हो जाती तो वह भी उसके साथ लाहौर चला जाता। लेकिन अब देवी की शादी और किसी से भी हो, नरेश से नहीं होगी। माँ ने साफ़ कह दिया है, मर जाऊँगी, लेकिन तेरी शादी उस लफ़ंगे से नहीं होने दूँगी। देवी ने भी कह दिया है, सारी उमर कुँवारी बैठी रहूँगी, लेकिन शादी किसी दूसरे से नहीं करूँगी। ये फ़ैसले उसी दिन हो गए थे, जिस दिन बहनजी माँ से मिलने आई थी और माँ ने उसे जली कटी सुनाकर वापस भेज दिया था। अब बहनजी तो नरेश को लेकर लाहौर चली गई है और ये फ़ैसले दिन में दो या तीन बार दोहरा दिए जाते हैं। माँ अपने माथे पर हाथ मारकर कह उठती है, हाय, मेरी क़िस्मत तो उसी दिन फूट गई, जिस दिन तू मेरे घर पैदा हुई ! देवी माँ के हर वाक्य को थोड़ा इधर उधर करके बिलकुल माँ ही के अन्दाज़ में जवाब दे देती है, जिसे सुनकर माँ दाँत पीसने लगती है।

एक दिन जब माँ घर में नहीं थी तो पारो ने आकर देवी के कान में न जाने क्या कहा था कि देवी फूट फूटकर रोने लगी। उस दिन से देवी ने माँ से बोलना बन्द कर रखा है। माँ कुछ भी कहती रहे, देवी जवाब नहीं देती। माँ को इस पर बहुत गुस्सा आता है। इतना कि उसे रोना आ जाता है।

देवी और पारो अब एक दूसरे से बहुत कम मिलती हैं। देवी हर वक़्त घर में ही पड़ी रहती है। अगर कभी पारो आती भी है तो दोनों चुपचाप बैठी रहती हैं। उन्हें उस तरह गुमसुम बैठा देखकर बीरू का जी बहुत ख़राब होता है लेकिन वे उसकी ओर देखतीं भी नहीं। थोड़ी देर बाद जब पारो उठकर जाने लगती है तो देवी उससे बैठने के लिए नहीं कहती। बीरू पारो की ओर देखता है, लेकिन पारो उसकी ओर देखकर न मुस्कुराती है, न बात करती है। दोनों को मानो साँप सूँघ गया हो। पहले जितना ज़्यादा बोलती थीं, अब उतना ही कम।

आज ये दोनों क्या बातें कर रही होंगी ? कहीं बहनजी और नरेश लाहौर से वापस तो नहीं आ गए ? माँ को गए भी बहुत देर हो गई है। माँ उसे कह गई थी, मैं अभी आ रही हूँ। तेरे लिए चरणामृत लाऊँगी।

अगर पीछे से बाबा आ जाएँ तो मज़ा आ जाए। मैं उनसे कड़ों की सारी बात पूछ लूँ, उन्हें नरेशवाली बात बता दूँ, उनकी गोद में बैठकर...बाबा का ख़याल आते ही उसका गला भारी होने लगता है। वह आँखें बन्द कर लेता है और उसे लगता है जैसे बाबा सामने खड़े झूम रहे हों, माँ को गालियाँ दे रहे हों, अपना माथा पीट रहे हों, या अपने किसी दोस्त के साथ सर झुकाए खड़े हों। बाबा का सर हमेशा झुका क्यों रहता है ? कुछ भी हो, बाबा उसे अच्छे लगते हैं, न जाने

क्यों। अगर किसी तरह वह इसी घड़ी आ जाएँ तो...

ड्योढ़ी का दरवाज़ा खुलता है। बीरू एक झटके से उठकर बैठ जाता है। दरवाज़ा बन्द हो जाता है। बीरू चारपाई से नीचे उतर आता है। सामने बाबा खड़े हैं। वही ढीली ढाली पगड़ी, वही मैले मैले कपड़े, फटे हुए जूते, झुका सा सर, सुर्ख आँखें जो हमेशा ज़मीन पर गड़ी रहती हैं। बीरू दौड़कर उनकी टाँगों से लिपट जाता है। बाबा उसकी पीठ पर हाथ फेरते हैं। बीरू उनकी ओर देखता है। उनकी आँखों में आँसू हैं। बीरू की निगाह एक प्रश्न बनकर उन तक पहुँचती है। बाबा आँख चुरा जाते हैं। बीरू उन्हें चारपाई की ओर ले जाता है। उसके होंठ काँप रहे हैं। बाबा उसे छाती से लगा लेते हैं। बीरू को बहुत आराम मिलता है और उसकी आँखों पर मस्ती सी छाने लगती है।

—यह शीशा कैसे टूटा ?

—मैंने तोड़ दिया।

बाबा कुछ नहीं कहते। बीरू सोचता है, अभी पूछेंगे कि माँ कहाँ है। लेकिन बाबा माँ या देवी के बारे में कुछ नहीं पूछते। बीरू टकटकी लगाए उनकी ओर देख रहा है। बाबा उसकी आँख से आँख नहीं मिला पाते, जैसे उन्हें शर्म आ रही हो। बीरू पूछना चाहता है कि वह इतने दिन कहाँ रहे, माँ के साथ क्यों नहीं आए ? वह पूछना चाहता है कि माँ के कड़ों का क्या हुआ, क्या माँ सच कहती है कि...वह पूछना चाहता है कि रामलाल कौन है, वह उन्हें जेहलम के स्टेशन पर कैसे मिल गया, कड़े लेकर वे दोनों कहाँ गए ? वह पूछना चाहता है कि वह उसके लिए क्या लाए हैं, उनका सामान कहाँ है...वह उनसे कई बेसिर पैर की बातें भी पूछना चाहता है। और उन्हें बताना चाहता है कि उसे कई दिनों से बुख़ार आ रहा है, माँ मन्दिर गई हुई है, माँ और देवी में हर रोज़ लड़ाई होती है, नरेश... लेकिन नरेश की बात बाबा से वह कैसे करेगा, बाबा तो शायद जानते ही नहीं कि नरेश है कौन...

लेकिन कुछ पूछने या बताने के बजाय वह आधा उनकी गोद में, आधा बिस्तर पर पड़ा चुपचाप उनकी ओर देखकर खुश हो रहा है, जैसे उनसे कह रहा हो, घबराओ नहीं, मैं आपसे कुछ भी नहीं पूछूँगा।

बाबा आते ही न जाने किस सोच में डूब गए हैं। अपनी ठोड़ी हाथ में लिए ऐसे बैठ गए हैं, जैसे हमेशा से वहीं और उसी मुद्रा में बैठे हों। बीरू का जी चाहता है कि उनके पेट में गुदगुदी कर दे।

—तेरी माँ ने आकर शोर तो बहुत मचाया होगा ?

बीरू हाँ में सर हिला देता है।

—कड़ों की बात की होगी ?

बीरू फिर हाँ में सर हिला देता है।

—क्या कहती थी ?

बीरू क्या बताए, वह सोच ही रहा होता है कि बाबा पूछते हैं—दफ़्तर से तो कोई आदमी नहीं आया था ?

—आया था।

—क्या कहता था ?

—एक क़ाग़ज दे गया था।

—कहाँ है ?

काग़ज़ की बात सुनते ही बाबा का रंग पीला पड़ जाता है और वह उसे गोद से झटककर खड़े हो जाते हैं।

—कहाँ है ? बताओ !

—माँ ने कहीं रखा है।

—वह कहाँ है ?

—मन्दिर गई हुई है ?

—देवी कहाँ है ?

—पारो के घर।

—काग़ज़ में क्या लिखा था, कुछ पता है ?

—नहीं।

—कब आया था ?

—कल।

—कौन देने आया था ?

—चपरासी।

—उसने कुछ कहा था ?

—नहीं।

बीरू हैरान है कि बाबा उस छोटे से काग़ज़ से क्यों इतना घबड़ा रहे हैं।

—बाबा, उस काग़ज़ में क्या लिखा होगा ?

बाबा जैसे खुद अपने आप से यही सवाल पूछ रहे हों। कुछ सोचकर बोलते हैं, जैसे अपने आपसे ही बोल रहे हों—दो ही बातें हो सकती हैं, या तो नौकरी से जवाब या यहाँ से तबादला। और यह कहकर बाबा फिर सर पकड़कर बीरू के पास बैठ जाते हैं।

बीरू उनसे पूछना चाहता है कि वह माँ को जेहलम के स्टेशन पर अकेला

छोड़कर कहाँ चले गए थे, क्यों चले गए थे, इतने दिन कहाँ रहे, माँ के कड़े कहाँ गए, वह रामलाल कौन है, उन्हें स्टेशन पर कैसे मिल गया। लेकिन जब वह उनके उदास चेहरे की ओर देखता है तो उसके प्रश्न अपने आप शान्त हो जाते हैं और उनका स्थान केवल एक प्रश्न ले लेता है—बाबा, आप क्या सोच रहे हैं ?

बाबा उसकी ओर देखकर मुस्कुराते हैं, मानो उसके प्रश्न की सराहना कर रहे हों और साथ ही अपनी मजबूरियों का सामना भी। बीरू खिसककर उनकी गोद में जा बैठता है और उनके हाथों को अपने हाथों में लेकर उनकी ओर देखने लगता है। उनकी आँखें चमक रही हैं ! उनकी मुस्कुराहट धीरे धीरे आँसुओं में बदलती जा रही है।

—बाबा, आप बहनजी को जानते हैं ?

बाबा हाँ में सर हिलाकर उसकी ओर देखते हैं। वह पूछ रहे हैं कि बहनजी को क्या हुआ ? बीरू को कुछ देर के लिए समझ में नहीं आता कि वह बहनजी की बात को आगे कैसे चलाए।

—एक दिन माँ और बहनजी की लड़ाई हुई थी।

—किस बात पर ?

बाबा यह सुनकर हैरान क्यों हो गए हैं ?

—एक दिन वह हमारे घर आई थी। माँ ने उसे घर से निकाल दिया। वह उसी दिन नरेश को लेकर लाहौर चली गई। इस पर देवी भी माँ से बहुत लड़ी थी। यह कहकर बीरू बाबा की ओर यूँ देखता है जैसे उनसे पूछ रहा हो कि वह उंसकी बात समझे हैं कि नहीं ?

—नरेश कौन ? वही, जिसे उसने अपना बेटा बना रखा है ? वह यहाँ आया था ?

—हमारे घर नहीं आया था, पारो है न, उसके घर देवी से मिलता था। पारो कहती थी, देवी उससे शादी करेगी ! जब माँ आई तो माँ को सब पता चल गया। माँ ने देवी को बहुत गालियाँ दीं। कहने लगी, मैं यह शादी कभी नहीं होने दूँगी ! उसी दिन माँ ने मुझे भी बहुत पीटा था। और उसी से मुझे बुख़ार भी हो गया था। मेरा बुख़ार अभी तक नहीं उतरा। देवी ने माँ से बोलचाल बन्द कर रखी है। कहती है, अब मैं माँ से कभी नहीं बोलूँगी।

बीरू बोलता चला जाता है। बाबा बड़े ध्यान से उसकी बात सुन रहे हैं। सुनते सुनते मानो थोड़ी देर के लिए उन्हें अपनी चिन्ताएँ भूल गई हों।

—माँ कहती है, नरेश लुच्चा लफ़ंगा है। कहती है, वह बहनजी का लड़का नहीं है। उस दिन उसने बहनजी से कह दिया, तुम ख़ुद उससे शादी कर लो !

इसी बात पर बहनजी को इतना गुस्सा आया कि उसने कोई बात तक नहीं की और चुपचाप चली गई। उसी दिन शाम को वह नरेश को लेकर लाहौर चली गई।

बाबा उसकी ओर ऐसे देख रहे हैं जैसे बहुत कुछ और जानना चाहते हों। लेकिन वह न पूछते हैं और न वह बताता है। इतने में देवी आ जाती है। उसके साथ पारो भी है ! वे बाबा को देखकर ठिठक जाती हैं। फिर देवी आगे बढ़कर बाबा के सामने सर झुकाकर खड़ी हो जाती है। बाबा उसके सर पर हाथ फेरते हैं और देवी की आँखों से टपटप आँसू गिरने लगते हैं। उसे रोता देखकर बीरू का गला भी भर आता है, लेकिन उसके आँसू गिरते नहीं। पारो सर झुकाए खड़ी रहती है। बीरू बाबा की गोद से परे खिसक जाता है। बाबा देवी के सर पर हाथ फेरते जा रहे हैं, जैसे सोच रहे हों कि कहें क्या।

देवी बीरू की चारपाई के पास नीचे फ़र्श पर बैठ जाती है और सर घुटनों में डालकर सुबकने लगती है। बाबा देवी के सर से हाथ उठाकर अपने माथे पर रख लेते हैं। न जाने वह क्या सोच रहे हैं। पारो चुपचाप वापस बाहर की ओर चल देती है। ड्योढ़ी के दरवाज़े पर कहीं माँ पारो से मिल गई तो क्या होगा ? पिछले कुछ क्षणों में बीरू बिलकुल भूल ही गया था कि माँ भी है। अब माँ का ख़याल आते ही उसके सर में चक्कर से आने लगते हैं। अगर इसी वक़्त ऊपर से माँ आ गई और उसने देवी को बाबा के पास बैठे रोते देख लिया तो क्या होगा ! लेकिन बाबा तो ऐसे बैठे हैं जैसे उनकी जान निकल गई है। उन्होंने भी अपना सर घुटनों में डाल लिया है। बीरू को लगता है जैसे कोई आदमी उसके पास दो बँधी हुई गठरियाँ रखकर भाग गया हो।

देवी क्यों रो रही है ? अच्छा, वह रोती है तो रोए, लेकिन यह बाबा इतने बड़े होकर क्यों रो रहे हैं ? उसने बाबा को रोते बहुत कम देखा है, हँसते तो घर में ख़ैर वह कभी भी नहीं। एक बार वह बहुत रोए थे। उस रोज़ तो माँ ने भी उन्हें चुप कराया था। न जाने कब की बात है। न जाने बात क्या थी। बीरू को कुछ याद नहीं। हो सकता है कि तब की बात हो जब वह बहुत ही छोटा था। हो सकता है माँ ने ही उसे बताया हो। कई बार न जाने किन किन काली गुफ़ाओं से कोई भूली बिसरी याद लपककर उसके मन पर एक कौंध सी छोड़ जाती है और वह फिर देर तक उन काली गुफ़ाओं में भटकता रहता है।

देवी सर उठाती है। बाबा की ओर देखती है। वह उसी तरह सर घुटनों में डाले बैठे हैं। वह भी फिर सर घुटनों में डाल देती है। उसके गाल आँसुओं से भीगे हुए हैं और उसकी आँखों में लाल धारियाँ झलक रही हैं। दो लम्बे लम्बे बाल उसके गालों से चिपके हुए हैं। वह बीरू की ओर देखती तक नहीं। थोड़ी देर बाद

बाबा सर उठाते हैं। देवी की ओर देखते हैं। देवी सर घुटनों में डाले बैठी है। वह भी अपना सर फिर घुटनों में डाल लेते हैं। बीरू की ओर देखते तक नहीं। उनके चेहरे के ढलके हुए मांस की तहें भी आँसुओं से गीली हैं। उनकी आँखें मानो दो लाल लाल बेर हों। उनके माथे पर बिखरा हुआ सफ़ेद सफ़ेद बालों का गुच्छा मानो उनकी आँखों से पानी माँग रहा हो।

अगर उन दोनों के सर एक ही समय उठते और वे एक बार एक दूसरे की ओर देख लेते तो शायद उनके सर वापस घुटनों में न जा गिरते।

अब तो माँ ही आ जाए तो यह सायँ सायँ करती ख़ामोशी दूर हो। गली भी इस समय यूँ सुनसान पड़ी है जैसे सब लोग कहीं किसी मेले में चले गए हों या थोड़ी देर के लिए मर गए हों। काश, मैं भी थोड़ी देर के लिए मरके देख सकता कि माँ, बाबा और देवी की क्या हालत होती है !

चारपाई से उठकर वह खड़ा होता है। बाबा सर उठाकर उसकी ओर नहीं देखते। वह थोड़ी देर खड़ा रहता है कि शायद देवी ही देख ले। लेकिन वे दोनों तो शायद रोते रोते सो गए हैं।

रसोई तक पहुँचते पहुँचते उसे कई चक्कर आते हैं। रसोई में एक भी साफ़ गिलास नहीं है। घड़े में पानी नहीं और चूल्हे में आग नहीं। दादी ठीक ही कहा करती थी, इस घर में कुलच्छमी का ही वासा है।

वह थककर रसोई की दहलीज़ में ही बैठ जाता है।

ड्योढ़ी का दरवाज़ा खटाक से खुलता है। बाबा और देवी के सर एक साथ ऊपर को उठते हैं। माँ दरवाज़ा बन्द करके अन्दर आती है। पहले सीधे बीरू की ओर बढ़ती है, फिर कमरे की ओर मुड़ जाती है। बाबा को देखते ही उनकी ओर ऐसे भागती है जैसे जाते ही उनके गले से लिपट जाएगी। बीरू उठकर खड़ा हो जाता है।

माँ बाबा के सर पर खड़ी है।

—मेरे कड़े मुझे दे दो !

बाबा सर झुका लेते हैं।

—मैं कहती हूँ निकालो मेरे कड़े !

बाबा कुछ जवाब नहीं देते। गरदन टेढ़ी किए माँ की ओर देख भर लेते हैं। वे घुटनों को बाँहों की लपेट में लिए बैठे हैं।

माँ आगे बढ़कर उनकी जेबें टटोलने लगती है। वह अब बाबा के इतने पास है कि बाबा किसी भी क्षण उसकी गरदन दबोच सकते हैं। बीरू की टाँगें काँपने लगती हैं। वह फिर बैठ जाता है।

बाबा की सारी जेबें टटोल चुकने के बाद भी माँ को कुछ नहीं मिलता तो वह पागल हो जाती है।

—कहाँ हैं मेरे कड़े ? कहाँ हैं ? मैं छाती पीट पीटकर अपनी जान दे दूँगी, नहीं तो मुझे मेरे कड़े वापस करो। अभी ! इसी घड़ी !

माँ की मुट्ठियाँ भिंची हुई हैं और उसका एक एक अंग काँप रहा है। अब क्या होगा ?

माँ अचानक पूरे ज़ोर से अपनी छाती पीटने लगती है। अपनी कमीज़ खींचकर चर्र से चीर देती है। ज़ोर ज़ोर से अपने पाँव ज़मीन पर पटकती है। बाल नोंच लेती है। और बीरू की आँखों के सामने अँधेरा छाने लगता है। वह दोनों हाथों से अपना सर थाम लेता है।

देवी खड़ी देख रही है। आगे बढ़कर माँ के हाथ क्यों नहीं पकड़ लेती ? वह तो जैसे माँ से बदला ले रही हो ! अगर वह माँ के नज़दीक गया तो माँ उसे झटककर परे फेंक देगी। लेकिन आख़िर कब तक वह इसी तरह छाती पीटती रहेगी ? बाबा क्यों चुपचाप बैठे हैं ? वही उठकर उसके हाथ मरोड़कर उसे चारपाई पर फेंक...लेकिन...बीरू को अपना सर हवा में उड़ता हुआ महसूस होता है।

ड्योढ़ी के दरवाज़े के बाहर लोग जमा हो रहे हैं।

माँ बेतहाशा छाती पीटती चली जा रही है। कह रही है—मैं आज अपने टुकड़े टुकड़े कर डालूँगी !...मैं आज तुम्हारे सर चढ़कर मर जाऊँगी !...नहीं तो बताओ, मेरे कड़े कहाँ हैं ? बताओ, बताओ, बताओ !...

माँ के चेहरे पर उसकी आँखें, जैसे किसी लहकते हुए बाग़ में दो फूल।

बाबा आख़िर उठते हैं। वह जवानी में रामलीला के दिनों में रावण की भूमिका अदा किया करते थे। माँ कई बार उसे बता चुकी है कि उन दिनों उनका रंग ताँबे की तरह था और उनकी आवाज़ में ऐसा कड़कीलापन था कि बड़ों बड़ों के दिल दहल जाया करते थे।

इस वक़्त भी बाबा का रूप कुछ वैसा ही दिखाई दे रहा है। वह टकटकी लगाए माँ की ओर देख रहे हैं। और माँ बिलकुल उनके सामने सर को थोड़ा सा नीचा किए दोनों हाथ ताबड़तोड़ अपने माथे पर मार रही है, जैसे पुराने वक़्तों का कोई दरबारी फ़र्शी सलाम करते पागल हो गया हो।

आख़िर बाबा हाथ उठाते हैं। माँ लुढ़कती हुई ड्योढ़ी के दरवाज़े से जा टकराती है। दरवाज़े की कुंडी खुल जाती है। और कई लोग एक साथ अन्दर दाख़िल होते हैं।

लोगों को देखते ही माँ चीख़ें मार मारकर रोना शुरू कर देती है। बाबा सर लटकाए खड़े रहते हैं। औरतें माँ के इर्द गिर्द घेरा डालने लगती हैं। टक्कर लगने से माँ का सर फूट गया है। वह बार बार अपने सर को छूती है और फिर खून से लिथड़े हुए हाथों की ओर देखकर ऊँचा ऊँचा रोना शुरू कर देती है।

देवी अब भी माँ से अलग खड़ी है।

बाबा कमरे में चले जाते हैं और दरवाज़ा अन्दर से बन्द कर लेते हैं।

दरवाज़ा बन्द होता देख माँ हाथ ऊपर उठाकर चिल्लाने लगती है–हाय, दरवाज़ा खुलवाओ ! कहीं वो अपने आपको कुछ कर न लें।

कुछ औरतें कमरे के दरवाज़े की ओर लपकती हैं। कुछ आदमी भी अन्दर आ गए हैं। सब दरवाज़ा खटखटा रहे हैं। बाबा का नाम ले लेकर उन्हें दरवाज़ा खोलने के लिए कह रहे हैं। माँ उठकर उन लोगों में शामिल हो गई है। कह रही है–हाय, दरवाज़ा खुलवाओ, कहीं वो अपने आपको कुछ कर न लें ! देवी भी बाबा को आवाज़ें दे रही है। लेकिन बाबा अन्दर से न जवाब देते हैं, न दरवाज़ा खोलते हैं।

बीरू दहलीज़ से उठकर रसोई के अन्दर चला जाता है। दरवाज़ा अन्दर से बन्द कर लेता है। कुंडी लगाने की कोशिश करता है, लेकिन वह टूटी हुई है। रसोई के एक कोने में एक रस्सी पड़ी है। बाबा ने दरवाज़ा अभी तक नहीं खोला। माँ चिल्ला रही है, दरवाज़ा तोड़ दो नहीं तो वो अपने आपको कुछ कर लेंगे ! अब बहुत से लोग एक साथ बाबा का नाम ले लेकर उन्हें दरवाज़ा खोलने के लिए कह रहे हैं। कुछ लोग बाबा को गालियाँ भी दे रहे हैं। कुछ लोग माँ से पूछ रहे हैं, हुआ क्या, कुछ पता भी तो चले ! माँ अपनी ही रट लगाए जा रही है, हाय, दरवाज़ा तोड़ दो, नहीं तो वो अपने आपको कुछ कर लेंगे ! रसोई के एक कोने में एक रस्सी पड़ी है। बीरू की आँखें उस पर जमी हुई हैं और कान बाहर से आ रही आवाजों पर। देवी चिल्ला रही है, बाबा, बाबा, बाबा ! माँ का गला बैठ गया है, हाय, दरवाज़ा तोड़ दो, लोगो नहीं तो मैं क्या करूँगी ? बाबा का दोस्त शामसिंह कह रहा है, दरवाज़ा खोल दो भाई, क्यों तमाशा दिखाते हो सारी दुनिया को ? एक और आदमी कह रहा है, खोलते हो या बुलाएँ पुलिस को ! देवी कह रही है, ले लिए कड़े ? मिल गए कड़े ? और माँगो कड़े ! पारो कह रही है, देवी, तुम आवाज़ दो, बीरू को बुलाओ, वह आवाज़ देगा तो ज़रूर खोल देंगे ! बाबा अन्दर बैठे क्या कर रहे होंगे ?...हाय दरवाज़ा खोल दो !...हाय, दरवाज़ा तोड़ दो !...हाय, अगर उन्होंने कुछ कर लिया, तो मैं क्या करूँगी ?...अगर इतना ही डर था तो पहले क्यों नहीं सोचा ?...राम राम ! परमपिता परमेश्वर, जगत

पिता !....हाय हाय ! मुझे क्या पता था !...खोलो दरवाज़ा, दरवाज़ा खोलो, भाई !...पुलिस को बुलाओ...पुलिस मत बुलवाओ...पहले ही बेचारे की नौकरी खतरे में है...हाय, मैं क्या करूँ ?...और बीरू रसोई के कोने में पड़ी उस रस्सी को उठाकर अपने गले में डाल लेता है। यह रस्सी उनकी गाय की है। गाय मर गई। इतनी छोटी रस्सी गाय की कैसे हो सकती है ? बछड़े की होगी। बछड़ा भी गाय के साथ ही मर गया होगा। बाबा ने दरवाज़ा अभी तक नहीं खोला।...हाय, अब तोड़ भी दो दरवाज़ा ! कहीं उन्होंने अपने आपको कुछ कर लिया, तो...तुम सब चुप कर जाओ, मुझे बात करने दो।...तुम बातें ही करते रहना ! मैं कह रहा हूँ, पुलिस को बुला लो ! पुलिस क्या करेगी ?...नहीं तो तुम करोगे ?...हाय ! दरवाज़ा तोड़ दो, लोगो। क्यों तमाशा दिखा रहे हो !...अच्छा, नहीं तो न सही।...बीरू को बुलाओ।...राम ! बीरू कहेगा तो ज़रूर खोल देंगे !...बीरू काँप रहा है, बाबा, दरवाज़ा खोल दो !...बीरू कह रहा है, बाबा, दरवाज़ा खोलो !...और बीरू अपने गले में पड़ी उस रस्सी में एक गाँठ दे लेता है। लेकिन यह आवाज़ तो माँ की है, नहीं, देवी की है, नहीं जलालपुरनी की है, नहीं शामसिंह की है, नहीं असलम की है, नहीं पारो की...बीरू रस्सी को खींचता जाता है और सब आवाज़ें एक दूसरी में घुलती हुई मद्धिम पड़ती जाती हैं।

उधर बाबा के कमरे का दरवाज़ा टूटता है, इधर रसोई में बीरू धड़ाम से नीचे गिर पड़ता है। गिरने से उसके गले में पड़ा फन्दा कुछ ढीला पड़ जाता है और बाहर से आ रहा शोर धीरे धीरे उसके कानों में भनभनाने लगता है।

●●●